ANTONIA ROMAGNOLI

*Il Libertino
di
Hidden Brook*

Tutti i diritti sono di proprietà esclusiva dell'autrice.
ISBN-13: 978-1540317483
ISBN-10: 154031748X
Grafica di copertina: Francesca Resta e Antonia Romagnoli.
Vettore disegnato da Freepik
©Antonia Romagnoli, 2016 prima edizione.
Questo romanzo è un'opera di fantasia: riferimenti a fatti e persone reali sono da considerare puramente casuali.

*La vita è una cosa troppo importante
per parlarne con serietà.*
Oscar Wilde

1

Se c'era una coppia che poteva incarnare tutte le migliori e più nobili qualità umane, questa era formata da Lord e Lady Killmore.

Non vi erano in Inghilterra sposi più affiatati, più felici, più eleganti e signorili di loro: ricchi abbastanza da non avere preoccupazioni di sorta, ma non troppo da infastidire le loro affezionate amicizie; belli d'una bellezza raffinata ma non esagerata.

Soprattutto potevano vantare, accanto ai titoli nobiliari di cui non avevano poi grande merito, tutte quelle caratteristiche di decoro e contegno che li rendevano stimati e apprezzati nelle loro cerchie e oltre.

Se un difetto, però, si poteva riscontrare in loro, era costituito dai rispettivi fratelli.

Il fratello minore di Lord Killmore, infatti, era fra i più noti libertini che frequentavano l'alta società londinese e salvava la propria rispettabilità solo grazie all'ingente patrimonio, che era riuscito a far fruttare al di là di ogni rosea aspettativa e nonostante l'ancor giovane età.

Jared era uno degli scapoli più temuti dalle madri di fanciulle, perché univa al proprio aspetto avvenente una buona dose di fascino, che sapeva utilizzare per i propri scopi malvagi con una abilità quasi diabolica.

Molte giovani donne cadevano nella sua rete anche perché, oltre al fascino naturale di cui era dotato, le sue proprietà non erano meno ricche di attrattive: difficile ignorare che la donna capace di conquistare lui avrebbe conquistato anche case, terreni e possedimenti. Tante provavano, tutte fallivano. Quelle più fortunate salvavano almeno la reputazione.

A Londra, fra le madri più moderne, Jared aveva ottenuto il sussurrato soprannome di *"demonio"*. Fra quelle più tradizionaliste non veniva neppure nominato, nel terrore che anche solo parlando di lui le giovani debuttanti potessero fare una brutta fine.

Più che demoniaco, il temibile fratello di Lord Killmore vantava un aspetto angelico, ed era questo a procurargli tanta fortuna presso il gentil sesso: il suo viso era delineato da tratti fini, ma non privo di quelle asperità che lo rendevano mascolino; i capelli, d'un castano chiaro, un poco lunghi e naturalmente mossi, gli conferivano l'aria di un ragazzino che ha appena combinato una marachella. Il fisico asciutto, forse anche troppo magro per l'altezza, era mantenuto elastico e scattante dalle numerose ore che Jared trascorreva a cavallo e nella sala di scherma del suo club, e valorizzato dalle giacche aderenti all'ultima moda. Ma ciò che gli dava la vittoria definitiva sul cuore delle giovinette era lo sguardo, adombrato quel tanto che basta da folte sopracciglia ben disegnate, illuminato dal grigio azzurro delle pupille e reso intrigante da un'espressione che si poteva definire enigmatica, ma che in realtà era, per lo più, scontenta.

Questo bel pezzo di gioventù veleggiava fra Londra, dove trascorreva la maggior parte dell'anno, e la splendida tenuta di Hidden Brook, nel Surrey: solo di rado però le sue strade si incrociavano con quelle del fratello maggiore, Lord Killmore appunto, che aveva ereditato titoli e, a giudizio di Jared, anche tutta la *noiosità* della famiglia.

Capitava che in città si incrociassero per qualche evento mondano, ma di solito i due si soffermavano insieme giusto quanto bastava per essere cortesi: troppo diversi erano i loro interessi e le amicizie per scambiarsi più di un doveroso saluto.

Da parte sua, Lady Killmore aveva un altrettanto grave difetto dotato di gambe e braccia, nella persona della secondogenita delle sue sorelle. Questa pessima creatura si chiamava Victoria e aveva costituito, fin dall'infanzia, una spina nel fianco della famiglia a causa della sua vivacità incontenibile. I genitori, impotenti di fronte alla sua intemperanza, erano stati costretti a spedirla in collegio per cercare di farle avere quell'educazione che essi non erano in grado di impartirle e, soprattutto, per avere un po' di sollievo dalle sue marachelle. Victoria, però, aveva rischiato più volte di essere cacciata anche dalla scuola, a causa del proprio temperamento e delle bravate che ideava per il divertimento delle compagne.

La famiglia nutriva un serio terrore al pensiero che di lì a breve, questo concentrato di bizzarria si sarebbe riversato fra le mura domestiche, terminati gli studi.

Tutto, in lei, gridava all'esagerazione: le sorelle avevano gli occhi d'un quieto azzurro, lei verde muschio; tutte possedevano una chioma dalla tinta che ricordava il miele, lei focosi capelli rossi ereditati per sbaglio dalla nonna irlandese. Purtroppo, la sua personalità era prorompente quanto il suo aspetto.

Detto questo, non ci sono dubbi nell'affermare che il peggior incubo di Lord e Lady Killmore si avverò quando ricevettero, a breve distanza l'una dall'altra, le missive che annunciavano l'arrivo nella serena dimora avita di due ospiti non invitati e non attesi. *Quegli ospiti.*

La prima lettera arrivò a Lady Killmore e si trattava di una disperata richiesta di aiuto, che in realtà terminava con una comunicazione stringata: «*perciò, l'unica soluzione è che tua sorella Victoria venga a stare per un po' da te, sperando che il tuo esempio le sia di sprone a migliorare. Saluti affettuosi, ecc. Tua madre*».

Il resto del testo si poteva riassumere con facilità: a un passo dalla fine degli studi, Victoria aveva architettato un magnifico scherzo ai danni della direttrice della scuola, guadagnandosi l'espulsione. La madre, temendo che la giovane portasse con sé scompiglio e influenzasse negativamente le sorelle minori, si rifiutava di riaccoglierla: la reietta sarebbe stata spedita, come un pacco, diritta a Killmore Court senza passare per la casa paterna.

La seconda lettera, assai più preoccupante, era arrivata a Lord Killmore da Londra, da parte del segretario di Jared, che avvertiva dell'arrivo imminente del giovane in seguito a una scaramuccia che lo aveva visto protagonista. Ferito in duello e per questo incapace di scrivere di proprio pugno la lettera, Jared necessitava di *allontanarsi per un periodo dai luoghi dove poteva essere trovato* e, visti i rapporti fra i due fratelli, casa sua era il posto migliore dove recuperare salute e tranquillità.

Per quanto marito e moglie fossero molto innamorati, quando Lord Killmore riferì alla consorte dell'imminente arrivo di Jared, ci fu tra loro un momento di grande tensione.

A breve Victoria sarebbe arrivata per restare, come poteva Lord Killmore accettare fra quelle stesse mura quello scapestrato di suo fratello? Come poteva non rendersi conto del pericolo a cui avrebbe sottoposto l'ingenua fanciulla?

Da parte sua, Lord Killmore non era per nulla entusiasta al pensiero d'avere in casa quella calamità di cognata che si ritrovava: perché non se la ripigliavano coloro che l'avevano messa al mondo? Per quanto neppure l'arrivo del fratello non gli fosse particolarmente gradito, c'era da ricordare che Jared godeva di pari diritto a essere ospitato, forse ancora maggiore, dato che, in mancanza di figli loro, costituiva per il momento l'erede di titolo e casa.

Per quasi un'ora i Killmore avevano discusso, lei si era imbronciata, lui irritato. Poi, essendo entrambi di carattere accomodante, fecero pace promettendosi sostegno reciproco nei duri giorni che avrebbero dovuto affrontare a causa dei parenti. E tutto fu rimandato al momento degli arrivi.

2

Il povero Jared scese dalla carrozza a fatica. Aveva la mano sinistra bendata e il braccio destro appeso al collo. Sul viso, un graffio attraversava la guancia rossa e gonfia, ma almeno non sembrava abbastanza profondo da lasciare segni indelebili.

Sul volto di Lord Killmore, per la prima volta da che Jared poteva ricordare, si dipinse un'espressione di sincero dispiacere di fronte alle sue condizioni. La faccia della cognata, invece, prometteva battaglia e aspri rimproveri.

«Non dite, nulla, cara sorella!» esclamò lui con un tono scherzosamente drammatico. «Leggo nei vostri occhi tutta la pena che provate».

«Non leggete bene» borbottò Lady Killmore.

«E tu, Roger… sei ingrassato?» domandò a Lord Killmore, sorridendo al vedere negli occhi di lui svanire anche quel barlume di disponibilità.

Gli era bastato mettere piede sul sacro suolo di Killmore Court per inimicarsi tutto ciò che gli restava della famiglia. Quella era la casa dove era cresciuto, ma stranamente tutti erano felici solo quando vi stava lontano. Anche ai tempi di suo padre, il severo conte Richard, era stato così: semplicemente, Jared era incompatibile con i suoi famigliari.

Senza aspettare che i padroni di casa lo invitassero a entrare, li precedette sull'antica scala di pietra bianca che conduceva nell'atrio.

Alle sue spalle sentì i passi affrettati dei due, che gli tenevano dietro.

«C'è una cosa importante, Jared!» Il tono di Roger era insolitamente imperativo. Possibile che fosse diventato un despota come il loro padre?

Il giovane era stanco per il viaggio e, per quanto gli costasse ammetterlo, intristito per la fredda accoglienza. E no, non stava bene: aveva dolori dappertutto, ma non avrebbe dato la soddisfazione alla cognata e al fratello di propinargli l'ennesimo fervorino sulle conseguenze delle colpe di cui egli, a loro giudizio, si macchiava con impegno e costanza. Si voltò, sfoderando il miglior sorriso di sempre.

«Abbiamo accettato volentieri di ospitarti per un periodo, ma... vorremmo che ti limitassi a restare nelle tue stanze il più possibile. Visto che ora sei *indisposto*, non credo ti sarà di peso. Poi, vedremo» soggiunse Lord Killmore.

Jared inarcò le sopracciglia, sinceramente sorpreso per la richiesta. «Mi metti in castigo?» gli sfuggì dalle labbra. «Vi turba così tanto avermi qui per qualche giorno?» corresse.

«Si tratta di mia sorella Victoria» spiegò malvolentieri Lady Killmore. «Sarà ospite qui da domani e vorrei scongiurare incidenti. A costo di chiudere in camera anche lei, vorrei evitare interazioni fra voi due».

Jared fece mente locale. Victoria. La seconda delle sorelle Arden. Bambinetta con treccine e lentiggini, odiosa, petulante oltre il sopportabile.

«Farò di certo il possibile per accontentarvi!» replicò lui, del tutto sincero. «Sentite» riprese, «non sono qui per darvi fastidi: non vi accorgerete nemmeno della mia presenza. Appena le ferite me lo consentiranno, lascerò la casa e vedrò di sistemare i miei affari senza darvi ulteriore disturbo».

Si lasciò condurre alla stanza che gli avevano destinato, che era poi la sua vecchia camera, e vi si ritirò intenzionato a restarci davvero il più possibile.

Victoria aveva scoperto il significato del termine *libertino* da una compagna più grande, il primo anno di collegio, ed era rimasta letteralmente affascinata dall'idea che esistessero uomini dediti alla seduzione e alla perdizione. Da allora, aveva desiderato solo incontrarne uno, immaginandosi infinite volte le più incredibili caratteristiche che avrebbe avuto una simile creatura.

Le sue letture, che consistevano soprattutto in quei volumetti consumati che le ragazze della scuola si passavano di nascosto, arrossendo, le avevano insegnato molte cose sulla vita: una fra queste era che la seduzione era eccitante, la perdizione appassionante. Insomma, un libertino era per lei la cosa più deliziosa che potesse capitare nella sua giovane vita.

Inizialmente, il suo arrivo a Killmore Court fu, proprio come si era aspettata, all'insegna del malumore di tutti. Suo principalmente; di sua sorella, con cui non era mai andata d'accordo; del barboso cognato che l'aveva sempre guardata come se fosse stata un animaletto fastidioso.

C'era, tuttavia, qualcosa di strano nel comportamento dei suoi ospiti. Si era attesa solenni rimproveri, magari qualche lacrima da parte di sua sorella Harriet al pensiero del dolore arrecato ai genitori; si era aspettata che Roger sciorinasse il suo miglior repertorio di paternali e rimbrotti... invece i due le avevano chiesto a malapena il motivo della sua espulsione, quasi avessero fretta di liquidare la faccenda.

Riuscì molto presto a scoprire la causa di tanta stranezza, le bastò insistere un po' quando si ritrovò da sola con la sorella a bere una tazza di tè.

La sua attenzione fu subito calamitata dalla notizia.

«Tuo cognato qui a Killmore?»

La profonda disapprovazione verso quel particolare membro della famiglia era nota anche a lei, grazie alle lettere della madre e a certi discorsetti fatti di mezze parole che aveva udito durante le vacanze a casa.

Certi commenti non potevano certo passare inosservati a una ragazza con le sue attitudini ai guai, tanto che Victoria ricordava benissimo persino le frasi della madre: Jared Lennox avrebbe trascinato nel fango il buon nome dei Killmore. Avrebbe rovinato la reputazione della povera Harriet e di suo marito, con quel suo comportamento da ribaldo! Nessuno si meritava una tale pecora nera in famiglia, un essere così abbietto da...

Be', con precisione i motivi per cui fosse abbietto e ribaldo non le era mai stato dato di saperlo. Victoria aveva carpito qua e là piccoli brani di conversazione e aveva fatto le sue congetture. Jared Lennox era un vero libertino, uno di quelli che avevano sedotto decine e decine di fanciulle e chissà quali altre malefatte aveva combinato ai danni del genere femminile.

Purtroppo, non aveva mai avuto il piacere di conoscerlo, perché l'unica occasione era stata cinque anni prima, al matrimonio dei rispettivi fratelli, e all'epoca lei era stata troppo piccola per notare la *libertinità* del soggetto o per attirare la sua attenzione.

Quella sua breve e concisa domanda aveva fatto agitare subito Harriet e l'agitazione le aveva sciolto la lingua, portandola a dire molto più di quanto non le fosse stato chiesto; così, senza volere, le sciorinò tutta una serie di ragguagli interessanti.

Nel tentativo di distogliere da Jared la sua attenzione, riuscì a ottenere l'esatto opposto.

Da parte sua, Victoria ben presto smise di ascoltare la sorella e si dedicò a una personale meditazione sui fatti, aggiungendo colore e fiabesche congetture alle informazioni ricevute. Col sottofondo delle chiacchiere di Harriet, che finalmente era riuscita a cambiare argomento, la ragazza si trovò a fantasticare sul giovanotto, approdato il giorno prima in quella stessa casa, ferito in un duello. La causa della contesa non poteva che essere una torbida storia d'amore e di passione, che aveva portato sulla strada di Jared qualche dama affascinante e un marito geloso e implacabile. Ora il povero giovane doveva lottare fra la vita e la morte, relegato in una delle stanze dell'ala sud, dove il suo crudele fratello lo aveva chiuso per evitare che le sue grida di dolore, nel delirio, giungessero fino a lei. A Londra vi erano, ne era sicura, decine di nobildonne che fremevano e piangevano in attesa di sapere le sorti del loro amato.

Victoria tentò a più riprese di sapere di più, ma non ci fu verso. Probabilmente però in quel momento Roger doveva essere al capezzale del moribondo, e questo spiegava perché avesse rinunciato al tè in loro compagnia.

Dopo il breve rinfresco, Victoria fu condotta dalla sorella nella stanza che avrebbe occupato durante la sua permanenza e solo allora, quando vide i propri bauli depositati in buon ordine accanto al letto, che si rese conto che era la sua sorte, quella per cui avrebbe dovuto darsi pensiero.

Non sapeva né quanto tempo sarebbe rimasta, né perché. Non sapeva dove sarebbe andata in seguito e nemmeno che cosa ne sarebbe stato della sua vita.

Harriet non era mai stata particolarmente dolce con lei: la differenza di età e di indole non aveva permesso che si instaurasse un legame più affettuoso.

Come sarebbe stato vivere sotto lo steso tetto di nuovo, da adulte?

Victoria non era mai stata un tipo ansioso, ma questa volta sentiva tutto il peso dei propri sbagli. Se avesse potuto tornare indietro non avrebbe ripetuto l'errore di esasperare la direttrice al punto di farsi espellere. Sarebbe bastato così poco per finire la scuola e tornare a casa, pronta per essere introdotta in società.

«Che cosa succederà, adesso?» domandò alla sorella, che la stava aiutando a sistemare i bauli insieme a una delle domestiche.

Lady Killmore scosse il capo biondo. «Con esattezza non lo so. Starai qui fino a che non ti rivorranno a casa, credo».

Victoria crollò le spalle. «Mai, allora. Non ero gradita neanche prima! Harriet, ti toccherà mentire: aspetta qualche giorno, poi di' alla mamma che mi vedi cambiata, pentita, maturata... vedrai che dopo un po' ci crederà e magari ti libererai di me».

Harriet fissò la sorella sbigottita. «Non è questione di liberarsi di te!» esclamò. «Si tratta di aiutarti a trovare la tua strada nella vita. Noi tutti teniamo a te...»

Victoria le sorrise, prendendole una mano. Erano parole come quelle che la rendevano infinitamente triste, come se fra lei e quel "tutti" vi fosse un baratro incolmabile di bontà, di decoro, di affetti: *tutti* erano laggiù, in un mondo diverso, separato, con regole che lei non capiva, e parlavano una lingua che non era la sua, vivevano sentimenti che non erano i suoi, davano valore a cose che lei non riusciva a vedere.

«Grazie, Harriet. Sono davvero desolata per il pasticcio che ho combinato» disse. Era questo, no, che ci si aspettava? «Davvero, davvero desolata. E ti prometto che non ti darò alcun fastidio».

Presa questa via, Victoria ci mise poco a capire che fosse quella giusta. Tante rassicurazioni, scuse, contrizione e pentimento le valsero dopo un certo tempo un abbraccio e un sorriso sollevato della sorella.

Non ci volle molto perché Harriet veleggiasse altrove, per le sue misteriose faccende da donna sposata, lasciandola insieme alla cameriera alle prese coi bagagli.

Era la prima volta che si trovava a vivere veramente nel mondo degli adulti: bene o male, da quando era entrata nel collegio, era stata sempre impegnatissima fra studio e relazioni personali. Essere la discola del collegio costituiva un impegno non indifferente, mantenere alto il proprio buon nome richiedeva impegno costante e una buona dose di preparazione. Durante le brevi visite a casa, poi, era sempre stata coinvolta in una girandola di attività; non aveva quasi mai avuto il tempo materiale di mettersi in qualche angolo a ricamare inutili fazzoletti. Aveva il terrore che ora, a casa di Harriet, non ci sarebbe stato scampo. Avrebbero fatto di lei una vera signora a colpi di ago e di filo.

3

La prima domanda che si pose, quando la cameriera ebbe terminato il lavoro e la ebbe lasciata da sola, fu se la biblioteca di suo cognato contenesse qualche titolo interessante. Victoria si rispose da sola: a meno che non ci fosse finito per sbaglio, no. Poteva contare solo sull'ignoranza di Roger in materia letteraria e sulla sua voglia di apparire dotto senza esserlo. Magari, se aveva fortuna, poteva trovare una copia di "Vathek" o de "Il Monaco", ma nulla di più. E sarebbe stata un'impresa sfuggire alle attenzioni di Harriet per leggere in pace.

Victoria sorrise fra sé. Probabilmente né sua sorella né suo cognato potevano anche solo concepire l'esistenza di quel genere di letteratura che spopolava in collegio. E per quanto aveva potuto appurare, le pagine che erano capitate fra le sue mani non erano nulla rispetto ad altri libri… e alla realtà.

Quella riflessione le riportò alla mente il piacevole pensiero che, sotto a quello stesso tetto, proprio in quel momento, si trovava un libertino *vero*. Chissà quante avventure meravigliose avrebbe potuto raccontarle se…

Arrossì. Neppure se fosse stata davvero sfacciata avrebbe mai potuto chiedere a un uomo informazioni di quel tipo. Però, visto che tanto le piaceva fantasticare, si ritrovò a perdersi in mille divertenti situazioni immaginarie nelle quali il suo soggiorno a Killmore Court veniva movimentato dall'incontro con Jared Lennox.

Di fatto, la realtà subito la deluse: a cena il tanto atteso libertino non si presentò neppure e il pasto fu un'esperienza quanto mai triste. Non aveva visto una simile tetraggine nemmeno quando a scuola si mangiava in silenzio punitivo.

Alle sue domande su Jared, Roger rispose a monosillabi. Non stava bene e non aveva potuto onorarli con la sua presenza.

Si sarebbe presentato l'indomani? Forse.

Victoria decise, sulla base delle risposte del cognato, che Jared doveva essere in fin di vita. E la cosa le parve completamente e incondizionatamente romantica.

Visto che la conversazione languiva, la mente fervida di Victoria si mise, come fin troppo spesso capitava, a discorrere da sola. E partorì l'idea più audace e temeraria di sempre.

Harriet parlava con voce monotona dei lavori di ristrutturazione dei giardini, fornendo il sottofondo ideale a grandi voli di fantasia: a tratti, come portate dal vento, a Victoria arrivavano parole come "pini" "cespugli" "laghetto", a cui rispondeva annuendo automaticamente, mentre nel segreto dei suoi pensieri la giovane aggiungeva particolari al piano per la serata. La Grande Bravata.

L'idea era quasi sconvolgente per la sua semplicità: trovare di soppiatto la camera dove Jared giaceva moribondo e dargli una sbirciatina, giusto per vedere come fosse fatto un libertino, per capire se dai tratti del volto sarebbe mai riuscita a comprendere la dissolutezza dell'animo. Un'occhiata veloce, poi se ne sarebbe tornata nella propria stanza a scrivere alle compagne di scuola, giusto per mantenere la propria fama fra le mura del collegio.

Non aveva mai desiderato così tanto l'arrivo dell'ora di ritirarsi e solo quando poté finalmente augurare la buonanotte alla noiosa coppia, sentì che la giornata cominciava ad acquistare un senso.

Mai come quella sera le parve che ci volesse un'eternità a prepararsi per la notte. Per quanto avesse insistito con la domestica di essere in grado di arrangiarsi da sola, era stata costretta ad accettare l'aiuto a cambiarsi e a pettinarsi. Inutile spiegare che non aveva mai avuto nessuna cameriera personale e che non era abituata a farsi vestire, ora le toccava comportarsi da signora e sottostare alle regole della casa.

Nell'organizzare la Grande Bravata, in effetti, non aveva previsto affatto di indossare la camicia da notte: infilarsi nella camera di un libertino in quello stato indecoroso, forse, non era una buona idea. Per un breve attimo rifletté se non fosse il caso di rinunciare, ma la curiosità era troppa e l'opzione fu scartata. Rivestirsi era un'altra possibilità, ma se l'avessero sorpresa in corridoio? Almeno, in vestaglia, avrebbe dato meno nell'occhio; se si fosse imbattuta nella servitù avrebbe chiesto l'ubicazione della biblioteca, fingendo di soffrire d'insonnia. O di essere sonnambula, perché no?

In ogni caso, Jared ferito e moribondo non si sarebbe mai accorto di lei, si disse mentre attendeva con impazienza che i rumori della casa si quietassero.

Non aveva la più pallida idea di dove fosse la stanza in cui egli era ospitato, sapeva solo che stava nell'ala sud, diametralmente opposta a dove stava lei, alloggiata nelle vicinanze delle camere padronali.

Victoria era elettrizzata all'idea di quanto stava per fare. Non che fosse così sciocca da non comprendere il rischio che correva, tutt'altro! Solo che non riusciva a farne a meno, una volta che la sua mente aveva partorito la pensata, non poteva rinunciare al fascino dell'avventura, al brivido, all'emozione. Sapeva benissimo quanto fosse sbagliato uscire dalla camera in piena notte e ancor più andare a cercare un uomo, ma l'impulso alla bravata era più forte del suo buon senso, il desiderio di sentirsi viva e speciale più grande di quello del decoro. Girare per la casa di notte, oltretutto, non sarebbe stato agevole, specie non essendo pratica della collocazione delle stanze, ma era questo l'aspetto divertente delle sue imprese, dalla prima all'ultima. Non le risultava che ci fossero, oltre a lei e a Jared, altri ospiti, a meno che sua sorella non li avesse segregati tutti nelle loro stanze, e questo, per lo meno, le avrebbe impedito di imbattersi in altri che non fossero della casa.

Quando fu certa che il corridoio fosse libero, si infilò le pantofole e la vestaglia e uscì, attenta a non far rumore con la porta.

Il corridoio era buio, e la sola luce era quella della sua candela che ondeggiava e tremolava, dietro alle sue dita sottili che cercavano di proteggerla.

Doveva essere abbastanza facile arrivare all'ala sud della costruzione, un edificio a forma di "elle" a due piani. Victoria proseguì in punta di piedi per tutto il corridoio e svoltò assecondando il percorso. Oltre la curva, le si presentò un identico corridoio, sul quale si affacciava almeno una mezza dozzina di porte, tutte identiche e tutte sullo stesso lato, intervallate da sobri arredi. Sul lato opposto, le finestre che davano sulla facciata della casa facevano entrare una lieve luminosità data dalla luna, che rendeva l'insieme piuttosto spettrale.

Lunghi tappeti ricoprivano il pavimento, rendendo i passi di Victoria silenziosi; la giovane si rilassò, all'idea che ormai la stanza di sua sorella fosse abbastanza lontana e che, superata la curva del corridoio, la luce della sua candela non fosse più visibile nell'altro tratto della galleria.

All'inizio quella avventura le era parsa terribilmente eccitante, ma col passare dei minuti i dubbi tornarono ad assalirla. Accostandosi alle porte, cercava di capire se le camere fossero abitate, ma non le arrivava nessun rumore. E anche se avesse sentito qualcosa, come avrebbe fatto a capire che si trattava davvero di Jared?

E… se anche avesse trovato Jared, con che coraggio si sarebbe avvicinata?

Victoria si fermò a metà del corridoio.

Cominciava a sentirsi stupida. Era stupido, assolutamente stupido infilarsi di notte in camera di un uomo, specie se apparteneva a quella categoria di esseri dissoluti e misteriosi che rovinavano le donne.

Ma appena ebbe formulato questo saggio pensiero, un brivido le percorse la schiena. Sarebbe stato incredibile poter raccontare alle compagne di scuola una bravata come quella.

Senza contare il fatto di poter soddisfare una così viva curiosità in un modo così divertente.

Non sarebbe mai stata la stessa cosa il trovarsi a bere il tè con lui, o passare il tempo nella stessa stanza, magari sotto gli occhi ansiosi dei Killmore. Se mai fosse capitato: Jared era ferito, forse moribondo. E quand'anche lui se la fosse cavata, Harriet aveva già esposto con molta chiarezza le sue intenzioni a tenerli a debita e prudente distanza.

Victoria decise di concedersi una sola possibilità: avrebbe scelto una porta e tentato la fortuna. Se la stanza si fosse rivelata vuota, si sarebbe concessa solo un altro tentativo, o forse due, e poi sarebbe tornata a dormire.

Ascoltando per bene, con l'orecchio appoggiato alle soglie, optò per una delle camere centrali, nella quale le pareva di sentire scoppiettare il fuoco.

Con cautela scivolò dentro, sperando con tutte le forze di non essere incappata in una porta cigolante.

A un primo sguardo comprese subito di aver fatto una buona scelta: il fuoco era acceso e nel letto, circondato da un sontuoso baldacchino, si indovinava una figura umana coricata sotto alle coperte.

La giovane esultò, ma di nuovo il timore tornò a fermarla. Avvicinarsi al giaciglio con il lume poteva essere rischioso: per essere sicura di non esser notata, con un soffio deciso spense la candela, certa che al ritorno la luce lunare sarebbe bastata a condurla sana e salva alla propria stanza.

Finalmente poté lasciarsi andare alla trepidazione dell'impresa.

Jared avrebbe avuto un aspetto consumato dai vizi e dal peccato o una bellezza luminosa come l'angelo caduto? Lo avrebbe trovato in agonia e delirante? Avrebbe udito dalle sue labbra il nome di una donna, sussurrato e ripetuto, oppure, Dio non volesse, avrebbe raccolto da lui l'ultima, peccaminosa confessione? In punta di piedi si accostò al baldacchino, ansiosa ed eccitata, ma quando la vicinanza fu sufficiente, scoprì che la persona nel letto era del tutto nascosta dalle coperte.

«Accidenti» mormorò, perdendo per la delusione un petalo della prudenza di cui si era cinta alla partenza. Non le restavano che due soluzioni, rinunciare o approfittare dell'unica grande occasione della sua vita per compiere qualcosa di veramente grandioso.

La risposta era una sola, e Victoria fece un altro passetto, fino a identificare, nella tremula luce delle ultime fiamme del focolare, un ciuffo di capelli scuri, da vero libertino, spuntare fra le candide lenzuola.

Bastava tirare un poco la coperta e tutte le sue curiosità sarebbero state soddisfatte.

Victoria chinò il capo verso le coltri, per auscultare il respiro. E se la sua avventura fosse terminata, addirittura, con lei che salvava la vita a Jared, improvvisamente peggiorato e lasciato in balia del suo destino?

Ma il respiro regolare di lui infranse quella speranza: dormiva.

La treccia le scivolò dalla spalla e ricadde sulle coperte, con un lieve tonfo, ma per fortuna parve non disturbarlo. Victoria cominciò, pian piano, a tirare giù le coperte. Un pezzetto di fronte, le sopracciglia dissolute, le palpebre abbassate, le lunghe ciglia scure...

Jared aprì gli occhi di soprassalto. Lo avevano svegliato strani rumori provenienti dalla camera, poi la sensazione che qualcuno fosse entrato e stesse muovendosi di soppiatto fino al letto.

Rimasto immobile, in attesa di essere certo dell'intrusione, era quasi trasalito quando qualcosa di morbido aveva urtato le coperte, ricordandogli quasi il balzo di un piccolo animale, ma, quando si era accorto che l'intruso aveva cominciato a tirare le lenzuola, non aveva più potuto fingere di dormire.

Con una mossa rapida, per quanto le ferite gli consentissero, si mise a sedere sul letto, contando sull'effetto sorpresa, e l'ottenne, per sé e per il presunto aggressore.

Lanciarono un grido nello stesso momento. Quello di lei acuto e vagamente spaventato, quello di lui un'esclamazione abbastanza colorita.

Jared pensò di avere un'allucinazione dovuta alla febbre, perché la figuretta in camicia da notte che era scattata indietro, spaventata, non poteva essere vera. Il sobbalzo, però, fu così repentino che la ragazza inciampò nell'orlo della sottana e ruzzolò per terra, mostrandogli nella penombra della stanza una rapida visione di caviglie e gambe ben tornite, che in un baleno tornarono sotto la morigerata protezione della stoffa.

Dall'alto del letto, Jared osservò per un attimo la giovane seduta sul pavimento. Erano entrambi così meravigliati che non sapevano cosa dire.

Fu Jared che si riprese per primo, sentendosi dalla parte della ragione. «E voi chi sareste?» domandò. Cercò di sollevarsi dal letto per aiutarla ad alzarsi, ma si ricordò di essere troppo discinto per mostrarsi e desistette, temendo però che ella ne approfittasse per scappare.

«Una cameriera?» rispose lei, con un tono così interrogativo da non lasciar dubbi che stesse mentendo.

Il giovane annuì. «E per quale motivo siete qui?»

«Per assistervi!»

Sarebbe scoppiato a ridere, se non avesse deciso di stare al gioco. Ora che si era ripreso del tutto dal sonno, cominciava a sospettare d'aver capito chi fosse la sconosciuta. Sarebbe stato interessante scoprire perché la sorella di Harriet si fosse infilata nella sua camera. La situazione era davvero intrigante e voleva godersela. Cercò di osservarla meglio, anche se la penombra non lo aiutava.

«Attizza il fuoco» ordinò, fingendosi irritato.

Lei si sollevò e si strinse la vestaglia addosso, con aria a metà fra l'offeso e il terrorizzato. Non era brava a recitare, pensò Jared, seguendo con gli occhi la piacevole silhouette di lei che si accostava al camino. Poco dopo, le fiamme disegnarono nell'oscurità il suo profilo.

Non gli sfuggirono le forme aggraziate e sensuali della ragazza, che non si conciliavano con il vago ricordo che ne aveva. Quella non era più la ragazzina insipida che aveva conosciuto, ma d'altra parte erano passati... quanti? Cinque anni. Era logico che quella bimbetta avesse lasciato posto a una giovane donna. La vera (e gradevole) sorpresa era ritrovarla così graziosa.

Quando la ragazza si voltò, fu meravigliato dalla sua vivace espressione. Si sarebbe aspettato che fosse spaventata, o imbarazzata, e invece lo fissava con l'aria di volerlo studiare. Altro che cameriera, pensò divertito.

«Avvicinati» le disse, e si accorse che quella strana situazione lo stava eccitando, in più di un senso, soprattutto quando lei, con passo un poco riluttante, si accostò al letto.

Era molto diversa dalla sorella maggiore, che non aveva mai destato in lui il minimo interesse. Quella fanciulla trasudava passionalità e vitalità da ogni poro. L'attenzione che gli rivolgeva, carica di curiosità, ebbe il potere di accendergli il sangue, ma Jared fece appello a tutto il suo autocontrollo affinché lei non se ne accorgesse.

«Ti chiami Victoria, giusto?» domandò, ponendo fine alla piccola bugia di lei. Non riuscì a trattenere un sorriso, notando il suo disappunto. Credeva davvero di averlo ingannato?

La giovane si portò le mani al viso, tornando a somigliare a una bimba, come se d'improvviso fosse rinsavita e avesse compreso la situazione assurda in cui si era cacciata.

«Signore, scusatemi... sono imperdonabile!» cominciò a borbottare, arrossendo.

Jared scoppiò a ridere, incapace di trattenersi oltre. Victoria si stringe nella vestaglia e fece cenno alla necessità di andarsene immediatamente, ma egli non le diede modo di allontanarsi. Era troppo curioso, a questo punto, di capire che cosa l'avesse portata lì, e le afferrò il polso per trattenerla. La mano ferita gli procurò una fitta di dolore, ma la sopportò stoico.

«No, signorina» le intimò, sperando che i modi imperativi la costringessero a obbedirgli. «Adesso mi dite che cosa ci fate qui!» avrebbe dovuto usare toni più rispettosi, lo sapeva, ma voleva essere persuasivo.

Victoria si divincolò, ma senza molta convinzione. Con un sospiro, cedette. «Volevo solo vedervi».

Jared attese che continuasse. Non gli dispiaceva tenere quel polso sottile stretto fra le dita. Nonostante la sua pessima fama, non era affatto sua abitudine importunare giovani debuttanti: erano dame più navigate a scaldare le sue notti, non inibite e virginali giovinette. Semmai, era stato costretto più di una volta a sfuggire dalle brame di ragazze in cerca di marito, che avevano finito col rovinarsi con le proprie mani mettendosi in ridicolo nel tentativo di sedurlo.

Questa volta, però, era diverso. Victoria non pareva affatto lì per qualche secondo fine, ma proprio gli sfuggivano le sue motivazioni.

La giovane evitava di guardarlo negli occhi e fissava con ostinazione la punta dei propri piedi.

«Vedermi» la incoraggiò lui.

Finalmente lei sollevò lo sguardo con un'espressione buffa oltre ogni dire. «Non voi in particolare... ecco...» un altro respiro profondo che gli ricordò quando a scuola, impreparata, si disponeva a spararne una grossa. «Ero curiosa di vedere un vero libertino» disse in un soffio.

Questa Jared non se l'era aspettata. La risata gli uscì più sonora di quanto volesse.

«Tante grazie!» esclamò. «E vi sembra logico farlo nel cuore della notte?»

Lei si adombrò. «Harriet mi ha detto che siete ferito. Pensavo di dare una sbirciatina e andarmene».

La logica di quella ragazza era così assurda che non riuscì a chiederle altro. Era tutto così insensato da lasciarlo interdetto.

«Siete soddisfatta, almeno? Corrispondo a sufficienza alle vostre aspettative?» si informò fra il serio e il faceto.

«In realtà no. Mi sembrate un uomo piuttosto comune».

«Forse dovrei sentirmi offeso, ma credo che la vostra scortesia dipenda dal fatto che siete inesperta. Dite la verità: non avete neppure idea di cosa sia un libertino!» la prese in giro.

Victoria incrociò le braccia sul petto, dopo essersi divincolata dalla sua presa. «Ne so parecchio, invece!» ribatté, «anche se non ne ho mai visto uno, in effetti» ammise.

«E io vi ho crudelmente delusa con il mio aspetto ordinario» concluse lui. Jared si abbandonò fra le lenzuola, cominciava a risentire della stanchezza e le ferite gli dolevano. «A mia discolpa posso dire di non essere in forma. È piena notte, è vero che sono indisposto e infine ho lasciato a Londra tutte le donne che potrebbero rassicurarvi sulle mie capacità amatorie. L'unica alternativa sarebbe dimostrarvi che cosa so fare...» le lanciò un'occhiata, e trovò assai spassosa l'espressione di lei, un misto di orrore, interesse e confusione. «Ma sono indisposto, come già vi ho detto» concluse mascherando un sorriso.

Victoria annuì, facendo ondeggiare i ricci che le circondavano il viso, troppo corti per restare legati nella treccia. «Forse è meglio se vi lascio riposare» disse.

«Forse» concordò lui, divertito. Quando aveva deciso di ritirarsi a Killmore Court non aveva immaginato che il soggiorno sarebbe stato così movimentato.

Sarebbe stato interessante, l'indomani, sfidare il volere di Harriet e raggiungere la famiglia a colazione: già pregustava le espressioni delle due sorelle.

Victoria abbozzò un sorriso e fece per andarsene, quando entrambi sobbalzarono all'udire un leggero bussare alla porta.

4

I due si scambiarono uno sguardo terrorizzato.

Jared fece appena in tempo a indicare alla ragazza dove nascondersi e a vederla tuffarsi accanto al letto, sul lato occultato a chi entrava, prima che Roger facesse capolino dall'ingresso.

«Tutto bene?» gli domandò sollevando un lume verso di lui. «Ho sentito strani rumori e ho pensato stessi male».

Jared mantenne la voce ferma. «Benissimo, ho solo l'abitudine di parlare da solo, quando non riesco a dormire. Mi tengo compagnia».

Roger non pareva molto convinto, e sembrava intenzionato a fermarsi nella stanza. Se avesse fatto qualche passo avrebbe rischiato di vedere Victoria che si appiattiva come poteva al suolo, nel tentativo di infilarsi sotto al letto. Ma doveva esserci qualche cosa che glielo impediva, perché con la coda dell'occhio Jared la vedeva contorcersi e dimenarsi senza risultato.

«Vuoi che ti tenga compagnia io?» chiese Roger. «Stavo andando a dormire ora, ma…»

«Vai pure, stavo giusto cercando di rimettermi a dormire anch'io, adesso che il dolore al braccio è passato».

La fortuna gli arrise: Roger non si lasciò pregare a lungo e lasciò la stanza dopo una più decisa rassicurazione.

La testa di Victoria, la cui treccia si era sciolta nei tentativi di infilarsi sotto al letto, fece capolino al suo capezzale.

Sbuffando via un ciuffo dalla faccia, la ragazza gli mostrò un sorriso raggiante. Jared si sentiva invecchiato di una quindicina d'anni e non condivideva affatto la sua allegria.

«C'era un dannato legno che mi bloccava il passaggio» gli spiegò. «Ma è andata bene, no?»

«Rischiare di essere compromessa da un libertino rientra nel vostro concetto di *bene*?» ringhiò lui.

Il visetto di Victoria si fece serio e interrogativo. Ma era stupida, forse? «E se Lord Killmore vi avesse vista?!» le domandò esasperato.

Se fosse stato in salute sarebbe sceso dal letto e l'avrebbe spedita fuori dalla porta senza altro aggiungere, ma col braccio fuori uso non gli era possibile nemmeno un minimo atto di forza.

Lei sgranò gli occhi. E Jared, nonostante la penombra, si accorse che dovevano essere chiari, ma non cerulei come quelli di Harriet.

«Andiamo, è vostro fratello... mio cognato! Non sarebbe stato quel gran dramma!» minimizzò lei.

Era ufficialmente la ragazza più sciocca che avesse mai conosciuto. E anche una delle più affascinanti, dovette aggiungere. I capelli sciolti erano una nuvola in cui avrebbe tuffato volentieri le mani.

Senza volere si ritrovò a esaminarla, ora che si trovava così vicina e poteva vederla bene. Anche lei, da parte sua, sembrava approfittare dell'occasione per guardarlo meglio, forse alla ricerca dei tratti da libertino nel suo viso. Non aveva nulla in comune con Harriet, a partire da quel modo sfrontato di osservarlo, che aveva il potere di farlo sentire strano, vulnerabile. Era giovane, ma non aveva davvero più nulla della bambina.

Si accorse che la conversazione già precaria stava languendo, mentre entrambi erano persi ad esaminarsi a vicenda. Nel cercare di darsi un contegno fece un movimento brusco che gli provocò una fitta al braccio malmesso. Victoria, che era lì vicino, si sporse subito su di lui, preoccupata dal mugolio sofferente che gli era sfuggito.

«State male? Si è riaperta la ferita?» chiese, inondandolo con la massa di capelli rossi, che lo avvolsero in un delicato aroma floreale.

«Nulla, non è nulla» cercò di allontanarla Jared, ma non riuscì a sembrare infastidito come avrebbe voluto. Il tocco delle mani di lei, fresche sulla sua pelle che forse scottava per la febbre sopraggiunta a causa del viaggio, gli stava dando un refrigerio a cui gli dispiaceva rinunciare.

«Scottate» osservò infatti lei, aiutandolo a mettersi coricato. «È vero che siete stato ferito in un duello? Per una donna, vero? Oh, sì, scommetto che è stata una questione d'amore!»

«Mi dispiace deludervi: si è trattato, sì, di un duello, ma niente di romantico. La causa è stata un cavallo. Mi è stato venduto un brocco al posto del purosangue che avevo pagato profumatamente e la discussione col proprietario è andata oltre il previsto».

Mentre le spiegava la prosaica verità sul duello, Victoria da esperta infermiera si prodigava a sistemarlo al meglio nel letto. Sembrava sapere il fatto suo e ben presto Jared si ritrovò a essere lieto di averla con sé in quel momento. Era vero che le sue condizioni stavano peggiorando, brividi avevano cominciato a scuoterlo e si sentiva confuso. Era un conforto avere quella bizzarra ragazza accanto, per quanto mai lo avrebbe ammesso.

Victoria prese dalla toeletta la brocca e inumidì una salvietta, con cui gli rinfrescò la fronte e le tempie. Continuò a fargli spugnature regalandogli un benefico sollievo.

«Siete abile» le disse dopo un po', mentre lo aiutava a prendere qualche sorso d'acqua.

«In collegio mi sono presa cura spesso delle più piccole ammalate, e un paio di volte anche delle mie sorelline a casa. Nessuna che avesse duellato, però».

Jared sorrise. Sentiva le palpebre pesanti, ma non aveva più alcuna fretta di rimandarla al sicuro nella sua stanza. E Victoria non pareva intenzionata ad andarsene.

Quando egli socchiuse gli occhi, quasi vinto dal sonno, sentì accanto a sé il peso lieve di lei posarsi sul letto. Si era seduta sopra le coltri. Quando la mano della ragazza gli sfiorò la fronte, vinse il peso della stanchezza e si voltò a guardarla.

Era una sensazione strana, quella della carezza di lei. Non aveva nulla di sensuale, eppure ebbe su Jared un effetto dirompente che travalicò anche la spossatezza dovuta alla febbre. O forse era proprio la malattia a rendere tutte le sue percezioni alterate.

Victoria si era trovata proiettata in una situazione imprevista.

Quella che era nata come la madre di tutte le bravate stava assumendo connotazioni inattese a cui tentava di far fronte come poteva.

L'arrivo di Roger non l'aveva spaventata tanto quanto lo scoprire Jared in condizioni più gravi di quanto non le fosse parso in un primo momento. Da quando si era accorta, sfiorandogli la fronte, che bruciava di febbre, aveva smesso di prendere alla leggera quell'avventura: se erano fortunati, si trattava solo della stanchezza per il viaggio, ma poteva anche trattarsi di un'infezione e in quel caso sarebbe servito un medico.

Sotto ogni punto di vista si era cacciata in un bel guaio: se avesse avvisato qualcuno delle condizioni di Jared, avrebbe dovuto giustificare la propria presenza nella sua stanza. Se fosse rimasta ancora a prendersi cura di lui avrebbe rischiato ugualmente di essere scoperta e, in più, temeva di aver esaurito le proprie conoscenze in fatto di cure. Non sapeva più che cosa fare.

Accarezzargli la fronte fu un gesto impulsivo. Le era venuto spontaneo, l'aveva fatto spesso con le bambine malate, tuttavia si era accorta subito di quanto fosse azzardato carezzare in quel modo un uomo. Quell'uomo.

Jared, che pareva assopito, aveva aperto gli occhi per guardarla e qualcosa si era acceso in lei.

Aveva mentito, prima, dicendo di averlo trovato ordinario: certo, non aveva ravvisato in lui i tratti della dissolutezza che si era immaginata, ma tutto avrebbe potuto asserire tranne che fosse di aspetto comune. Ora, così vicina, comprendeva appieno la pericolosità del suo fascino. Lo sguardo di Jared aveva qualcosa di magnetico, nonostante fosse offuscato dalla febbre: quegli occhi sembravano capaci di imporle qualunque loro volontà. C'era in essi un che di imperativo, ma anche una inattesa vulnerabilità, come se la stesse supplicando di stargli accanto e nello stesso momento le ordinasse di farlo.

Victoria smise per un istante di respirare, provando un turbamento che le era del tutto nuovo, qualcosa di viscerale e di totalizzante.

«State peggiorando.» L'emozione era così forte che le era tremata la voce: il sussurro che le era uscito la fece vergognare e per darsi un contegno fece per sottrarsi al contatto con la pelle di lui, ma Jared la trattenne con la mano bendata, accostando le sue dita alla guancia.

«Forse» anche la voce di Jared era un sussurro, ma caldo e invitante come una tazza di cioccolata.

Ecco, ora Victoria aveva la perfetta percezione delle insidie di un libertino. Si sentiva attratta da lui come una falena dal fuoco. Quello poteva essere un tentativo di seduzione? Se lo era, la ragazza capì di essere del tutto vulnerabile e incapace di resistenza.

Ci voleva così poco a cadere fra le braccia di un seduttore?

Le sembrava di essere finita in un sogno, uno di quelli da cui si svegliava confusa e affannata, e di cui ricordava vaghe immagini di baci e carezze, di eroici cavalieri e indomabili batticuori.

Il cuore, in effetti, pareva esploderle fuori dal petto ed era una fortuna non indossare il corsetto, che l'avrebbe soffocata.

Avrebbe dovuto sottrarre la mano da quella di lui, lo sapeva. Ma nel sogno non l'avrebbe fatto.

Non lo fece nemmeno nella realtà, anzi, seguendo un impulso assurdo e impellente, si chinò e timidamente posò le sue labbra su quelle roventi di lui.

Quel contatto scatenò in lei una tempesta che la colse impreparata. Il calore delle labbra di Jared sembrò trasmettersi a tutto il suo corpo, un'ondata di rovente lava si riversò nelle sue vene.

Era il suo primo bacio e non aveva nemmeno idea di come si facesse: dai libri proibiti che aveva letto a scuola non aveva mai carpito informazioni davvero utili.

Riprendendo un barlume di controllo cercò di sollevarsi, ma Jared non glielo permise, facendole scivolare la mano bendata fra i capelli, dietro la nuca, trattenendola a sé.

Il contatto lieve delle loro labbra mutò, quando quelle di lui cominciarono a muoversi sfiorando le sue, dapprima in una delicata carezza, poi in una ritmica e sensuale danza che le provocò un piacevole languore. Si lasciò guidare da lui, lasciando che fosse l'istinto a prevalere. Ormai le pareva d'avere anche lei la febbre, le girava la testa, mentre tutte le sue sensazioni si concentravano nel contatto delle loro bocche come se al mondo non ci fosse nient'altro. Quando la lingua di Jared sfiorò le sue labbra le parve che nulla le avesse mai provocato una simile esaltazione. Accettò il silenzioso invito a socchiudere le labbra e lasciò che egli iniziasse a esplorarla, a provocarla, a cercare la sua lingua con la propria.

Delicatamente, dopo un tempo indefinito, Jared si ritrasse e Victoria si sforzò di riprendere il dominio di sé. Aprì gli occhi e incontrò quelli di lui, nei quali lesse una divertita esaltazione.

Si sollevò bruscamente, cercando di ricomporsi, ma sapeva di essere in una condizione deplorevole: avvertiva le labbra gonfie, ancora inumidite dai baci, e la chioma doveva avere un aspetto spaventoso. Si strinse la vestaglia attorno al corpo, scattando in piedi come per fuggire.

Dunque i libertini possedevano il potere occulto di traviare le fanciulle con quella facilità? Bastava un loro sguardo, un leggero contatto e le donne erano perdute. Ma lei si sarebbe rivelata più forte.

«Mi avete baciato» osservò Jared, con una logica inoppugnabile e un sorrisetto che, da solo, gli avrebbe fatto meritare uno schiaffo. «Interessante nottata...» mormorò. Poi, fece un movimento infastidito, mentre sul volto gli comparve una smorfia di dolore. Emise un mormorio incoerente e perse i sensi.

In un primo istante Victoria credette a una simulazione, anche se non comprendeva affatto lo scherzo, poi si rese conto che Jared era veramente svenuto.

Questa volta fu colta da un'ondata di panico: l'uomo non rispose al suo richiamo e non reagì quando gli diede alcuni buffetti sul viso. Guardandosi intorno spaventata, vide il cordone per chiamare la servitù e lo tirò più volte.

Per salvarsi la reputazione, a quel punto, avrebbe dovuto precipitarsi in corridoio, a nascondersi in un angolino buio, e sperare che, accorrendo, il maggiordomo non la notasse. Ma poteva lasciarlo in quello stato da solo?

Non fece in tempo a prendere una decisione: nemmeno fosse stato dietro alla porta, il maggiordomo arrivò, prima che Victoria potesse anche solo pensare a qualcosa di plausibile da dire.

Era così agitata che non fece neanche caso se l'uomo, vedendola lì, avesse reagito in qualche modo. Si limitò a mettere insieme nel modo meno confuso possibile le informazioni sulla salute di Jared: aveva la febbre alta, era svenuto, la ferita forse si era infettata...

Il servitore ci mise meno a decidere come procedere che lei a spiegarsi. Si attaccò a sua volta al campanello e chiamò aiuto, dopo aver preso atto delle condizioni di Jared.

Victoria, stordita, si fece da parte senza trovare il coraggio di andarsene, quando un secondo servitore, un po' trafelato e coi vestiti di traverso, fece ingresso nella stanza.

Il maggiordomo, che nel frattempo aveva preso posto accanto al letto del ferito e stava controllando le sue condizioni, intimò al nuovo venuto di avvisare il padrone e di domandargli se volesse chiamare un medico.

Tutti erano calmissimi, tranne Victoria che sentiva il cuore in gola. Era colpa sua se Jared si era aggravato così. Se solo se ne fosse andata per tempo, se solo avesse chiamato prima, quando aveva notato la febbre che saliva, se solo...

Roger, in veste da camera, si precipitò nella stanza proprio quando Jared stava riprendendo conoscenza grazie all'intervento del maggiordomo. La sua espressione fu di pura sorpresa, poi di totale disapprovazione, quando mise a fuoco Victoria nel suo angolino, tutta accartocciata su se stessa nel tentativo di sembrare invisibile. Parve, per un attimo, sul punto di dire qualcosa, o forse di collassare a sua volta, quando Jared cominciò a riprendersi emettendo un mugolio che attirò la sua attenzione.

«Che diamine succede, qui?» tuonò allora Lord Killmore.

«My Lord» rispose con prontezza il maggiordomo con calma invidiabile, «Temo che la salute di Mr. Lennox sia molto peggiorata. Vorrei suggerirle di chiamare il dottor Chester».

«Sto bene» protestò debolmente Jared.

«Siete appena svenuto, signore» commentò impassibile il maggiordomo. «E avete la febbre molto alta».

Jared smise di protestare e Roger fece un cenno d'assenso, poi, scuotendo il capo come se servisse a mettere ordine ai suoi pensieri, congedò il maggiordomo.

Victoria lo trovava insolitamente buffo: la capigliatura, di solito impeccabile, somigliava a un nido di tordi; i baffi penzolavano tristi da sotto il naso. Teneva le mani posate sui fianchi impettito, ma l'abbigliamento era tutt'altro che dignitoso e tutto l'insieme aveva un che di comico e tragico nello stesso tempo.

Si accostò al letto del fratello senza togliere gli occhi lampeggianti di indignazione da Victoria. Senza molta grazia tastò la fronte al giovane e parve che il risultato dell'esame lo tranquillizzasse un po'.

«Ho paura a chiedervi spiegazioni» disse lanciando un'occhiataccia alla ragazza che si sentì avvampare.

«E io ho paura a rispondervi!»

Lord Killmore alzò gli occhi al cielo. «Sanders... il mio maggiordomo... vi ha trovata qui?»

«L'ho chiamato io».

«O mio Dio!» esclamò Roger.

Victoria che si era rinsaccata nelle spalle in attesa del rimprovero, quando si avvide dell'espressione sconvolta del cognato ebbe un tuffo al cuore, comprendendo appieno quale fosse il suo pensiero.

Subito, si slanciò in avanti, pronta a difendersi. «Non è affatto come pensate, accidenti!»

Jared, mezzo stordito nel letto, sollevò l'unica mano che poteva muovere per afferrare il fratello. «Roger, sii serio...»

Lord Killmore si erse in tutta la sua altezza, e Victoria si accorse per la prima volta che si trattava di un uomo veramente molto alto. «Ora basta!» intimò. Li guardò a turno. «Victoria, tornate nella vostra camera subito. Vestitevi, ormai è quasi mattina».

Con stupore, Victoria guardò verso la finestra e si accorse che stava albeggiando. Aveva passato quasi tutta la notte a far spugnature e ad assistere un malato, e non aveva affatto voglia di sentirsi in colpa per questo. O per aver baciato Jared... o per essersi infilata nella sua stanza... forse un po' di colpa c'era, doveva ammetterlo.

Senza aggiungere altro, ma emettendo un rumoroso sospiro, obbedì, non trovando il coraggio di guardare Jared un'ultima volta prima di lasciarlo.

5

La casa, ormai, era stata destata da tutto quel trambusto e, somma onta, nel raggiungere la propria stanza Victoria si imbatté anche in una delle domestiche che stava salendo dalla scala per raggiungere le camere.

Ci mancava solo di andare a sbattere contro Harriet sulla porta, e poi la sua vita poteva cessare di proseguire.

Era stanca. Se ne accorse solo quando si chiuse la porta alle spalle. Non c'era da stupirsi, visto che aveva passato la nottata in piedi, fra emozioni e avventure.

Questa volta, se lo sentiva, non se la sarebbe cavata. L'espulsione da scuola non era stata nulla rispetto a ciò che l'aspettava ora. Ma cosa, esattamente? Nei romanzi le ragazze venivano chiuse in convento, ma lei non era cattolica. Le avrebbero fatto cambiare confessione?

Rinunciò a chiamare la cameriera e si apprestò a vestirsi come riusciva. L'acqua nella brocca era fredda. Meglio così, l'avrebbe aiutata a riprendersi, si disse mentre si strofinava vigorosamente il viso. Si sentiva gonfia e pesta: lo specchio confermò quell'impressione e aggiunse l'aggettivo "scarmigliata". L'effetto che aveva dovuto produrre il suo aspetto su Roger poteva solo immaginarlo. Ma come egli potesse pensare che Jared, in quelle condizioni, si fosse approfittato di lei, le sembrava assurdo.

«È *assurdo* che tu pensi una cosa del genere!» Jared aveva cercato di replicare alle infamanti accuse del fratello con vigore, ma era debole, troppo intontito per capire persino la portata delle imputazioni.

Avevano trovato Victoria nella sua stanza. Era quasi l'alba.

Jared a dire il vero aveva solo ricordi frammentari di quello che era accaduto realmente: Victoria si era infilata nella sua stanza. Gli aveva confessato di voler vedere un libertino in carne e ossa. Poi, sia la carne che le ossa del libertino avevano cominciato a bruciare fra le fiamme dell'inferno e tutto si era fatto confuso.

Ricordava lei che gli faceva impacchi freddi, gli tergeva il sudore e gli dava da bere, e poco altro. A parte quello che doveva essere stato puro delirio, ossia un'immagine della giovane che scendeva su di lui come un angelo, in una cortina di ricciuta seta rossa, lo avvolgeva del profumo pulito e rigenerante della sua pelle e gli regalava uno dei baci più sensuali, totalizzanti ed eccitanti che egli avesse mai ricevuto.

Non poteva che essere stato un sogno dovuto alla febbre, era impossibile che fosse accaduto nella realtà. La realtà erano solo fitte dolorose alla spalla, brividi e il peggior mal di testa di sempre.

Non aveva la forza di reagire a quelle dannate accuse. Era già un miracolo che riuscisse a tenere gli occhi aperti, come faceva Roger a non capirlo?

«L'onore di Miss Arden è intatto» ribatté.

Roger si fermò accanto al letto, dove Jared non aveva neppure la forza di mettersi seduto. «Questo lo posso credere» fece, esaminandolo da capo a piedi quasi con disgusto. «Sei uno straccio! Ma il punto non è quanto è accaduto, ma ciò che *sembra* accaduto!»

«Il tuo maggiordomo mi ha trovato svenuto: potrebbe sembrare che tua cognata mi abbia steso con un colpo in testa».

Roger posò i pugni sulla coperta e affrontò il fratello con piglio risoluto. «Non c'è nulla da scherzare! Dovrò dire qualcosa a Harriet. Tutta la servitù starà già spettegolando alle vostre spalle. Capisci che la situazione è seria? A Londra puoi fare ciò che vuoi della tua vita, ma quello che succede in casa mia, alla mia famiglia, è affare mio... e Victoria è parte della mia famiglia».

Jared sentiva le forze mancare. Non riusciva a dare un esatto significato a quel discorso, si sentiva rintronato e confuso. Forse stava per perdere ancora conoscenza e non era il momento per farlo. Si appellò alle sue ultime forze.

«Anch'io, se è per questo. E per ora non posso che chiederti tregua, finché non starò meglio».

Roger dovette vederlo davvero provato, perché si calmò un poco. Forse gli dispiaceva infierire su un moribondo. Incapace di resistere oltre alla stanchezza che lo stava avvolgendo, Jared chiuse gli occhi, chiedendosi cosa ne sarebbe stato di lui quando si fosse ripreso. *Se* si fosse ripreso.

Victoria ce la mise tutta per apparire innocente. Indossò un abitino d'un bianco abbagliante, con minuscoli fiori rosa ricamati sullo scollo rotondo. Nella scollatura, che già di suo era abbastanza castigata, drappeggiò un velo. Costrinse la cameriera a tirare i suoi ricci fino a comporli in un'acconciatura severa e seria, talmente in tensione da farle venire gli occhi a mandola. Il tutto fu completato da un serissimo scialle di un rosa pallido che doveva significare innocenza, delicatezza e amabilità.

Aveva l'impressione di dover affrontare il tribunale dell'inquisizione. Il tempo era stato sufficiente affinché Harriet venisse informata, si facesse venire un paio di mancamenti e insieme al marito decidesse in quale convento spedirla. O quale legna utilizzare per la pira. Victoria attese invano che la facessero chiamare, prima di decidersi a scendere.

Si immaginava di tutto, che i Killmore stessero ancora discutendo del suo destino, o scrivendo lettere a casa per domandare che farne di lei…

O forse non l'avevano fatta chiamare perché, nel frattempo, il povero Jared era entrato in agonia, realizzando appieno le sue prime fantasiose speculazioni.

Non trovava nulla di romantico nelle sofferenze del giovane, ora che lo aveva conosciuto. Victoria si sentiva terribilmente sciocca, pensando con quanta superficialità aveva considerato fino a quel momento la situazione.

Il tempo che separò l'ultima scena del dramma notturno dal momento della colazione fu, per la giovane, quello del pentimento e della contrizione. Quando uscì dalla camera, era una donna diversa, piena di coscienza e di maturità.

La sala da pranzo di Killmore Court era un luminoso e ampio locale, abbastanza moderno per appartenere a una struttura così vetusta. A dare luce all'ambiente erano tre grandi finestre, che si ergevano fino al soffitto, e le pareti decorate con stucchi bianchi e dorati. Il camino, abbastanza spazioso da ospitare almeno tre persone e tutto circondato da riccioli e volute dorati, era sormontato dal ritratto arcigno di un avo della famiglia, reso buffo dall'abbigliamento del secolo precedente.

Nel mezzo della stanza, sul lungo tavolo da pranzo, era poggiata un'elaborata composizione di fiori freschi che andava quasi da un capo all'altro della mensa.

La cosa meno vivace, considerò Victoria, erano proprio i padroni di casa, seduti immobili alle due estremità del tavolo. Entrambi sfoggiavano facce così funeree che, di primo acchito, la giovane pensò che Jared fosse nel frattempo morto.

Appena Harriet si accorse del suo arrivo, perse la propria compostezza e con un gesto che aveva un che di teatrale posò la fronte sul palmo della mano, come a nascondere il viso.

Di lacrime, notò sollevata Victoria, non c'era l'ombra: dopotutto non andava così male, allora. L'espressione di sua sorella era quanto di più oltraggiato, abbattuto, deluso si potesse mai immaginare, ma non era una novità che Harriet manifestasse in modo così teatrale il proprio disappunto: la giovane era convinta che fosse stato proprio quell'atteggiamento da regina offesa a far breccia in Lord Killmore, il quale doveva averlo scambiato per sensibilità.

In quel momento, però, anche lui, dall'altra parte dell'universo, fissava ostile Victoria. Erano di certo d'accordo nel condannarla, ma quale sarebbe stata la pena?

«Coraggio, Victoria» mormorò Harriet, con la voce rotta. «Ora dimmi la tua versione».

Victoria aprì la bocca per rispondere, ma la manina pallida di Harriet lasciò subitamente la fronte per passarle davanti, a mo' di ostacolo.

«No! Non voglio sapere! Dimmi, forse... questa notte non riuscivi a dormire, immagino. E ti sei alzata per fare due passi. E passeggiando, sei arrivata davanti alla porta di Jared, giusto? E lì hai sentito dei rumori, ti sei preoccupata, sei entrata, lo hai trovato svenuto e hai chiamato *subito* Sanders».

Victoria rimase interdetta. Era sempre stata convinta di essere quella più fantasiosa della famiglia, ma doveva ricredersi.

«No...» cominciò, ma lo strale di occhiata che le arrivò da parte del cognato la fece ricredere sulla risposta. «Cioè, sì. Proprio come hai detto, la mia innocenza è certa!»

«Bene, perché questo è ciò che è stato detto alla servitù. Sanders manterrà il segreto, è un uomo fidato».

Victoria aggrottò le sopracciglia e fissò Roger, che soddisfatto stava rompendo il suo uovo alla coque con precisione chirurgica.

Solo allora notò che nessun cameriere stava servendo a tavola: quella riunione di famiglia, nell'intimità dell'immenso salone, stava decidendo il suo destino. Innervosita, ignorò il gesto della sorella che la invitava a sedersi.

«Non c'è nessun segreto scabroso, Roger. Sì, ho fatto l'errore di andare a cercare Mr. Lennox, ma l'ho trovato in condizioni pietose. Mi sono fermata a soccorrerlo e quando ho capito che la situazione era grave, ho chiesto aiuto. Che c'è di male?»

«Tutto, mia cara!» gemette Harriet. Aveva l'aria stupita di chi non si capacitava di ciò che aveva udito. «Dimentica questa versione dei fatti. Dio non voglia che tu sia costretta a sposare quell'essere abbietto!»

Victoria fece un balzo indietro. «Ma perché mai dovrei sposarlo?!» esclamò, trattenendo a stento una risata, ma appena ebbe messo a fuoco le espressioni dei due le passò immediatamente ogni moto di ilarità.

«Hai passato la notte nella sua camera» rimarcò Harriet.

«Con un uomo svenuto, sorella!» specificò lei. Sembrava un orribile scherzo, ma un raggio di sole spuntò fra le nuvole. «Almeno, era svenuto per i pochi minuti in cui mi sono trattenuta lì. Perché sono entrata sentendo uno strano rumore e ho subito chiamato...» come accidenti si chiamava quello stoccafisso del maggiordomo?

«Sanders» completò Harriet annuendo, visibilmente soddisfatta.

Victoria, invece, sentiva crescere il malumore, anche quando si sedette e, in silenzio, si servì della colazione, prendendo dai piatti di portata dispersi nella vegetazione sul tavolo. Sarebbero davvero arrivati a costringere quel poveraccio a sposarla solo per colpa di una marachella, se non avesse confermato quella ridicola versione dei fatti?

E com'era possibile che quei due fossero più preoccupati per il suo onore che per la sorte di Jared?

«Come sta lui?» mormorò, sentendo calare su di sé tutta l'angoscia di quella lunga nottata. Ma Harriet fece finta di non sentire.

«Come sta vostro fratello?» ripeté a voce alta e irritata, per raggiungere Roger dall'altra parte del tavolo.

«Il medico è ottimista, salverà il braccio. Grazie, mia cara, per l'interessamento».

Gelido, come se avesse parlato del tempo. Victoria si sentiva esplodere e abbandonò la tavola, infischiandosene delle buone maniere.

Era stanca e tesa, forse più confusa di quanto volesse ammettere: aveva bisogno di un buon sonno o di un po' d'aria.

Dovette optare per la seconda, perché sapeva bene che in casa di sua sorella non sarebbe stato ammesso indulgere nell'ozio in ore diurne.

Non ne poteva già più... ed era lì da meno di un giorno.

L'aria primaverile era fresca, al mattino, e Victoria infilò in fretta la giacchina corta che si era buttata sulle spalle. Percorse il vialetto d'ingresso della casa e girò attorno al perimetro, per raggiungere il parco che si apriva sul retro.

Di Killmore Court aveva sempre avuto un pessimo giudizio: era una dimora molto antica, che qualche incompetente aveva ristrutturato in epoche recenti privandola di ogni fascino e attrattiva. Ovunque nella casa trovava stucchi dorati e riccioli insulsi, mentre il giardino, che aveva subito le stesse barbare migliorie, era un mosaico di aiuole ordinate, raccolte all'interno di siepi basse e curatissime, alberi sistemati simmetricamente lungo i sentierini, cespugli snaturati e potati fino a prendere forme grottesche e innaturali.

Vialetti di ghiaia rendevano agevoli le passeggiate, ma in quel momento Victoria aveva bisogno di sentire il contatto con l'erba, con la natura, ammesso che quella specie di salotto vegetale potesse essere considerato "natura", e subito abbandonò il percorso sicuro per poter calpestare il prato. Gli scarpini di raso si intrisero di rugiada in pochi passi, e ben presto la giovane sentì il freddo risalire dai piedi alle gambe, poi a tutto il corpo.

Si volse a guardare verso la casa, un monotono blocco di pietra e finestre, non dissimile dal collegio che aveva lasciato e, forse, nemmeno da una prigione.

Quella, se lo sentiva, sarebbe stata la sua, di prigione: dopo quanto era accaduto nella notte, Harriet si sarebbe trasformata in una carceriera, Roger in un guardiano rabbioso. Sapeva di non piacere al cognato: non sarebbe stato possibile, visto che anche la sua stessa sorella non la trovava simpatica. Forse era per quello che sua madre l'aveva mandata lì, per una specie di subdola vendetta. Certamente il soggiorno a Killmore Court sarebbe stato una punizione adeguata alle sue peggiori malefatte.

Victoria, rabbrividendo, decise di rinunciare a ulteriori esplorazioni del parco. Ferma accanto a una statua di marmo, un'opera classica fasulla anche nelle sbreccature, cercò di capire se la stanza di Jared desse su quel lato della casa.

Era probabile, se il corridoio mostrava il viale d'ingresso. Cercò di contare le finestre, ma perse il conto in un baleno.

Salvare il braccio, aveva detto Roger. Dunque l'infezione era seria. Se non altro, tutta quella brutta faccenda aveva avuto come lato positivo un tempestivo intervento sulla salute di Mr. Lennox, che non era una cosa da poco.

La ragazza sorrise fra sé della propria faciloneria: come aveva potuto pensare che quel povero giovane avesse un aspetto singolare solo per le proprie cattive abitudini?

Dovette riconoscere che, negli ultimi tempi, complici le letture, il reciproco incitamento fra compagne di studi e una buona dose di propensione personale, le fantasie l'avevano condotta spesso sulla via sbagliata. Un duello, fra le pagine dei libri, poteva essere affascinante, ma nella realtà non era una gran cosa, se poteva condurre un uomo giovane e forte sul punto di perdere un braccio; la vita di un libertino forse comportava avventure mirabili da raccontare, ma se il risultato di tali imprese era quello di finire febbricitante e sgradito a casa di qualche famigliare, poi così straordinaria non era.

Forte di questa nuova saggezza, Victoria provvide a togliersi dal prato, crucciandosi dello stato di abito e scarpine. Non era la strada buona per tornare nelle grazie della propria famiglia.

Questo pensiero aprì la porta a tutta una serie di nuove e ancor più avvilenti considerazioni.

Il rumore della ghiaia, smossa dai suoi passi, era gradevole e la spinse a proseguire la passeggiata nonostante il freddo che risaliva dai piedi bagnati.

Aveva trascorso via da casa quasi dieci anni, se escludeva le brevi vacanze estive. I genitori e le sorelle erano quasi degli estranei, per lei, come lei lo era per loro.

Nessuno si era dato pensiero di andare oltre alla fama di ragazza terribile che le avevano appioppato a scuola; fama che, per un errato senso dell'onore, ella aveva orgogliosamente portato avanti e nutrito a ogni occasione. Era stata una bimba vivace, una giovinetta eccentrica, e ora si affacciava all'età adulta con più incognite che risposte.

Se non fosse stato per la bravata che l'aveva fatta espellere, di lì a pochi mesi avrebbe terminato gli studi regolarmente e, forse, sarebbe stata riaccolta in casa con maggior affetto. Invece, sua madre non aveva nemmeno voluto saperne di lei: l'aveva mandata da Harriet per non trovarsela fra i piedi e questo, anche se le dispiaceva ammetterlo, l'aveva ferita.

Finire la scuola, in fondo, era poco più che un pro forma, visto che la sola utilità degli studi era aumentare la possibilità di trovare un buon partito: non era certo per la sua cultura che tutti si crucciavano, ma perché temevano che la sua indole le avrebbe impedito di fare una buona impressione in società. Era ormai giunto, per Victoria, il momento che tutte le sue coetanee avevano sognato, parlandone allo sfinimento nelle ore di libertà: l'epoca del debutto.

Qualcuna era stata ritirata persino in anticipo, nel corso degli anni, perché ritenuta già pronta a vivere quel magico momento: di tutte le debuttanti di successo, erano giunte al collegio trionfali notizie, che le insegnanti avevano diffuso con orgoglio: una si era sposata con l'erede di un Lord; un'altra col tal Visconte, un'altra con un promettente e ricchissimo avvocato. Almeno, Victoria si consolava notando che nessuna fra le sue conoscenze era arrivata diritta nella famiglia reale.

Victoria era ormai troppo vecchia per essere spedita in un nuovo collegio ed era considerata inadatta per essere condotta in società. Che ne sarebbe stato di lei? Quand'anche gli echi della sua ultima prodezza fossero stati sedati sul nascere fra le mura di Killmore Court, temeva che Harriet prima, e la loro madre poi, l'avrebbero relegata in casa, a meno che la prospettiva di liberarsi definitivamente di lei non prevalesse sulla prudenza e non decidessero di mandarla allo sbaraglio. Non erano, però, tipi da ragionare così: c'erano altre due sorelle da sistemare e un passo falso di Victoria avrebbe significato la rovina per tutte.

Brutto affare.

La giovane vide una panchina in pietra e senza troppe cerimonie si sedette, pensando solo dopo essersi accomodata che, se il prato era bagnato, anche la pietra lo sarebbe stata e anche il resto del vestito, non solo l'orlo, si sarebbe rovinato. La delicata mussola bianca al suo ritorno sarebbe stata un campo di battaglia.

Non ce la poteva fare, pensò scoraggiata. Le regole, in fondo, le sapeva tutte: non avevano fatto altro che ripeterle, a scuola, fino all'ossessione. Come sedersi, come alzarsi; come mangiare, come bere; di cosa parlare e quando tacere; che cosa cantare e cosa suonare, per che cosa ridere e per che cosa scandalizzarsi. Ma sapere non significava riuscire a mettere in pratica. Era più forte di lei, come un impulso irrefrenabile: doveva scoprire che cosa c'era sul lato oscuro della luna.

Se solo fosse riuscita a stare buona quel tanto che bastava ad arrivare al debutto, forse le cose sarebbero andate meglio: forse, una volta accalappiato un fidanzato, sarebbe stata più libera e, sempre *forse*, sarebbe stato più facile rientrare nei ranghi, una volta che si fosse trovata a gestire la propria vita a modo suo, accanto a un marito, in una casa sua.

Ma quale uomo avrebbe apprezzato una donna come lei? Era chiaro, in base a tutti gli illustri esempi che aveva potuto valutare, che gli uomini cercavano nelle mogli precise qualità. Che lei non possedeva.

Guardò sconsolata il vestito ridotto a uno straccio. Spazzolò con le dita la delicata stoffa che, fino alla sua uscita era stata vaporosa, morbida e d'un bianco accecante. Adesso era tutta pesta e raggrinzita in prossimità di quelli che erano stati raffinati ricami. Tutto l'orlo era coperto di fango e di macchie d'erba. Poteva solo immaginare com'era ridotto il retro del vestito, da cui le arrivava la forte umidità della panca. Un disastro immane.

Appunto: quale uomo avrebbe scelto volontariamente di impegnarsi con una creatura così profondamente sbagliata?

E fu allora, così, per colpa di una panchina bagnata e gelida, di un vestito rovinato e di un momento di sconforto, che Victoria ebbe una delle sue più geniali folgorazioni: non aveva alcun bisogno di cercare un marito, perché in effetti l'aveva già trovato.

Guardò verso la casa, verso la fila di finestre del primo piano: dietro una di quelle, ignaro, riposava il suo futuro sposo.

Jared costituiva la perfetta soluzione a tutti i suoi problemi: sarebbe bastato un piccolo passetto, un'ultima imprudenza e Roger sarebbe stato obbligato a costringere il fratello a proteggere il suo onore.

Victoria, presa da nuove energie, balzò in piedi. Per una frazione di secondo le balenò nella mente che "obbligare qualcuno a costringere un altro a sposarla" non era esattamente la strada per la felicità, ma scacciò il molesto pensiero: sarebbe stato un bene per lei e anche per Jared, che avrebbe acquisito col matrimonio una nuova rispettabilità.

A quel punto, l'abito rovinato passò in secondo piano e la giovane se ne tornò svelta a casa, sperando ancor più vivamente di prima che Jared superasse la crisi.

6

Jared era un uomo giovane, di forte e robusta costituzione: com'era auspicabile si riprese abbastanza in fretta, salvando il braccio. La febbre alta lo abbandonò dopo un paio di giorni, lasciandolo spossato, intontito e indolenzito, ma vivo.

Grazie all'intervento di un'anziana domestica, gli fu somministrato un intruglio, ricavato da qualche pianta medicinale, dal pessimo sapore ma portentoso contro le febbri e i dolori, che gli fu di grande aiuto e che, all'alba del terzo giorno, gli permise per la prima volta di sentirsi tornare alla vita.

Nei giorni in cui era stato in preda alla febbre, aveva ricevuto visite alterne di Roger e di Harriet, che forse vedendolo moribondo si era un po' pentita d'esser sempre stata così arcigna nei suoi confronti e che, nei momenti più critici della malattia, aveva dimostrato verso di lui un'insolita dolcezza.

Jared dovette ringraziare la buona sorte e la prontezza del proprio segretario, se si era trovato in quella casa e non altrove: forse con cure meno solerti non se la sarebbe cavata così a buon mercato.

L'argomento "sorella compromessa" fu accantonato fino alla terza mattina, quella in cui il giovane, sostenuto da un domestico, si impuntò per alzarsi dal letto e riprendere un aspetto vagamente umano, radendosi fin dove lo permetteva il graffio sulla guancia.

Lavato, con abiti puliti e pettinato, Jared stava cominciando ad assaporare il gusto della convalescenza, quando la prima visita del mattino riportò qualche nuvola nel suo rinnovato cielo sereno.

Roger, dopo aver manifestato la propria soddisfazione nel rivedere il fratello in buone, o almeno accettabili, condizioni, dovette decidere che era arrivato il momento di porre fine alla tregua concessa al giovane malato.

Jared, che aveva consumato la colazione sulla poltrona, aiutato dal domestico a causa della mano e del braccio bendati, era rimasto fuori dal letto, nonostante i capogiri che ancora lo tormentavano, convinto che meno si fosse comportato da infermo, prima avrebbe smesso di esserlo.

Doveva essere convincente, visto che suo fratello, senza tanti preamboli, lo investì con le proprie considerazioni.

«Ora che stai meglio» esordì, ponendosi di fronte a lui a gambe larghe, in una posizione vagamente minacciosa che gli ricordò il loro padre nei tempi migliori, «sarebbe il caso di fare due chiacchiere su un certo argomento».

Jared attese senza replicare, un po' perché era ancora troppo stordito per avere una risposta pronta, un po' perché potevano essere mille gli argomenti che potevano rendere così nervoso suo fratello.

«Victoria Arden» sbuffò Roger, irritato dall'aria evidentemente interrogativa del giovane.

«Victoria Arden. Come hai potuto appurare, quella notte stavo troppo male per poter attentare alla sua virtù. Dubito che ci sia altro da dire».

«L'accaduto di quella notte è stato messo a tacere. Ho dovuto dare una buona mancia a un paio di cameriere, ma non ci saranno altri pettegolezzi. Devo chiederti, tuttavia, di lasciare questa casa non appena le tue condizioni te lo permetteranno, dato che Victoria sarà nostra ospite a lungo e a quanto pare tu costituisci un serio pericolo per lei».

Jared si adagiò meglio sullo schienale della poltrona. «D'accordo. Un paio di giorni. Manda a chiamare Maters, il mio segretario, e appena mi sarò organizzato lascerò casa tua ben volentieri».

Era meglio essere sbattuto fuori che sentirsi dire di doverla sposare su due piedi, come aveva temuto in un primo momento. Gli era già capitato una volta d'aver sfiorato la tragedia e di essere quasi stato costretto a impalmare una signorina: si era salvato per un soffio e aveva imparato a schivare le debuttanti come delle appestate. Non riusciva a capire il motivo per cui più le ragazze erano giovani, più si dimostravano agguerrite nel tentativo di portarlo all'altare.

Il giovane uomo rivolse lo sguardo verso la finestra, dimentico per un attimo della presenza del fratello. Nonostante avesse soltanto ventisette anni, a volte se ne sentiva addosso almeno il doppio.

Non era solo per le ferite che aveva riportato. Non era nemmeno perché dedito agli eccessi: non faceva certo parte di quella gioventù londinese che aveva fatto del vizio il proprio motto, anzi, se non fosse stato per il suo debole per le donne, forse avrebbe potuto vantare una fama di uomo noioso non dissimile da quella di suo fratello.

Non beveva mai troppo; non scommetteva quasi mai e solo cifre sicure. Aveva coscienziosamente fatto fruttare e crescere il modesto patrimonio che la famiglia gli aveva messo a disposizione e non aveva certo voglia di vederlo sfumare per qualche leggerezza, perciò aveva in molti campi adottato un atteggiamento all'insegna della prudenza e della sobrietà.

Purtroppo, le donne erano rimaste il suo punto debole, insieme alla passione per l'arte. Non trovava che vi fosse grande differenza fra un'opera d'arte e una bella donna e, se poteva, faceva in modo di circondarsi di entrambe, abitudini che gli erano valse la fama di libertino (meritata solo in parte) e di dilapidatore (del tutto immeritata).

Fondamentalmente, Jared si sentiva incompreso, ma ci aveva fatto l'abitudine, diventando piuttosto chiuso e restio a parlare di sé.

Fuori dalla finestra, il cielo nuvoloso regalava rapide pennellate di sole, inghiottite altrettanto velocemente dai nembi che minacciavano pioggia. Era come se anche il tempo vivesse stati d'animo mutevoli, incerto fra il dolore e la speranza.

Jared riportò lo sguardo sul fratello, che non gli aveva ancora dato una risposta. Sarebbe arrivato a buttarlo fuori dalla casa di famiglia, ancora convalescente, solo per la propria tranquillità?

Roger pareva porsi la stessa domanda, ma quando gli occhi di Jared si fissarono nei suoi, esprimendo tutta la sua disapprovazione per la pessima accoglienza fino ad allora ricevuta, l'uomo crollò il capo. «Ma certo che puoi restare. Questa è anche casa tua».

Non che l'ultima frase fosse stata espressa in modo convincente, ma era stata espressa. Jared ringraziò e si permise di palesare tutta la propria stanchezza. Roger lo lasciò quasi subito, per permettergli di riposare, e il giovane disse a se stesso di dover fare davvero il possibile per riprendersi quanto prima e tornare a occuparsi dei propri affari lontano da lì.

Rimasto solo, e per nulla desideroso di tornare a letto, si accomodò meglio sulla poltrona, che gli regalava una bella vista del parco. Qualche goccia di pioggia, grossa e pesante, aveva già cominciato a bagnare i vialetti ghiaiosi. Le foglie degli alberi ora si piegavano, come tasti del pianoforte, al tocco delle gocce che cadevano.

La porta della stanza venne aperta e richiusa. Nessuno, però aveva bussato.

Jared si volse verso l'ingresso e si trovò davanti una figura che gli era diventata molto nota, perché aveva riempito i suoi sonni agitati dalla febbre. L'immagine che ricordava era quella di una creatura quasi irreale: una dama con indosso una lunga e bianca tunica e avvolta, come in un manto, da un'aura di capelli scarlatti. Una specie di sacerdotessa delle antiche religioni che, con le sue mani leggere, gli alleviava il dolore, lo rinfrescava dall'inferno che lo tormentava e con le labbra gli regalava l'emozione di baci ardenti.

La ragazza appena entrata era molto più ordinaria nell'abbigliamento e nell'acconciatura, ma non per questo più banale: i capelli rossi erano raccolti in una lunga treccia; la tunica bianca, che la fantasia febbricitante aveva generato prendendo spunto da una più comune camicia da notte, era stata sostituita da un abito d'un colore rosato. La giovane donna era un po' affannata, come se avesse corso, ed era, con stupore di Jared, sola.

Questo particolare, nonostante l'ottundimento che ancora albergava nella sua mente, gli suggerì che Victoria doveva essere capitata lì sfuggendo al controllo, che Jared immaginò ora piuttosto serrato, di sua sorella Harriet.

E questo, visti i precedenti, metteva in pericolo lui.

La sua prima impressione si rivelò corretta quando Victoria si portò un dito alle labbra intimandogli il silenzio, mentre avanzava nella camera.

«Ho poco tempo!» gli sussurrò, quando fu abbastanza vicina. «Mia sorella non mi ha permesso di vedervi, perciò sono dovuta venir di nascosto. Come state?»

Jared le sorrise, incerto se essere lusingato per quell'attenzione o se preoccupato delle conseguenze, se qualcuno l'avesse trovata lì. Non poteva, quella sciocca di Harriet, portarla con sé in una delle sue visite? Doveva figurarsi che quel ciclone di ragazza non si sarebbe accontentata di notizie di seconda mano.

«Molto meglio, grazie» rispose, guardingo. Poi ripensò a quella notte. «Credo di dovervi molto. Senza il vostro intervento le cose sarebbero andate molto peggio».

Victoria si accostò ancora di più alla poltrona e finalmente, nella luce del pieno giorno, egli poté ammirarla da vicino, per disperdere del tutto dalla sua mente quell'idea quasi mistica che la febbre aveva creato di lei. Avrebbe voluto trovarla una ragazza qualsiasi, ma non era possibile. Il suo viso gli ispirava un'istintiva simpatia, a causa dell'espressione così vivace e birichina che le illuminava lo sguardo.

Era bella, ma di una bellezza che non aveva nulla di classico. Netto, si stagliò il ricordo di lei che rintuzzava le fiamme, avvolta nella stoffa resa quasi trasparente dalla luce del camino.

Jared prese un respiro, mentre lei, stupendolo, si chinò a toccargli la fronte con l'aria professionale di un'infermiera.

«La febbre è sparita del tutto» gli comunicò, come se egli avesse bisogno del suo parere. «E non siete più pallido come la morte. Molto bene!» si congratulò.

«Grazie» riuscì a replicare lui, giusto in tempo prima che la ragazza si accovacciasse ai suoi piedi e gli prendesse confidenzialmente la mano. Di nuovo i ricordi della notte del suo arrivo gli balenarono nella mente. Le mani fresche di Victoria sulla fronte, le sue carezze così ristoratrici... quelle dita erano incredibilmente lunghe e affusolate, per una mano così piccola. Le mani di una pianista.

«Credo che abbiate bisogno di una moglie».

Jared credette di non aver capito bene. «Prego?» domandò, aspettando qualche attimo una risposta che non venne. Il visetto della ragazza ostentava una calma olimpica e un sorriso spiazzante. Sembrava intenzionata a non spiegarsi oltre, come se bastasse la sua espressione a dir tutto. E Jared sentì la propria preoccupazione crescere.

«Scusatemi!» rise lei dopo un lungo, drammatico istante. «Vi ho fatto questo discorsetto così tante volte nella mia mente che ho dimenticato di farvelo davvero. Intendo dire, che ho riflettuto molto su di noi...»

Jared si agitò, come se la poltrona d'un tratto fosse divenuta di fuoco. «Calma, non esiste nessun noi! Nemmeno vi conosco!» Una fitta di dolore al braccio ferito lo costrinse a rimettersi tranquillo, almeno fisicamente.

«Lo so» concesse la ragazza imperturbabile, aiutandolo a rimettersi giù. «Ma lasciatemi finire».

Jared non poté che attendere, mentre Victoria si alzava in piedi, come se dovesse declamare una poesia, e prendeva a camminargli davanti, in cerca di ispirazione.

«Vedete, ho avuto modo di pensare molto a quanto è successo negli ultimi giorni, a voi, a me... a...»

«Non dite *noi*, eh!» proruppe lui, anticipandola preoccupato. Victoria gli lanciò un'occhiataccia, ma non disse quella parola.

«Intendo che la vostra particolare situazione secondo me richiederebbe un cambiamento abbastanza celere del vostro stato: il duello, ma non solo... tutta la vostra vita sregolata, priva di veri affetti, priva della consolazione di un focolare, necessita di un radicale cambiamento».

«Ma priva di nulla!» sbottò Jared. «Che cosa vi siete inventata, siete forse pazza?»

«No, davvero. So tutto di voi: Harriet mi ha raccontato parecchie cose, per mettermi in guardia, ma io ho compreso anche ciò che non mi ha detto».

Se Jared avesse potuto sellare un cavallo e andarsene al galoppo seduta stante, lo avrebbe fatto. Non era la prima volta che qualche ragazzina si metteva in testa pensieri simili: la sua redenzione, parimenti al suo patrimonio, stava a cuore a molte giovani di sani principi. Ma nessuna si era mai rivelata pericolosa come quella furia di ragazza, fosse anche solo per il fatto che lo aveva già messo nei guai coi suoi comportamenti sconsiderati.

Deglutì a vuoto. Da quando erano le donne a rischiare di compromettere lui, e non il contrario?

«Sentite» cominciò, cercando un modo per essere chiaro e non eccessivamente offensivo. «Credo di capire che cosa volete dirmi, ma vi assicuro che non ho alcun bisogno di essere salvato, né da voi né da altre damigelle. Siete stata provvidenziale, l'altra notte, ve ne sarò grato in eterno, ma tutto finisce qui».

Victoria si chinò su di lui, posando le mani sui braccioli della poltrona. Aveva un che di minaccioso, ma nel contempo Jared avvertì che quella vicinanza gli era nota. Il bacio che aveva reso ancor più rovente il suo delirio forse era stato un sogno, o forse... no.

In quel momento la giovane gli era vicina come la notte del suo peggioramento, e nonostante non vi fosse la meravigliosa cortina di capelli rossi, egli avvertì nuovamente il proprio corpo reagire con prepotenza, non potendo evitare di guardare la bocca di lei, un fiore vermiglio che gli suggeriva pensieri ardenti. La posizione della ragazza, poi, metteva in evidenza il seno esuberante che occhieggiava dallo scollo del vestito, benché questo fosse castigato e non certo di quel genere che le donne indossavano per sedurre.

Jared si ritrovò, senza volere, a fissare le morbide forme di lei, che parevano chiedergli di liberarle dall'impiccio della stoffa e di essere accarezzate. Ma gli occhiacci di Victoria attirarono di nuovo la sua attenzione.

Erano a pochi centimetri l'uno dall'altra ed ella lo scrutava con attenzione, ricordandogli, non seppe nemmeno lui perché, certe cartomanti delle fiere, che raccoglievano informazioni sui clienti, grazie al proprio acume, con un solo sguardo.

«Jared» gli disse, ignara dell'attenzione che egli, invece, aveva del tutto perso a causa delle sue grazie. «Siete dunque così cieco di fronte alla vostra situazione?»

Di nuovo gli occhi di Jared vagarono incerti fra la scollatura e le labbra di lei. No, non era cieco, ma avrebbe voluto esserlo, perché quella ragazza lo stava involontariamente provocando oltre ogni dire. Soprattutto quando si abbassò ancora di più, per fissarlo meglio negli occhi, che probabilmente a suo giudizio vagavano troppo in giro. E così, egli si ritrovò davanti due smeraldi che gli tolsero il respiro.

«Avete bisogno di una moglie che vi riconduca sul giusto sentiero, o che per lo meno, ecco...» abbassò la voce, un poco in imbarazzo, «che copra con la sua rispettabilità le vostre piccole mancanze. Che sappia... ehm... perdonare, comprendere, accettare».

Quel discorsetto lo riportò bruscamente alla realtà e, pur non avendo il potere di spegnere i suoi ardori, ebbe almeno la capacità di restituirgli un poco di lucidità.

Con la mano bendata la allontanò da sé, arrabbiato per non poter far uso di entrambe le braccia per essere maggiormente energico. «È terribile quello che state dicendo!» esclamò. «Come può una ragazza giovane come voi concepire un pensiero simile? Un *matrimonio* simile?»

Fu come se Victoria gettasse la maschera. D'improvviso si fece triste, avvilita, e Jared si sentì furioso con se stesso, perché, invece di gioire della piccola vittoria, provò una sensazione di delusione, come se, allontanandosi, lei avesse portato via anche la luce.

«Non è un'idea sbagliata» replicò la ragazza con un sospiro.

«Oh, certamente no. Ma credevo che le ragazzine fossero un poco più romantiche. Almeno a parole» si corresse. In fondo, nelle debuttanti che avevano cercato di incastrarlo, di romanticismo non ne aveva punto trovato. Nessuna, però, aveva mai messo in conto, secondo lui, un futuro matrimoniale desolante come quello che si figurava Victoria, e la visione squallida della giovane lo sconvolgeva.

Lei incrociò le braccia, mettendo, disgraziatamente, in nuovo risalto lo splendido decolleté. «E secondo voi dovrei nutrire il mio romanticismo, sapendo come funziona davvero la vita? Non siate sciocco, Jared. Io certamente non la sono: avventata e un po' pazza, sì, ma non manco di lucidità quando occorre».

Jared si maledisse, perché ogni secondo che passava, quella giovane e strana fanciulla lo incuriosiva e attraeva sempre di più. Si maledisse ancora di più quando, invece di dar retta a quella parte della propria coscienza che gli suggeriva di chiudere il discorso e di mandarla fuori, dalla sua bocca uscì un invito a continuare, a spiegarsi. E, dannazione, quella stupida mano avvolta dalle bende le fece anche cenno di avvicinarsi di nuovo.

Anche Victoria ne fu meravigliata, perché fece solo un passetto intimidito verso di lui.

Il rombo di un tuono distrasse entrambi. Sui vetri, portata da una folata di vento, la pioggia prese a scrosciare violentemente. Victoria si spostò accanto alla finestra, da cui ora entrava una luce grigiastra e malata, per guardare attraverso i vetri rigati di pioggia il temporale che imperversava.

Da un momento all'altro sarebbe potuta entrare una delle cameriere per controllare che le finestre fossero ben chiuse, ma Jared scacciò quel pensiero molesto.

«Volete la verità? Lo so che non siete voi ad aver bisogno di una moglie. Anche se tutto sommato sono convinta di quello che vi ho detto. Diciamo che forse sono più io ad aver bisogno di un marito».

Possibile che fosse arrossita? Non gli pareva proprio il tipo. Il momento di imbarazzo fu breve: un attimo dopo lei gli piantò in faccia di nuovo quegli occhi acuti, atteggiati quasi a sfidarlo. «Lo sapete come ho passato gli ultimi due giorni? A ricamare roselline su di un fazzoletto, maledizione!»

Jared cercò di mascherare il sorriso che gli affiorava alle labbra, di fronte a cotanta, esagerata indignazione. Di nuovo per un argomento privo di collegamento logico coi precedenti.

Victoria puntò una delle sue dita sottili al proprio petto, come se Jared avesse avuto bisogno di un invito per esserne attratto. «Io detesto lavorare con l'ago! Fatemi disegnare, suonare il piano, studiare latino, francese, tedesco, anche greco, fatemi fare il bucato, piuttosto: ma ricamare! No! Harriet lo sa, diavolo d'una sorella, e lo fa apposta per punirmi. Due giorni a cucire con lei, in un salottino illuminato da morto. Ci rimetto gli occhi!»

«Scusatemi, ma mi sfugge il nesso fra tutto questo e un marito».

«Il nesso siete voi. Ero già nei guai per la cosetta della direttrice, che ha causato la mia espulsione, e voi avete peggiorato la situazione».

«Intendete dire che voi avete peggiorato la situazione venendo da me» corresse lui.

Lei annuì distrattamente, come se la differenza fosse davvero trascurabile.

«Comunque, credo che Harriet non sappia decidersi: dipenderà da lei il mio ingresso in società e temo che questo non avverrà finché non mi riterranno innocua. Il che potrebbe non avvenire mai. E più mi tengono sotto osservazione, più io faccio sciocchezze, non riesco a evitarlo».

«Qualcosa del tipo convincere me a sposarvi? O magari scappare nel cuore della notte nella mia stanza, o ancora piombare qui di nascosto durante il giorno?» elencò lui. «Potreste, per favore, cominciare a fare sciocchezze che non mi coinvolgano?»

Nonostante la sua intenzione fosse rimproverarla, il tono gli uscì divertito. Victoria se ne accorse, perché a sua volta sorrise e Jared la trovò del tutto deliziosa, proprio perché così imprevedibile, ma subito si accigliò, per non mostrarle il proprio gradimento. Anche lei, di conseguenza, tornò seria e assunse un'aria desolata.

«Quindi non mi sposerete?»

«Certo che no!»

Jared scosse il capo, incredulo. Aveva pensato che lei scherzasse, e invece... La genuina delusione che si dipinse sul suo viso lo fece sentire in colpa. «Ascolta, Victoria» disse, accorgendosi troppo tardi del modo confidenziale che aveva usato. «Sei una meravigliosa, giovane e interessante ragazza: troverai sicuramente qualcuno che ti sposerà per i tuoi meriti, e non per coprire le proprie attività di libertino: resisti un poco, comportati bene con Harriet e vedrai che in pochi mesi sarai libera dall'oppressione della tua famiglia».

La giovane abbassò lo sguardo, delusa. «E se l'uomo che mi sceglierà si rivelasse una prigione peggiore?»

Jared fu colpito da quella frase. Forse era l'unico a poter comprendere appieno che cosa significassero quelle parole.

Aveva visto i propri genitori, due estranei che condividevano a malapena qualche pasto; aveva visto molte coppie di amici rendersi reciprocamente infelici, ma mentre gli uomini potevano trovare soddisfazioni e interessi molteplici fuori dalle mura di casa senza troppo scandalo, per le donne era molto diverso. Quante volte anche lui aveva guardato al matrimonio come a una prigione, capace di uccidere ogni interesse, ogni vivacità di spirito, persino... ogni sentimento?

Aveva l'impressione che Victoria, sotto molti punti di vista, gli fosse simile: poco compresa dalla famiglia perché diversa, possedeva uno spirito libero che egli sentiva affine al suo. Avrebbe trovato un uomo che la valorizzasse, o sarebbe finita come alcune delle sue amanti, donne che accanto a lui si dischiudevano come fiori notturni, creature che non finivano mai di stupirlo, eppure incomprese e non amate, che suggevano dalle sue attenzioni la linfa vitale per sopravvivere a un'esistenza senza significato?

Era penoso pensare che Victoria potesse avere un destino simile a quelle donne infelici, il cui unico raggio di sole nella vita era costituito da rari, rapidi incontri clandestini. E se un poco aveva compreso quella fanciulla, la sua natura vivace l'avrebbe portata a mettersi nei guai.

«Vieni qui» le disse sottovoce.

Questa volta Victoria obbedì, timorosa, ma nel modo in cui lo aveva guardato, per un breve istante, egli aveva visto balenare l'emozione. La stessa che come un fiume in piena sopraffece lui, quando ella gli fu di fronte.

Com'era possibile desiderarla così? Per la sua semplice vicinanza, senza seduzioni e senza artifici?

Jared non era un ragazzino e sapeva dominarsi, ma lo meravigliava sempre più lo strano potere che la ragazza esercitava sui suoi sensi.

Lo fissava, in attesa che egli dicesse qualcosa, ma trovare le parole giuste gli era difficile. Senza quasi rendersene conto le porse una mano, ed ella rimase per un attimo incerta. Aveva paura di fargli male, o forse si rendeva conto di quanto quel gesto fosse intimo e inappropriato. Tuttavia, per quanto titubante, la accettò.

«Nessuno ti potrà imprigionare, se non glielo permetterai» le disse. «Ti parlo come un fratello...» quella frase gli parve così assurda che si interruppe. Nella sua testa i pensieri che passavano erano tutt'altro che fraterni: se Victoria avesse potuto sbirciare nella sua mente sarebbe fuggita a gambe levate da quella stanza, evitandolo per il resto della vita.

Il rumore della pioggia coprì per un lungo istante ogni altro suono.

Jared non si risolveva a lasciarle la mano. Quel bacio, che aveva rivissuto decine e decine di volte nei sogni causati dalla febbre, tornò a stagliarsi nei suoi ricordi, accrescendo il suo desiderio fino a renderlo doloroso.

Se quel bacio era avvenuto nella realtà, e non solo nella sua fantasia, anche Victoria doveva ricordarsene. Doveva averci pensato. Forse, anzi, in quello stesso momento ci stava pensando quanto lui. Alzò gli occhi verso la giovane e comprese che era così.

«Non penso a voi come a un fratello» ammise infatti, con una voce bassa che quasi gli fece perdere il controllo. Dovette ringraziare le proprie ferite, se non ebbe modo di attirarla a sé. L'unica arma che gli rimaneva era la sincerità. Mostrarle la sua vera natura l'avrebbe spaventata e allontanata, una volta per tutte.

«E questo è un bene: sarei ancora più pericoloso per te se tu ti fidassi. Sono quello che sono, Victoria. Vuoi che sia sincero anch'io? Se ne avessi le forze, in questo stesso momento vorrei condurti nel mio letto».

Lei si sottrasse, come Jared sperava, al suo contatto, ma non fuggì come egli aveva sperato. Lo guardava, con aria smarrita, come se cercasse di comprendere se la stava canzonando.

«Hai capito bene, sì.» Non gli restava che rincarare la dose, terrorizzarla al punto giusto, e avrebbe liberato entrambi dell'incomodo di quell'assurdo rapporto che stava nascendo fra loro. Cercò di essere freddo, distaccato, come aveva imparato a fare tanto tempo prima.

«Ti scandalizza sapere che ti desidero? Eppure è così. Purtroppo i miei appetiti passano in fretta... avrei una gran voglia di assaggiarti, ma non così tanta da fare di te il mio unico pasto».

Frasi del genere, in un paio d'occasioni, lo avevano liberato da moleste e improvvisate seduttrici, ma Victoria, avrebbe dovuto immaginarlo, non era come le altre: dopo un attimo di grande incertezza, in cui egli vide sul suo volto alternarsi varie espressioni, emise una risatina.

«Lo avete letto in qualche libro?» gli domandò. «Questo discorsetto è così scabroso da essere quasi ridicolo!»

Jared non riuscì a rispondere, perché in parte era vero. La prontezza di spirito della ragazza gli piacque, e questo gli diede ancora più determinazione ad allontanarla.

Con uno sforzo, si alzò in piedi, sapendo che ciò che stava per fare avrebbe ferito più lui di Victoria. Doveva recitare bene la sua parte, se voleva farle comprendere esattamente con chi aveva a che fare.

Visto che lei non si era fatta indietro, egli la dominò subito con la propria altezza, costringendola a sollevare il capo per guardarlo. Piccola, coraggiosa fanciulla, che sfidava col coraggio dell'innocenza le mareggiate della sua passione, senza comprendere quanto, attimo dopo attimo, gli rendeva più difficile resistere ai propri impulsi.

7

Jared voleva solo darle una breve prova della propria immoralità. Sarebbe bastato poco, perché lei finalmente lo lasciasse in pace; sperava solo di non sconvolgerla troppo perché, in modo vago, comprendeva che se ella l'avesse odiato non se lo sarebbe mai perdonato.

Si avvide subito che Victoria non era indifferente alla sua vicinanza: il seno, premuto dal corsetto verso lo scollo dell'abito, prese a sollevarsi e abbassarsi a un ritmo accelerato, eppure la giovane non si mosse d'un passo.

«Regalami un altro bacio» le sussurrò, odiandosi per il fatto d'essere emozionato quanto lei e temendo di darlo a vedere.

Victoria lo fissò, ancora con quello sguardo serio e un poco triste, per un lungo istante, poi si sollevò in punta di piedi e poggiò le mani sul suo petto, per offrirgli le labbra, che egli investì con la propria bocca resa avida dall'attesa. Combattuto, in preda a sentimenti contrastanti, Jared si impose di soddisfare nel peggior modo possibile la propria brama: non lasciandole quasi il tempo di comprendere cosa stesse accadendo, le aggredì la bocca con la propria lingua, ne prese possesso con determinazione e senza porre freno alla propria lussuria, per abbandonarla dopo un breve, quasi violento interludio, solo per percorrerle il collo con le labbra, fino a raggiungere i punti che sapeva essere più sensibili e frementi, su cui si soffermò. Il piccolo gemito di sorpresa e piacere che le uscì dalla gola gli fecero comprendere quanto Victoria fosse ormai soggiogata e in preda ad altrettanto desiderio.

Non era quello che voleva ottenere: avrebbe voluto che la veemenza di quella aggressione la conducesse a fuggire da lui, non che ella si abbandonasse in quel modo al suo abbraccio.

La stava abbracciando, infatti, con l'unico braccio libero dalle fasciature, e non se ne era neppure avveduto. Si disse che forse, se si fosse spinto troppo in là con le avances, sarebbe finalmente riuscito a spaventarla. Mentiva a se stesso e ne era cosciente: quel seno palpitante, così vicino, era troppo invitante perché egli non vi si dedicasse. Avvertiva il profumo della pelle di lei, ne assaporava il gusto con una voluttà forse mai provata prima. Quando spinse i propri baci sul soffice pendio della scollatura, temette di non reggere lui per primo all'emozione, soprattutto nel momento in cui, di nuovo, la ragazza emise un sospiro carico di appagamento.

La allontanò bruscamente, troppo perché le ferite non gli procurassero un dolore lancinante. Invece di scacciarla con la veemenza che si era figurato, Jared piombò a sedere di nuovo sulla poltrona, spossato e dolorante.

«Vattene. Questo non è il posto per una bambina come te» le disse, cercando di non palesare troppo il proprio respiro reso affannoso dalla passione, dallo sforzo e dalla sofferenza per le ferite. Avrebbe voluto essere sprezzante, per lo meno quanto bastava a offenderla, ma gli parve di non esserlo stato abbastanza, perché lei non corse via come avrebbe dovuto.

Cercando di rivolgerle uno sguardo gelido, sollevò gli occhi verso la giovane. Gli si strinse il cuore, quando si avvide dell'espressione sconvolta di Victoria. Lo colpì come uno schiaffo vedere il suo turbamento, che non era quello di un pudore virginale offeso, ma quello di una donna respinta. Jared cercò di convincersi che così fosse ancora meglio: sapeva bene che ferire le donne era il modo migliore per liberarsene.

Se fosse arrivato a farsi schiaffeggiare avrebbe risolto tutti i suoi problemi. «Torna a giocare con le tue bambole. Dovresti aver capito che uno come me consuma e non paga».

Victoria era troppo scossa per riuscire a parlare. I baci di Jared avevano scatenato in lei una tempesta di sensazioni da cui non riusciva a riemergere.

Se il loro primo bacio aveva destato sensi sconosciuti, il secondo gliene aveva dato una maggiore coscienza, rendendoli vividi e ricettivi.

Non riusciva neppure a dare un nome a ciò che aveva provato quando egli aveva preso un così fiero possesso della sua bocca: avrebbe dovuto provarne orrore, vergogna, e invece il solo pensiero di quel momento aveva il potere di farla sentire in balia di un'emozione ingovernabile. Ogni singolo istante di quella eccitante intimità l'aveva spinta a desiderare di più, per quanto la sua mente fosse incapace di capire che cosa realmente volesse. Ogni gesto di Jared, ogni bacio, l'aveva resa più sensibile, più pronta ad accogliere il successivo.

Ora che egli si era allontanato, sentiva il proprio cuore battere così forte da martellarle nelle orecchie, nelle viscere, mentre un calore sconosciuto dilagava in tutto il corpo, come se volesse scioglierlo.

Rimase inebetita a guardarlo, mentre lui le sciorinava una cattiveria dietro l'altra, improvvisamente divenuto una persona diversa, estranea.

Era troppo confusa per rispondergli a tono, questa volta. L'atteggiamento di Jared la feriva, ma non riusciva a cancellare il puro piacere dei suoi baci, la sensazione che realmente lui, in quei momenti, le fosse vicino col corpo e con lo spirito.

Dunque era questo il vero potere di un libertino, la capacità di trarre in inganno e di illudere le proprie vittime. Era l'unica spiegazione per la grande quantità di conquiste perpetrata da questa infame categoria. Doveva avere un cuore gelido e una mente calcolatrice, per piegare ai propri appetiti le donne senza essere mai coinvolto sentimentalmente.

Victoria, però, sentiva che Jared non era così. Forse non era la prima e non era l'ultima a credere di trovare in un libertino una ricchezza di umanità del tutto inesistente, ma qualcosa nel suo istinto le diceva che quel giovane uomo era più fama che fatti. Che le parole non corrispondevano affatto al suo sentire.

Le balenò alla mente l'assurda idea che quelle crudeltà avessero come scopo il proteggere lei dall'attrazione che non riusciva a nascondergli. L'unica mossa intelligente le parve non dargli soddisfazione. Sollevò il mento e affrontò le sue iridi azzurre e derisorie.

«Mi hai chiesto un bacio e l'hai avuto. Il comportamento da bambino non è certo il mio. E non sono io che non riesco a stare in piedi» osservò, tentando di sembrare calma, serena e per nulla turbata. Dovette essere convincente, perché negli occhi di Jared balenò, per una frazione di secondo, sincera ammirazione.

«D'accordo» le disse, con un'espressione seria che mal celava un sorriso. «Resta ancora. Fatti trovare qui di nuovo: potrebbe essere un sistema per portare a termine il tuo progetto matrimoniale. Ma se è questo che stai cercando di ottenere, te lo dico subito con chiarezza: nessuna pressione, di nessun tipo, potrebbe costringermi a portare all'altare una donna che non voglio sposare. Nemmeno se dovessi affrontare in duello Roger per causa tua. E finirà così, se ti farai sorprendere di nuovo in questa camera».

Victoria inorridì al pensiero di diventare la causa di uno scontro fra i due fratelli. Da quella notte tremenda, la sua opinione romantica su quel modo antiquato di dirimere controversie era drasticamente mutata: non ci vedeva altro che una barbarie usata per regolare faccende per cui le parole, o al massimo un giudice, sarebbero stati più che sufficienti.

L'idea che un giovane uomo rischiasse di morire per una questione d'onore, di denaro o d'amore le risultava ora stupida all'inverosimile; era inconcepibile che suo cognato arrivasse a combattere contro il proprio fratello per una sciocchezza.

Chinò il capo. Non le andava di vedere il sorrisetto beffardo che di certo stava increspando il volto di Jared.

Senza aggiungere altro, lasciò la stanza e tutte le speranze che aveva nutrito in quell'incontro.

Sgattaiolando nel corridoio fino alla propria camera, dove avrebbe dovuto recarsi fin dall'inizio, almeno in base a quanto aveva assicurato a Harriet, cercò di riportare ordine nella confusione che l'incontro con Jared aveva generato in lei. Chiamarla confusione era un eufemismo: non c'era una sola parte di lei che non fosse attraversata da una sorta di uragano emozionale.

Si era veramente convinta, nei giorni precedenti, che il giovane uomo avesse bisogno di una moglie e che la sua proposta, per lo meno, gli avrebbe dato motivi di riflessione.

Nulla, in quel breve colloquio, era andato come si era aspettata, ed era stata tutta colpa sua. Non era stata capace neppure di metterlo al corrente in modo comprensibile di tutti i ragionamenti saggi che l'avevano condotta a offrirsi in sposa: come avrebbe potuto Jared accogliere favorevolmente la proposta?

Victoria, chiusa la porta alle proprie spalle, dovette fare i conti con lo sguardo interrogativo che lo specchio della toeletta le rimandava: una se stessa dalle gote arrossate, ansante, sconvolta dal susseguirsi assurdo e incalzante dei fatti. La lunga treccia lasciava sfuggire ciuffi ribelli che le davano l'aria di una bambina esagitata.

La cameriera, seguendo gli ordini di Harriet, continuava a pettinarla come una scolaretta: conciata così era logico che Jared non le volesse dar credito in ambito matrimoniale! Aveva già diciotto anni, eppure tutti la trattavano come se ne avesse dodici.

Il volto nello specchio avvampò, quando il pensiero le corse al bacio appena ricevuto.

Jared non l'aveva trattata da bambina, anche se a parole aveva voluto farle credere l'opposto.

La ragazza si accostò alla specchiera, continuando a rimirare la propria immagine. Gli occhi erano lucidi, quasi febbricitanti; il volto arrossato le dava un'aria piena di vitalità. Si passò, quasi inconsapevolmente, un dito sulle labbra, sulle quali le pareva d'aver ancora impresso il marchio di quelle di lui.

Prima di allora, prima di incontrare Jared, non era mai stata baciata.

Aveva letto di tanti baci, nei libri, nelle poesie, aveva sentito le confidenze di alcune compagne più esperte, ma niente l'aveva preparata a ciò che le labbra di Jared le avevano trasmesso. Si trovò persino a chiedersi se quella sua assurda, eccitante esperienza non fosse del tutto fuori dall'ordinario. Non riusciva nemmeno a immaginarsi un Roger Killmore avventarsi in un simile assalto su Harriet.

Quel pensiero le strappò un sorriso divertito. No. Jared era diverso, come lei era diversa: di questo era certa come di poco altro. Anzi, di nient'altro, dato che ormai nella sua vita tutto era nebuloso e dubbio.

Se solo fosse riuscita a parlare con lui in modo più coerente, invece che lasciarsi prendere come sempre dalla smania di concludere in fretta, forse sarebbe riuscita a convincerlo. Il suo guaio era sempre lo stesso: ogni volta che si sentiva in difficoltà, o incalzata dagli eventi, veniva colta da una specie di frenesia che la costringeva a sbagliare qualcosa, specie quando doveva relazionarsi con altre persone. Era il suo peggior difetto e più d'una volta aveva rischiato, e stava rischiando, di rovinarle la vita.

In fondo, lei sapeva bene che non vi era nulla di più logico di un loro matrimonio: avrebbero tranquillizzato le rispettive famiglie, si sarebbero assicurati una vita serena e libera, avrebbero avuto accanto una persona che avrebbe pienamente rispettato gli altrui spazi. L'unico prezzo da pagare sarebbe stato condividere il letto quel tanto che bastava a mettere in cantiere un bimbo, e poi...

La Victoria dello specchio le lanciò un'occhiata triste, come se le stesse chiedendo un briciolo di sincerità in più.

Jared le aveva dato risposte sensate, quando aveva obiettato ai suoi progetti, fino a farli apparire assurdi. Egli non aveva alcuna intenzione di sposarsi, soprattutto di sposare lei. Non sarebbe riuscita a raggiungere il suo obiettivo nemmeno attraverso uno scandalo e l'unica a essere penalizzata sarebbe stata solo lei stessa, perché, come egli aveva chiaramente sottolineato, Jared avrebbe preferito affrontare Roger in duello piuttosto che finire legato in un matrimonio riparatore. Che marito sarebbe stato, poi, un uomo obbligato?

Con un sospiro si sedette davanti alla specchiera, da cui prese, giusto per occuparsi le mani, una spazzola.

Il vero dramma era che i baci di Jared le erano piaciuti immensamente, tanto da farle battere il cuore ogni volta che ci ripensava. E non riusciva a smettere.

Ora che lo aveva rivisto, in condizioni migliori rispetto al loro primo incontro, doveva anche ammettere che tutta la sua persona le piaceva. Non era solo il fatto di trovarlo bello, quello non era poi così emozionante: anche Roger, che in fondo gli somigliava, lo era.

C'era quel suo sguardo, quel suo modo di sorridere, quel modo di fare, che avevano su di lei un effetto… a Victoria venne solo in mente il termine *paralizzante*, perché di fatto l'effetto che Jared aveva su di lei, come se quell'uomo avesse il potere di bloccare le sue facoltà mentali e riuscisse a padroneggiarne i pensieri.

Questa idea le diede un forte senso di ribellione.

Nessuno, mai, era riuscito a farle una cosa simile: se di qualcosa era sempre andata fiera era la propria indipendenza di testa e di cuore. Chi era Jared Lennox per rubarle l'unica buona qualità che possedeva?

Victoria si sedette ben dritta sullo sgabello, sollevando il mento come mille volte le avevano ripetuto in collegio.

Si sarebbe tolta da tutti quei guai. Lo doveva a se stessa. Le soluzioni non erano che due, o evitare altri pericolosi incontri con Jared, oppure riuscire sedurlo e fargli pagare tutte le sofferenze che aveva inflitto al genere femminile.

La ragazza nello specchio annuì soddisfatta. Avrebbe seguito la prima via, fino a che non avesse capito come perseguire la seconda. E se Jared se ne fosse andato prima di riuscirci, avrebbe dovuto ripiegare dolorosamente sul ricamo, in attesa di una miglior occasione.

La prima cosa da fare era accordarsi con la cameriera di Harriet, che non poteva continuare a conciarla da poppante.

L'occasione per mettere le cose in chiaro arrivò presto, quando giunse il momento di prepararsi per il tè: invece di accettare senza discutere le proposte della donna, fu lei a scegliere dal guardaroba cosa indossare e a optare per uno chignon invece delle solite, più pratiche, trecce con cui soleva legare i capelli. Non era più una collegiale ed era ora che tutti se ne rendessero conto.

Harriet e Roger apprezzarono il cambiamento, con sua grande soddisfazione, accennando al fatto che finalmente cominciava ad assumere l'aspetto di una debuttante.

La piccola soddisfazione le diede coraggio e la spinse a provare, tanto per cambiare, a seguire le regole imparate anziché fare quanto più possibile per agire all'opposto.

Funzionò. Più Victoria si sforzava di mantenere il contegno signorile che le era stato insegnato in collegio, più notava lo sbalordimento di sorella e cognato. Nell'arco del pomeriggio sui loro volti passarono molte espressioni, di sorpresa dapprima, di sospetto poi, e infine di meravigliata soddisfazione.

Riuscì persino a chiedere informazioni sulla salute di Jared senza causare un mezzo svenimento a sua sorella. Dunque era vero: buon comportamento equivaleva a maggior tranquillità; tranquillità significava fiducia; fiducia poteva significare libertà. Che era poi l'unica cosa che davvero le importasse.

Jared, le dissero, stava sempre meglio e Roger sperava che presto sarebbe riuscito a tornare a casa sua.

La ragazza non dubitava che lo avrebbero buttato fuori appena fosse stato in grado di stare in piedi e salire su una carrozza. Sarebbe dunque sparito per sempre dalla sua vita così come ci era entrato, lasciandole solo pochi, assurdi, incandescenti ricordi?

I giorni seguenti trascorsero in una lentezza esasperante.

Victoria, con una punta di rammarico, comprese che non sarebbe bastato comportarsi bene qualche giorno per recuperare la libertà che desiderata. La stessa condotta ineccepibile che le veniva richiesta era, di per sé, una prigione senza le sbarre. Si rese anche conto che davvero l'unica via d'uscita sarebbe stata quella che passava per un matrimonio e, nello specifico, in quello con Jared. La rivelazione successiva, però, fu quella di scoprire che, a parte lei stessa, in quella casa non c'era nessuno a vedere di buon occhio un'unione fra loro.

Se ne era resa vagamente conto quel primo giorno e trovò conferme nei seguenti, nelle parole cariche di sollievo di Harriet, quando parlava dello *scampato pericolo*, intendendo il fidanzamento riparatore che sarebbe seguito alla Grande Bravata se non avessero sedato lo scandalo sul nascere.

La ragazza, da parte sua, cercò di seguire il consiglio di Jared, accantonando i progetti matrimoniali e mettendocela tutta per dimostrare che tutti quegli anni di collegio una certa utilità l'avevano avuta. Quello che per lei fu una specie di gioco, di spettacolo teatrale, nel quale provava a impersonare una fanciulla dalla condotta perfetta, agli occhi di sua sorella fu, probabilmente, un miracolo vero e proprio: la trasformazione di Victoria la Scapestrata in una vera signorina.

Non che fosse facile evitare rispostacce, restare al proprio posto, non irritare Roger combinando qualche guaio, ma l'impegno valeva il risultato, se i suoi carcerieri avessero abbassato un poco la guardia.

Riuscì a evitare di farsi trovare in giro per la casa a curiosare, di reagire in malo modo alle piccole incombenze domestiche a cui era costretta; riuscì a non allungare le mani su oggetti preziosi e fragilissimi, riuscì a fingere nostalgia per gli esercizi di piano, interesse per il ricamo, per i noiosi affari del cognato e per gli ancor più noiosi discorsi della sorella: un modello di virtù, improvvisamente, si riversò su Killmore Court e attirò ogni approvazione da parte dei padroni di casa, dapprima con qualche perplessità e in seguito con la convinzione che la brutta avventura con Jared, il rischio di trovarsi fidanzata con un uomo del genere, avesse avuto il benefico effetto che anni di collegio non erano riusciti a produrre.

Victoria Arden, il brutto e cattivo anatroccolo, si era trasformata in un cigno, in una candida, delicata ed elegante fanciulla che sembrava solo aspettare un debutto adeguato per prendere il posto d'onore in società.

Naturalmente, Victoria sapeva di essere ancora sotto costante esame e che non sarebbe bastato un paio di giorni per ottenere piena fiducia da parte dei Killmore, ma si accorgeva che, con la pratica, la condotta che aveva assunto diveniva via via più naturale e meno difficile da mantenere.

Ogni volta che usciva per qualche breve passeggiata nel parco, tuttavia, non poteva evitare ai propri occhi di correre inquieti fino alle finestre di Jared, alla camera dove ancora il giovane era relegato. E a farsi domande.

Sapeva che ormai egli avrebbe potuto alzarsi e consumare i pasti con loro, ma un ordine di Roger glielo aveva impedito: di lì a poco Harriet le avrebbe dato la notizia della sua partenza.

Victoria non sapeva più che pensare. Non capiva più nulla dei propri sentimenti, da quando aveva lasciato Jared, quella mattina, la sua testa aveva progettato di tutto e il contrario di tutto. In certi momenti era stata tentata di raggiungerlo per parlargli ancora, altre volte aveva accarezzato le idee più folli per fargli ammettere di essere attratto da lei e riportarlo all'idea del matrimonio, altre aveva giurato a se stessa che mai più si sarebbe lasciata trascinare dalla fantasia in situazioni così pericolose.

Durante il giorno, quando le chiacchiere di sua sorella diventavano un brusio indistinto che faceva da sottofondo ai suoi pensieri, a volte le pareva persino d'odiarlo per l'affronto che le aveva fatto. Di notte, quando il sonno non veniva, il sapore di quei baci e l'emozione delle sue carezze le incendiavano il sangue, facendola tentennare in ogni buon proposito e facendole sognare altre follie e altri passi incauti che il desiderio di Jared le suggeriva.

Era, però, stata bravissima. Non aveva ceduto alla malia di quel demoniaco libertino: ora sì, sapeva anche lei quanto quelle voci, quegli appellativi che Jared si era meritato e che Harriet si era preoccupata di farle conoscere, fossero calzanti al personaggio. Cominciava persino a credere che i Killmore avessero ragione, e che la pace sarebbe tornata solo quando Jared avesse lasciato quelle mura e quei luoghi.

La stagione, per fortuna, cominciava ad allargarsi, promettendo maggiori possibilità d'uscita rispetto a quei primi, piovosi giorni. Dopo tanta pioggia, arrivarono infine tiepidi raggi di sole che inondarono il parco di Killmore Court e la campagna circostante.

Anche Harriet doveva essere stanca di cucire e ricamare, perché appena ebbe certezza sufficiente che i viali fossero praticabili, propose a Victoria una passeggiata attorno alla villa.

Dopo alcuni giorni trascorsi quasi reclusa in casa, la giovane accettò con la stessa gioia che avrebbe mostrato se l'avessero invitata a un gran ballo: il maltempo l'aveva costretta a escursioni rapide e deprimenti, giusto attorno al perimetro della casa, e sperava che, col sole, avrebbe avuto modo di esplorare meglio l'ampio parco della tenuta.

Non aveva fatto i conti con sua sorella, che aveva il passo più lento di una vecchia comare.

Aggrappata al suo braccio come un naufrago a un salvifico legno, Harriet sembrava dover selezionare con cura maniacale il gruppo di ciottoli che avrebbe accolto la sua suola. Non alzava mai gli occhi dal terreno e commentava lo stato d'umidità di ogni singolo sasso.

Victoria, dopo pochi metri, era già pentita dell'aver accettato di accompagnarla in quella camminata flemmatica. Per lei che amava marciare di buona lena, quel ritmo lento era peggio della pioggia.

«Sono alquanto debole in questi giorni» commentava intanto Harriet, tenendosi stretta alla sorella minore. «Sento che la mia salute vacilla».

Victoria, come d'abitudine, girato l'angolo che le permetteva la vista delle finestre di Jared, lanciò uno sguardo alle stanze al primo piano.

«Stai benissimo» rispose distrattamente. Forse non era neppure la prima volta che Harriet si lamentava, ma Victoria l'ascoltava raramente con attenzione. In ogni caso, aveva imparato che le risposte vaghe andavano sempre bene, anzi, erano da preferire perché non rischiavano mai di urtare o di permettere a discorsi molesti di continuare.

«Spero che passerà presto...» replicò infatti Harriet, ma il disinteresse di Vic era così palese che lasciò cadere l'argomento. Non restando altro di cui parlare, tornò a lamentarsi di quanto il sentiero fosse ancora bagnato.

Stavano giusto per finire di svoltare l'angolo e raggiungere il parco nel retro della villa, quando il rumore di una carrozza che correva lungo il viale d'ingresso attrasse la loro attenzione.

Harriet immediatamente si fermò e, incuriosita quanto la sorella, accelerò, tornando sui suoi passi, verso la facciata della casa. Victoria ringraziò il cielo per le ritrovate energie della sua compagna, considerando che con l'andatura di prima sarebbero arrivate a vedere chi fosse giunto, forse, verso l'ora di cena.

«Non aspettiamo visite. Che Jared abbia già fatto arrivare il suo segretario a prenderlo? Mi pare prematuro...» rifletteva intanto Harriet a voce alta. «E quella non è una carrozza di Lennox».

Victoria esultò del diversivo. Qualunque cosa avesse potuto movimentare un po' la vita a Killmore Court era più che benvenuta e, quando dallo sportello aperto vide calare un'elegante scarpetta femminile e vaporose vesti, ebbe la certezza che qualcosa di davvero interessante stesse per accadere.

Gli scarpini di seta rossa sparirono in pochi attimi nascosti dalle ricche vesti di una donna che, con aria agitata, si guardava intorno frettolosamente.

Victoria e Harriet non riuscirono a scambiarsi una parola, entrambe intente com'erano a osservare la nuova arrivata prima che costei vedesse loro. Era certamente una dama di gran classe, visti i pizzi raffinati e i delicati velluti del suo abito. La gonna era di un caldo cremisi che riprendeva la tinta di collo e polsi del giacchino appoggiato sulle spalle. Il cappellino, nero come la giacca, faceva pensare che fosse avanti con l'età, ma il suo viso, per quanto non più freschissimo di gioventù, era molto piacente. Anche la sua figura era ancora snella e flessuosa, persino più di quella di Harriet che doveva avere almeno dieci anni meno.

«La conosci?» domandò sottovoce Victoria, che dall'espressione della sorella indovinava una certa perplessità verso la nuova venuta.

«No» rispose lei, infatti. E quello scambio di battute, o il rumore dei loro passi, fece voltare la sconosciuta verso di loro. Con passo rapido, Victoria avrebbe detto *tragico*, andò loro incontro.

8

«Buongiorno, *mesdames*».

Le salutò con un aggraziato inchino che le due ricambiarono.

«Sapete dirmi se questa è Killmore Court?»

«Sì, signora. Posso aiutarvi in qualche modo?» rispose circospetta Harriet.

L'altra le squadrò entrambe con curiosità. Si stava certo chiedendo chi fossero e per valutarlo poteva solo basarsi sul loro aspetto.

Era palese che non fossero due cameriere, perciò i modi con cui si presentò furono quanto mai deferenti. Disse il proprio nome, Susan Warren, come se si aspettasse da parte delle due una reazione, ma Harriet non diede segno di riconoscere né lei né il suo nome.

Si presentarono a loro volta, e fu Mrs. Warren a spalancare gli occhi castani con sorpresa, quando seppe di essere di fronte alla padrona di casa.

Rinnovò l'inchino, si scusò a profusione per la visita non annunciata, arrossì, balbettò.

Victoria era al settimo cielo, perché la situazione prometteva nuovi e interessanti sviluppi, che non tardarono a venire.

«Certamente, signora, sapete chi sono. E non so come scusarmi per tutti i problemi che ho arrecato alla vostra famiglia».

Victoria scambiò un'occhiata interrogativa con la sorella, ma si trattenne dal dire qualsiasi cosa: dovette mordersi la lingua, ma riuscì a mantenere un decoroso silenzio e a lasciare l'incombenza delle domande a Harriet.

«Scusatemi voi, ma non ho affatto idea di che cosa stiate parlando» replicò quest'ultima.

Non era l'approccio giusto, notò Victoria, perché ottenne dall'altra solo un silenzio imbarazzato. Era il tipo di situazione che richiedeva domande semplici e dirette, ma Lady Killmore non era il tipo da mettersi a fare interrogatori a una sconosciuta.

Se Harriet non la conosceva, ma costei riteneva di dover essere nota alla famiglia, doveva aver a che fare con Roger... o con Jared.

La seconda ipotesi fece scattare qualcosa nella ragazza, che fissò la sconosciuta con viva curiosità e un pizzico di malanimo. Il sospetto che le attraversava la mente le faceva guardare quella donna sotto una luce del tutto diversa, rendendo molto meno gradita la sua presenza a Killmore Court.

«Lady Killmore, ditemi solo... *lui* è vivo?» sbottò Mrs. Warren con un tono accorato, portandosi le mani al petto.

Fu Harriet a divenire dapprima paonazza, poi pallida, forse per l'improvvisa comprensione di ciò che Victoria aveva già intuito: la donna aveva a che fare con Jared, probabilmente in modo... intimo.

«Signora, posso rassicurarvi, se state domandando notizie di mio cognato».

«Vi prego!» la donna si sporse in avanti e prese le mani di Harriet con una dolorosa supplica nella voce e nei modi. «Ditemi dove si trova! È questione di vita o di morte che io possa vederlo!»

Non passò che un istante, e Victoria e Harriet si trovarono a sorreggere la donna, in preda a un mezzo mancamento, ma ancora abbastanza vigile da camminare in mezzo a loro fino all'ingresso, poi al salotto, dove raggiuse un divanetto su cui crollò in preda a un attacco di nervi.

Le due sorelle si prodigarono a procurarle da bere, a farle odorare acqua di lavanda, a rassicurarla come potevano, ma entrambe erano in seria difficoltà.

Per la prima volta, Victoria desiderò con tutte le sue forze che Roger fosse nei paraggi, ma proprio quella mattina si era recato a Londra per affari e fino a sera non sarebbe rientrato: Harriet sembrava sul punto di svenire anche lei e in modo molto più convincente di Mrs. Warren.

L'arrivo provvidenziale del maggiordomo, che subito mise la donna nelle mani esperte di una domestica, sollevò loro dall'assistenza della signora e Victoria poté prendersi invece cura della sorella, che aveva bisogno di sedersi e di riprendersi un poco dagli eventi. Pallida, notò Victoria, la era. Forse quelle sue lamentele sulla salute non erano del tutto prive di fondamento.

Nel frattempo, Mrs. Warren si era ripresa del tutto, nonostante il suo modo di fare trasudasse ancora dolore e dramma. Si scusò a profusione, manifestò d'essere in grande soggezione per quanto era accaduto, ma se le signore avessero avuto idea dei fatti...

Lì cominciò una difficoltosa spiegazione, che forse non voleva essere del tutto intesa.

«Ho conosciuto vostro cognato poco più di sei mesi fa, quando mio marito, Mr. Warren, ha avuto con lui un abboccamento per certi cavalli che Jared, Mr. Lennox, desiderava acquistare. Sapete, mio marito alleva ottimi purosangue, sono il suo orgoglio e...» prese un sorso d'acqua, come se il pensiero del marito fosse causa di nuove emozioni. «Insomma, Mr. Lennox fu spesso nostro ospite».

La pausa di silenzio che seguì fu carica d'attesa, ma mentre Harriet aveva l'espressione di chi attende un chiarimento su qualcosa che proprio le sfugge, Victoria aveva già completato il quadro senza difficoltà: ricordava bene l'accenno di Jared alla causa del duello che lo aveva condotto lì. Un cavallo, aveva detto, un brocco venduto per purosangue. Che *Galeotto* fosse un cavallo ora non lo dubitava, ma che il motivo del duello fosse stato solo quello, Victoria non lo credeva proprio più. Non aveva alcuna difficoltà a mettere insieme tutti i pezzi.

Mrs. Warren stava per riprendere il discorso, quando la porta del salotto fu spalancata e Jared entrò, bello come un dio greco nonostante le fasciature.

Indossava una camicia bianca su pantaloni scuri, lunghi al ginocchio, e portava una giacca buttata sulle spalle, dato che non poteva infilarla. Qualcuno doveva averlo aiutato a mettersi gli stivali e a scendere dalla scala, perché chiaramente era troppo debole per aver fatto da solo. Infatti, dietro a lui, Victoria vide Sanders, il maggiordomo, con la solita espressione indecifrabile.

Alle loro spalle, nel corridoio, una povera cameriera indugiava con un vassoio carico fra le mani, incerta se seguire l'uomo nella stanza o se attendere un momento migliore per portare il tè.

«Mrs. Warren?» esclamò Jared, quando ebbe messo a fuoco la donna. Era stupito, quasi incredulo.

Lei si alzò di scatto, illuminandosi.

«Mio caro!» gridò slanciandosi in avanti, rischiando di farlo cadere. Se Sanders non l'avesse prontamente sostenuto, sarebbe rovinato a terra in modo assai poco dignitoso. L'aggressione della donna, perché questo parve più che altro a Victoria, non sembrava affatto gradita dal giovane, che tentò di schivare seccato le mani di lei che si allungavano ansiose verso la sua camicia.

«Come sei ridotto!» singhiozzò Mrs. Warren, ormai senza ritegno.

«Signora!» sbottò lui seccato.

Victoria, che in quei pochi attimi si era fatta, come probabilmente tutti gli altri presenti, un'impressione molto precisa dei rapporti fra i due, e stava vivendo un momento di profondo imbarazzo, si stupì per il tono infastidito e freddo di Jared. Egli, rivolgendo alla donna uno sguardo glaciale, con il braccio sano la teneva a distanza, come se la sola vicinanza di lei fosse irritante.

Era così che trattava le sue amanti quando le lasciava? Victoria non ebbe il tempo di approfondire i propri sentimenti al riguardo, perché tutto si svolse con una rapidità spiazzante.

Il più spiazzato, però, era Jared.

Quando il maggiordomo era corso da lui, gli aveva spiegato in modo alquanto confuso che era arrivata a Killmore Court una visita e di non esserne del tutto certo, ma di avere il sospetto che la signora fosse lì per lui. Che qualcuno fosse arrivato fin lì a cercarlo, a Jared era sembrato strano; che si trattasse di una donna ancora di più, ma, immaginando l'imbarazzo che poteva provocare alla cognata una *visitatrice* per lui, si era sforzato di scendere a controllare chi fosse.

Tutto si sarebbe aspettato tranne che di trovarsi davanti la moglie dell'uomo che lo aveva ferito in duello.

Come lo avesse trovato era un mistero, e un mistero allarmante: per il momento, vista la sua condizione di salute, considerava fosse meglio stare lontano da Warren e da tutte le sue mattane.

La cosa davvero strana era tuttavia il comportamento della donna, con cui aveva sì e no parlato un paio di volte. Entrando si era atteso di trovare, magari, una delle ballerine del West End o un'attrice del *Drury Lane*, certo non quella donna che era per lui una emerita sconosciuta, la quale invece si atteggiava come un'amante preoccupata.

«Jared, come puoi trattarmi così?» singhiozzò infatti Mrs. Warren.

«Come posso?! Datevi un contegno, santo cielo!» esclamò il giovane, lanciando un'occhiata a Harriet e a Victoria, sperando che capissero la sua estraneità a quel comportamento assurdo.

«Sei un ingrato! E io che sono arrivata fin qui per avvisarti! Mio marito sa tutto».

Jared rabbrividì a quel *tutto*, non essendo neppure lui al corrente del suo significato. «Sa che sono qui?» domandò con calma, più apparente che sincera.

Lei sorrise rassicurante. «No, ma se ci sono arrivata io, presto capirà anche lui: ti sta cercando per tutta Londra».

Jared aveva immaginato che quel pazzo sarebbe andato avanti con la sua furia ostinata, ma sperava che dopo un tempo ragionevole si sarebbe reso conto dell'esagerazione di tutto il suo comportamento. La condotta esaltata del marito, però, gli parve nulla in confronto a quella della moglie.

Il fatto che fosse arrivata a Killmore Court per cercarlo poteva significare che Warren era andato completamente fuori di testa e che lei si fosse sentita in dovere di mettere in guardia Jared, ma visto l'atteggiamento insensato di lei, la situazione gli parve ancora peggiore: se il suo istinto non lo ingannava, quella donna si era presa un'infatuazione per lui e in nome del suo "amore" si era prodigata per aiutarlo.

L'atteggiamento di ansiosa attesa della donna, però, lo mise ulteriormente in allarme e a disagio.

«Mrs. Warren, vi ringrazio per la premura che mi avete dimostrato. Ritengo di essere perfettamente al sicuro, qui da mio fratello. Ora, se volete scusarmi, ho bisogno di riposo e mia cognata è certamente molto occupata: permette a Sanders di riaccompagnarvi alla carrozza».

La signora scosse il capo con vigore. «Oh, no! Non posso più tornare indietro, sono qui per restare. Mi prenderò cura di te».

Quelle parole furono seguite da un sussulto delle altre due donne presenti nella stanza. Jared guardò Victoria, che lo fissava con gli occhi sbarrati e il volto privo d'espressione. Da lei si sarebbe atteso un atteggiamento ben più divertito: gli fece male trovare negli occhi della ragazza quell'espressione quasi di orrore, di delusione, come se al pari di tutti gli altri vedesse in lui una persona detestabile e priva di morale.

Un moto di stizza gli diede l'energia che gli mancava per reagire a dovere.

«Madame» cominciò aggrottando la fronte e cercando di apparire severo e fermo, «non procediamo oltre con questo discorso equivoco, non esiste alcun motivo per cui voi dobbiate prendervi carico della mia salute. Dovete tornare a casa immediatamente».

Gli occhi di Mrs. Warren si riempirono di lacrime, ma Jared aveva già inquadrato il personaggio e non si lasciò punto commuovere; solo, temeva che Harriet e Victoria non fossero altrettanto abili nel classificarla.

«Ho lasciato mio marito... per te!» La donna vacillò e Victoria si sporse in avanti, pronta a pigliarla al volo nel caso cadesse. Ma, come Jared immaginava, non cadde affatto.

Il giovane emise un sospiro, chiedendosi che cosa avesse fatto realmente di male per meritarsi situazioni simili.

Fra mille donne, Mrs. Warren era l'ultima che avrebbe guardato con interesse. Era in affari con il marito di lei e la sua etica gli avrebbe comunque impedito di insidiarla. Nelle poche occasioni di parlarle che aveva avuto, poi, l'aveva trovata troppo nervosa, troppo agitata, per poter vedere in lei qualche fascino: gli era parsa, piuttosto, il tipo di persona incline a soffrire di nervi che lo metteva sempre a disagio. E non aveva avuto torto, visto quanto stava accadendo.

Gli sguardi accusatori di Victoria e Harriet, che assistevano mute alla scenetta, lo fecero sentire malissimo e questo ebbe l'effetto di farlo adirare del tutto. La sua peggiore disgrazia era stata incontrare Warren, i suoi brocchi, la follia che imperversava nella sua famiglia.

«Signora, non comprendo in alcun modo questo vostro gravissimo gesto, visto che so a malapena chi siete!» scandì rabbioso.

Notò che gli sguardi delle due spettatrici (e della cameriera che dopo aver servito il tè si era defilata in un angolo della stanza insieme al maggiordomo) palleggiavano dall'uno all'altra, curiosi e ansiosi.

Susan Warren si portò una mano tremante alla fronte. «Come puoi dire una cosa simile? Non posso essermi sbagliata, i tuoi sguardi, le tue parole sono stati inequivocabili».

Jared fece mente locale. In sua presenza avevano parlato di cavalli. Solo di cavalli. Da dove le uscivano quelle certezze era un mistero.

Poi, l'illuminazione. Ricordò con precisione che, durante il loro secondo incontro, gran parte della discussione con Warren era stata incentrata su una *bella puledra* che il giovane avrebbe voluto acquistare e che non era in vendita. Possibile che la donna avesse inteso un doppio senso in quella disquisizione? Se non fosse stato tragico, Jared avrebbe riso dell'errore, ma era incredibile che quella signora si fosse esposta a una situazione così compromettente solo sulla scia di fantasie così incredibili.

Ora il giovane cominciava a capire che forse non era Mr. Warren ad avere problemi, quanto piuttosto sua moglie: se solo quel poveraccio aveva intuito qualcosa delle fantasticherie di lei, o addirittura ne era stato messo al corrente, non era poi così strano che nutrisse dell'animosità verso Jared. Non di cavalli e onore era la questione, ma di una moglie così infatuata da inventarsi persino incoraggiamenti mai dati e da fuggire da casa. Forse Warren era meno pazzo di quanto gli fosse sembrato.

Il guaio era enorme e questa volta, sì, se quell'uomo avesse voluto domandargli conto in un duello all'ultimo sangue, non avrebbe potuto dargli torto. Doveva liberarsi di lei prima che fosse troppo tardi.

Doveva trovare una scappatoia e, se l'istinto non lo ingannava, non ci sarebbero state parole e rassicurazioni sufficienti a farle cambiare idea. A meno che...

«Mrs. Warren, davvero vi siete tratta in inganno. Forse avete colto nel discorso fra me e vostro marito parole che vi hanno fuorviata. E per quanto riguarda gli sguardi, forse... ciò che avete inteso poteva essere vero, ma solo perché da tempo il mio cuore è preso da profondo affetto per una persona. Che è sempre presente nei miei pensieri e che rende, ahimè, il mio sguardo spesso assente».

Cercando di restare dritto, nonostante la debolezza, rivolse un'occhiata a Victoria, che sussultò. Le sorrise, sentendosi in colpa come mai in vita sua. «Quella giovane donna è colei che mi ha rapito il cuore. Siamo segretamente fidanzati da qualche tempo».

«Cosa?» dissero in coro le tre donne, e forse anche la cameriera e il maggiordomo, anche se Jared non ne era sicuro.

Mrs. Warren, questa volta, dovette sedersi, imitata da Harriet.

Victoria rimase in piedi, e Jared provò un enorme sollievo quando, dopo un primo smarrimento, vide tornare sul viso di lei quella luce maliziosa e piena di vivacità che egli le conosceva: la giovane aveva compreso. C'era solo il rischio che scoppiasse a ridere e gli rovinasse il gioco, ma ella, stringendo le labbra e chinando con falsa verecondia il capo, probabilmente per mascherare la propria ilarità, annuì.

«Vic, dimmi che non è vero» mormorò Harriet.

«Non posso dirlo» tergiversò lei. «Ma posso dirti che...» si schiarì la voce, «sì, fra me e Mr. Lennox si è parlato di matrimonio».

Harriet, pallida da far paura, era sul punto di cominciare a singhiozzare, e Victoria si dedicò a lei con l'acqua di lavanda che ancora aveva a portata di mano, mentre Mrs. Warren si apprestava alla sua sceneggiata migliore. Si aggrappò a Jared, rischiando di farlo rovinare al suolo, e lo scosse.

«Non posso crederti!»

«Se non a me, credete a lei. E state certa che questa rivelazione metterà sia me che la mia fidanzata nei guai».

A quel punto, Mrs. Warren sorprese tutti gettandosi su Jared svenuta. Che fosse vero o no, lo svenimento lo fece vacillare abbastanza da farlo finire a sua volta per terra e fu solo l'intervento di Sanders che riportò un po' di ordine nel caos che seguì. Insieme a Victoria sollevò la donna, la portò sul divanetto e, mentre la cameriera si dava da fare per farla tornare in sé, con la giovane si dedicò a far alzare Jared, parecchio dolorante. Harriet, pietrificata, non aveva avuto nemmeno la forza di sollevarsi dalla poltroncina e aveva continuato a guardarsi intorno come se si fosse trovata coinvolta in un'inattesa pièce teatrale.

Anche Jared fu messo, finalmente, a sedere. Non avrebbe retto un minuto di più. Il braccio gli doleva, a causa della signora che vi si era aggrappata mentre cadeva, ma soprattutto gli girava la testa per tutto il susseguirsi degli eventi, troppo rapido per uno che aveva trovato a malapena la forza di vestirsi e scendere dalle scale. Era esausto e temeva di essere lui il prossimo a svenire.

«È bello trovare qualcuno che sappia combinare pasticci peggiori dei miei» gli sussurrò Victoria, prima di allontanarsi. A Jared non rimase che restare a osservarla, mentre si occupava di blandire sua sorella, del tutto fuori di sé.

Solo allora, il giovane comprese appieno la portata di quanto era appena successo: per liberarsi di Mrs. Warren, aveva appena dichiarato davanti a vari testimoni di essere fidanzato. E Victoria aveva confermato. Sarebbe bastato, una volta liberatisi dall'inopportuna ospite, spiegare la natura dell'inganno? O…

Jared sentì la gola, tutto a un tratto, riarsa. Victoria aveva avuto ciò che desiderava e lui si era infilato il cappio al collo da solo. Poco prima gli era parsa l'unica soluzione possibile, ora la piccola bugia rischiava di diventare una spaventosa realtà.

Victoria era parecchio confusa. In pochi minuti si era trovata nel mezzo di un ciclone del tutto imprevisto.

E con un fidanzato, per quanto fasullo.

Si guardò intorno, cercando di capire quale fosse la cosa più urgente da fare: Harriet, pallida e con gli occhi sbarrati, la fissava muta, passando lo sguardo da lei a Jared come se fossero rei del più alto tradimento; Jared, dal canto suo, seduto su una seggiola, con il volto quasi deformato dal dolore, si stava riprendendo dalla caduta; la signora che aveva causato tutto quel trambusto, accasciata sul divanetto, cominciava a riaversi in quel momento.

A quanto pareva, lei era l'unica rimasta in piedi e ancora capace di usare la testa, infatti Sanders le si accostò. «Signorina» le suggerì sottovoce, «Credo che sia il caso che vi occupiate della signora, visto il *suo stato*».

Victoria guardò meglio Mrs. Warren, in preda a una sorta di deliquio. Sanders doveva essere molto acuto, pensò: lei non aveva affatto considerato che tutta quella agitazione dipendesse da uno *stato*. Interessante! La giovane arrossì, quando finalmente comprese le parole oscure del maggiordomo. Dunque la loro ospite era incinta?!

«Oh, cielo!» esclamò, rendendosi conto che sua sorella era talmente sciocccata da non aver ancora proferito verbo. Toccava a lei dunque prendere in mano la situazione. «Sanders, provvedete a far sistemare la signora in una delle camere, in modo che possa riposarsi un poco» ordinò. «Io penso a mia sorella».

Sanders aggrottò la fronte ma non commentò, limitandosi a eseguire, passando gli ordini come un generale durante la battaglia. Poco dopo, Mrs. Warren fu accompagnata fuori dalla stanza, lamentandosi copiosamente per i propri nervi scossi, ma senza far resistenza.

Solo, passando accanto a Jared, si fermò per un istante. «Come hai potuto farmi questo?» gemette, mentre la cameriera con delicatezza ma con decisione la sospingeva fuori.

Victoria scambiò un'occhiata significativa col giovanotto e alzò le spalle, per fargli comprendere quanto tutta quella sceneggiata le fosse parsa un'esagerazione.

La mano fredda di Harriet, in quel mentre, arpionò la sua. «Come hai potuto *tu* farmi questo?!» gemette a sua volta.

La giovinetta si accovacciò, per essere all'altezza della sorella seduta. «Stai serena, cara: non è vero nulla. Credo che Jared... Mr. Lennox abbia solo cercato di liberarsi della signora usando me come scusa, ma posso assicurarti che non c'è alcun fidanzamento segreto».

Il viso della donna rimase per qualche attimo inespressivo, come se non riuscisse a comprendere. Un barlume di felice speranza la illuminò, solo per una frazione di secondo, e infine il volto tornò cupo, fino a sfumare in un'espressione di evidente rincrescimento. Allora, finalmente, Harriet riuscì a reagire, tirandosi in piedi, per camminare frettolosamente verso Jared. Che si prese un sonoro schiaffo sul viso.

Il sussulto di Victoria fece eco al gemito di dolore e sorpresa dell'uomo, che si portò la mano meno malandata al viso.

«Sciocchi! Siete due...» la donna cercava, evidentemente, una parola adatta nel suo vocabolario, ma la buona educazione la privava di ogni espressione sufficientemente colorita. «Oh, mio Dio, siete due bambini sciocchi!» ripeté portandosi le mani al petto.

In quel mentre, Sanders fece di nuovo ingresso nel salotto, agitato in modo insolito.

«Madame, un certo signor Warren chiede di... ehm... di sua moglie e di Mr. Lennox. Ed è molto scosso».

Jared utilizzò l'espressione che Harriet avrebbe voluto conoscere per imprecare a dovere e i suoi occhi corsero a quelli della falsa fidanzata, che ricambiò lo sguardo con altrettanta apprensione.

«Dove...»

«Mi sono permesso di condurlo al salotto giallo, dicendogli di attendere.» Sanders, serio e compassato, aveva capito forse più di tutti loro messi insieme che cosa c'era da fare. Victoria con una rapida occhiata comprese che sua sorella era del tutto fuori gioco. La giovane si sentì in colpa, perché se Harriet era in quello stato dipendeva anche da tutte le preoccupazioni che lei le aveva causato. La poveretta, tuttavia, pareva davvero incapace di reggere oltre quella confusione e soprattutto un incontro con quell'uomo, che doveva essere oltretutto un personaggio difficile da trattare. Il minimo che Vic potesse fare era un atto di coraggio e di responsabilità.

«Penserò io a lui» esclamò, scoprendosi meno coraggiosa di quanto volesse mostrare. Aveva l'impressione di dover trattare con una specie di bruto e che l'unica ancora di salvezza per lei fosse il fatto d'essere donna. Mr. Warren non avrebbe osato usare la forza contro una signora per estorcerle informazioni, specie in quella casa nobile e sicura.

Quando, poco dopo, si presentò nel salottino dove l'uomo attendeva, ebbe subito la soddisfazione, relativa, di scoprirsi buona conoscitrice dell'animo umano.

Warren era un individuo che le fece subito una pessima impressione. Alto, robusto, indossava abiti eleganti che su di lui davano l'idea di essere grossolani. Era stempiato, ma portava i pochi capelli raccolti in una codina bisunta. Il panciotto che spuntava da sotto la giacca aperta sull'addome, era d'un colore sgargiante quasi fastidioso; i calzoni, aderenti fin quasi a scoppiare, erano di una seta lucida altrettanto chiassosa. Raramente aveva visto un tale insieme di cattivo gusto in una sola persona.

L'uomo era intento a giocherellare con un mappamondo che faceva bella mostra accanto al divano, ma quando Victoria entrò, voltò verso di lei il viso rubicondo e già alterato dalla rabbia, tanto che la giovane fece subito un passo indietro. Se la sarebbe anche svignata, se l'espressione di lui non si fosse subito ammorbidita, mentre la squadrava in modo maleducato, ma almeno non minaccioso.

«Giovane, questa Lady Killmore!» commentò canzonatorio.

Quel tono bastò a irritarla e a renderle il coraggio perduto.

«Sono *Miss* Victoria Arden. Lady Killmore è mia sorella e non può ricevervi» rispose glaciale. «Posso esservi d'aiuto?»

«Ho motivo di pensare che mia moglie si trovi qui, e in compagnia di un uomo con cui ho un conto in sospeso: Mr. Lennox. Il...» rifletté per un istante, faticando a completare il pensiero. «Fratello di vostro cognato.» La guardò come se quella parentela fosse quasi una colpa.

Victoria strinse le labbra. Non aveva preparato un piano d'azione e non aveva idea di cosa dovesse dire in quel frangente. Negare? Dire la verità? Coprire con una mezza bugia?

Prese tempo, indicandogli con grazia il divano e si mosse per sedersi con lenta compostezza su una poltroncina di chintz giallo che affiancava il divanetto della stessa tinta. Riluttante, ma sempre desiderosa di rimandare una risposta, gli offrì una tazza di tè, che però venne rifiutata al pari dell'invito a sedersi.

Gli occhiacci dell'uomo la fissavano, attenti e rapaci. A lei, sì, sarebbe servito un sorso di tè per rinfrescare la gola che all'improvviso era divenuta secca.

«Signorina, non cercate scuse inutili: la mia carrozza è qui fuori e so per certo che mia moglie non ha altri rapporti con la vostra famiglia, a eccezione del legame sordido con Lennox».

Victoria riempì i polmoni d'aria, indignata. «Mr. Lennox non intrattiene alcun *sordido legame* con vostra moglie, posso assicurarvelo!» sibilò. Provava una rabbia indefinita contro quella pazza che si era introdotta in casa, creando a tutti loro un sacco di guai, ma insultarla davanti al marito non avrebbe risolto nulla. La domanda però era: come giustificare la presenza di costei in quella casa?

Lui, in tutta risposta, rise.

«Un uomo sordido non può che avere legami sordidi, Miss. Non vi conviene proteggerlo: anzi, aiutarmi a renderlo innocuo una volta per tutte sarà solo una buona azione da parte vostra».

Victoria scattò in piedi, inviperita. «E se vostra moglie fosse arrivata qui solo allo scopo di metterlo in guardia da voi e dalla vostra stupida furia?» domandò acida.

Stava per aggiungere una seconda risposta piccata, ma lo sguardo di lui corse verso la porta del salotto, rimasta aperta, e a qualcuno che si stava avvicinando.

Jared, nonostante fosse vacillante e malfermo, si stagliava sulla porta in tutta la sua imponente altezza.

«Non mi devo nascondere dietro le sottane di una donna, Warren. Se devo affrontarti, lo faccio apertamente».

Victoria ammirò il sangue freddo che Jared dimostrava, sebbene fosse dolorante in modo visibile. Warren si scagliò verso di lui, ma la ragazza ebbe la prontezza di trattenerlo con una forza che stupì entrambi.

L'uomo reclamò a gran voce: «Dov'è Helen, vigliacco?»

«Signore!» esclamò Victoria, ormai su tutte le furie, costretta a trattenere l'energumeno per un braccio. «Vostra moglie si sta riavendo da un piccolo mancamento, per fortuna lontano da tutto il trambusto che state provocando. E visto che anche mia sorella non si sente molto bene, se non desiderate essere sbattuto fuori, vi consiglio di moderarvi subito».

Warren si scosse di dosso le mani di lei, ma si ricompose.

«Per rispetto alla signorina e ai padroni di casa non ti tratto come meriti» borbottò rivolto a Jared.

«Vorrei sapere di cosa accusate il mio fidanzato» fu la repentina risposta di Victoria, che ebbe il potere di spiazzare Warren, il quale rimase senza parole per qualche attimo.

«Sono al corrente delle accuse che muovete a Mr. Lennox» proseguì lei, sperando di non finire col peggiorare la situazione, «ma posso assicurarvi che i vostri sospetti sono privi di fondamento. Ritenetevi soddisfatto di come avete ridotto il mio fidanzato col vostro… regolamento di conti, e spero vogliate lasciarci in pace».

Victoria avvertì la mano di Jared posarsi con delicatezza sulla sua spalla. Si volse, trovando il giovane accanto a lei che la guardava con un'espressione insolitamente dolce e riconoscente. «Vic, non c'è bisogno…» le sussurrò.

Voleva evitarle ulteriori compromissioni, ma ormai era tardi. La ragazza sapeva che senza quel «colpo di scena», nulla avrebbe potuto placare la rabbia di un uomo che riteneva di essere stato tradito in modo così manifesto.

Assurda la moglie e il suo teatrale spettacolo da donna tradita, assurdo il marito pronto a ingaggiare un nuovo duello con l'uomo che aveva da poco ferito per salvaguardare il proprio onore. Meno avevano a che fare con quella famiglia e meglio era, per tutti loro.

Dal corridoio giunse un suono indistinto di voci, come se fossero arrivati altri ospiti. Le parve strano: a Killmore Court regnava sovrana la noia, era il luogo meno frequentato in assoluto da amici e parenti e d'improvviso era diventato peggio di Bath durante la stagione invernale. Sperò solo che, chiunque fosse, stesse ben lontano da quel salottino.

«Jared Lennox fidanzato! Sul serio?» ridacchiò Warren, ancora poco persuaso. Portò la mano sotto alla giacca, e Victoria notò con orrore che era armato. Non era arrivato lì per una nuova sfida a duello, realizzò lei, ma per chiudere la faccenda.

Si strinse a Jared. Non avrebbe sparato, se lei fosse stata troppo vicina.

«Cosa vi stupisce, signore? Mettete in dubbio la mia parola?» protestò nascondendo la paura dietro un'aria indignata. «Posso assicurarvi che la questione è più che definita».

«Questo, Miss, disgraziatamente per voi, non esclude che...» cominciò Warren, alludendo ai presunti rapporti con sua moglie.

«Lo escludo io!» proruppe Jared, e questa volta Victoria sentì il braccio di lui stringerla con maggiore decisione. «Potete dire tutto di me, ma non che sono un uomo che manca di parola. Siete stato voi e voi solo a non mantenere fede agli accordi, nei nostri trascorsi affari! E la mia parola di gentiluomo non è mai stata messa in discussione da alcuno, in nessun frangente. Miss Arden merita ogni rispetto. Se ho preso un impegno con lei, intendo onorarlo fino in fondo».

Warren ritrasse la mano dalla fondina, con sollievo di Victoria. Era pensieroso, finalmente avvertiva qualche sano dubbio sulla propria condotta, ma la ragazza non si allontanò da Jared, per timore di un colpo di testa da parte di quel matto.

«Posso assicurarvi che non c'è alcun legame fra me e Mrs. Warren» disse stancamente Jared. «E non c'è mai stato. Se la signora si trova ancora qui è solo perché, come vi ha detto Miss Arden, non si è sentita bene. Nulla di grave, ma mia cognata ha preferito farla riposare un poco in una stanza tranquilla».

«Voglio vederla».

«No!» esclamò Victoria, attirandosi uno sguardo carico di sorpresa e rabbia dall'uomo. «La signora Warren ha bisogno di riposo e non mi sembrate in condizioni di garantirle tranquillità. Devo chiedervi di lasciare questa casa e di rimandare i chiarimenti con lei ad altro momento e altra sede».

Warren la sfidò con un'occhiata velenosa, ma con un rigido inchino e borbottando qualcosa del genere *so la strada da me* lasciò la stanza, andando letteralmente a sbattere contro Lord Killmore e altri due uomini, che dal corridoio avevano assistito smarriti alla scena.

Victoria incrociò gli occhi di Roger, spalancati quanto lo erano stati quelli di Harriet quando era stata inventata davanti a lei la storiella del fidanzamento segreto. Comprese al volo che non era stata solo la sceneggiata di Warren a lasciare il gruppo di inattesi spettatori sbigottito.

Il braccio di Jared, invece di lasciarla come si sarebbe aspettata, le avvolse la vita.

«Che diamine sta succedendo, qui?!» esclamò Lord Killmore, allibito.

Jared rivolse un rapido sguardo a Victoria, e la ragazza avrebbe giurato di vedergli fare l'occhiolino, se non fosse stata certa della totale inopportunità del gesto.

«Caro fratello!» esordì il giovane, con un sorriso largo e vagamente folle, trascinando con sé la ragazza. Si appoggiava a lei e la tratteneva in un abbraccio del tutto sconveniente, che attirò ulteriormente l'attenzione del trio. «Sei arrivato giusto in tempo. Mi dispiace che l'annuncio avvenga in modo così informale, avremmo voluto presentare la questione in tutt'altri termini, ma... credo che non ti resti altro che congratularti con me e con Vic. Come avrai intuito, abbiamo trovato il modo di risolvere un'enorme quantità di problemi in un colpo solo. Che cosa singolare, in effetti: presto tua cognata diventerà tua cognata».

Lord Killmore, mostrando un sangue freddo ammirevole si sforzò, prima di tutto, di fare le presentazioni dei due giovani *fidanzati* ai suoi ospiti, che si rivelarono essere due altisonanti nomi del *ton,* l'alta società, londinese. Persino Victoria, che di politica non si interessava, li conosceva di fama.

La fanciulla, rendendosi conto a quanto i due avevano assistito, avvampò, ma salutò con un perfetto inchino e accettò le meravigliate e un poco sogghignanti congratulazioni da parte dei nobiluomini.

Era tutto così grottesco da somigliare a un incubo.

Roger, non senza un altro paio di occhiatacce che minacciavano tempesta, dovette congedarsi: aveva questioni urgenti e importanti da trattare coi suoi ospiti, per le quali era rientrato in anticipo da Londra, e non poteva intrattenersi a festeggiare il fidanzamento.

Lungo il corridoio, tuttavia, Victoria lo vide girarsi diverse volte verso di loro, finché non scomparve in una stanza più in fondo. Sembrava quasi non riuscisse a credere a quanto aveva visto e sentito. E in effetti, anche lei era piuttosto confusa su tutto.

Sollevò lo sguardo verso Jared, con aria interrogativa, rendendosi conto di non riuscire ad articolare una frase coerente.

Si fronteggiarono per un lungo istante.

«Bene» disse lui, stringendo le labbra in una specie di sorriso, forse colpevole, forse divertito.

«Bene» ripeté lei, incrociando le braccia. «E adesso?»

«Be'» cominciò Jared, «credo che dovremmo sfruttare questo momento per parlare fra noi, prima che ci saltino addosso tutti. Ti devo delle spiegazioni, delle scuse, dei... ringraziamenti. Questa volta sono stato io a danneggiarti e non so davvero come scusarmi.» Si guardò intorno. «Se fossi in condizioni migliori potremmo uscire a passeggiare per parlare liberamente, ma in questo stato non arrivo nemmeno al portico d'ingresso».

Victoria trattenne una risatina nervosa. «Credo che possiamo permetterci un colloquio privato fra le mura di casa, vista la situazione» replicò indicandogli il salotto che avevano appena lasciato. «Terremo la porta aperta come si conviene, ma non vedo la necessità di ulteriori precauzioni. Ormai...»

Jared non aggiunse altro e la seguì nella stanza, dove si accomodò, affaticato, sul divanetto giallo.

La ragazza si affrettò a sistemargli un cuscino per farlo stare più comodo, preoccupata dall'aspetto stanco del giovane, poi si sedette di fronte a lui. Probabilmente, quello che lei aveva scambiato per un abbraccio, era stato solo il bisogno di Jared d'essere sostenuto per non cadere.

«Sai che non ci sono più possibilità di sfuggire al nostro fidanzamento?» domandò Jared.

Victoria lo osservò, cercando di capire quale fosse la sua opinione in proposito, ma il giovane era impassibile e non le fu possibile comprenderlo. Si domandò, per la prima volta seriamente, come valutare la faccenda.

Era passato pochissimo tempo da quando lei gli si era proposta in qualità di moglie, ma ora che quell'eventualità era diventata tutt'altro che remota, era in preda un tremore e un timore quali mai aveva provato. C'erano mille implicazioni a un'unione del genere e Jared era stato bravissimo a mostrarle tutti i risvolti più squallidi e negativi: un destino di non amore, di umiliazioni, di progressiva insensibilità ai sentimenti per non essere vinta dalla sofferenza che, ne era certa, sarebbe venuta a causa del comportamento di un uomo come lui.

Era pronta a una vita simile? Soprattutto, poteva davvero desiderarla?

Sentì un nodo alla gola e abbassò gli occhi, per non mostrargli quanto si sentisse avvilita. In trappola. C'era qualcosa di peggio che essere legata a un uomo che non la voleva accanto a sé?

«Lo so. Immagino quanto possa essere sgradevole per te» mormorò.

«Non ti ho chiesto che cosa ne penso io, ma che cosa ne pensi *tu*. Vic, mi hai salvato la vita, oggi».

Victoria sollevò gli occhi su di lui, meravigliata dall'inedita dolcezza che aveva venato la sua voce. Anche l'espressione del viso era mutata, poteva leggervi un'ammirazione, una tenerezza che non si era proprio attesa. Sembrava intento a sondare con attenzione del tutto nuova le reazioni di lei, come se stesse cercando di comprendere anche ciò che ella a parole non riusciva a esprimere.

Il cuore prese a battere più rapido, e Victoria maledisse ancora una volta il potere che Jared aveva su di lei, perché bastava un suo sguardo per farla sentire inerme e in balia di una vera e propria tempesta interiore.

Il vento impetuoso della sua vicinanza sollevava nel suo animo mareggiate così alte da rimescolare sentire e ragione, rendendone incerti i confini fino a sovrapporli e confonderli l'uno con l'altra.

Jared, proseguì, senza liberarla da quell'esame, tenero e impietoso nello stesso tempo. «Io non so perché, ma a quanto pare salvarmi è la cosa che ti riesce meglio. Forse avevi ragione, per me sposarti sarebbe un ottimo affare. Ma… per *te*, Victoria? Credi ancora che lo sarebbe, dopo quello che hai visto di me?»

La risposta della logica sarebbe stata negativa: se sia Harriet che Roger avevano fatto carte false per impedirlo, un motivo doveva esserci. E non doveva usare molta fantasia per arrivarci. Non c'era nessun buon motivo per sposare Jared Lennox, se non la stupidità che l'aveva più volte portata a essere imprudente e a rischiare reputazione e futuro per la troppa leggerezza.

Ancora una volta Victoria avvertì tutta la distanza che separava ciò che era giusto, almeno in apparenza, e ciò che il suo cuore riteneva giusto. Studiò guardinga il viso di lui.

Nonostante fosse alterato da stanchezza e sofferenza, la ragazza non poté evitare di considerare quei tratti di una bellezza unica. Negli occhi di lui era rimasta la domanda che aveva espresso poco prima: avrebbe potuto scommettere su un'unione così male assortita, su un compagno che la società aveva bollato come di dubbia moralità?

La giovane sostenne lo sguardo di Jared, meditabonda. Non aveva più la baldanza con cui gli aveva proposto di sposarla, poco tempo prima, né la stessa incosciente sicumera.

Aveva pensato che sposare Jared avrebbe portato una ventata di libertà dall'oppressione famigliare che l'aspettava, ma forse non era stata sincera con se stessa, nel credere questo.

All'improvviso sentì la gola arida. A disagio si alzò in piedi, inciampando nello stupido scialle che si trovava sempre arrotolato attorno al corpo come un boa.

Il ritardo nella sua risposta addolorò Jared. Lo vide chiaramente, perché un'ombra offuscò per un momento il volto di lui.

Victoria, in quel breve attimo, comprese che c'era una cosa che più di tutte l'accomunava a quell'uomo: entrambi avevano un disperato bisogno di essere amati, per ciò che erano, al di là delle apparenze e delle convenzioni.

Le parole appena pronunciate da Jared l'avevano colpita. *Dopo quello che hai visto di me*, aveva detto. Ma in fondo che cosa aveva visto, di che cosa poteva essere certa? Quello che aveva visto era solo un giovane ferito in duello da un marito geloso, probabilmente senza un reale motivo.

La giovane rifletté sulle parole che egli aveva usato. Non temeva di essere rifiutato per ciò che era, ma per ciò che sembrava. Un giudizio, terribile e senza appello, aveva allontanato Jared dall'affetto dei suoi cari, ma chi fosse veramente l'uomo che le stava davanti non le era dato scoprirlo. Si accostò al giovane seduto sul divanetto e si chinò, per prendere fra le sue la povera mano bendata. Sorrise.

«Certo che non mi offri la tua mano nelle condizioni migliori».

«Non sono capace di fare meglio» fu la risposta risentita. «Dovevi aspettartelo».

«D'accordo» replicò lei, che cominciava ad arrabbiarsi. «Vuol dire che accetterò con la stessa grazia: questo affare è buono anche per me. Se mi lascerai altrettanta libertà di quella che tu prenderai».

Se solo Jared si fosse mostrato un poco più disponibile, avrebbe trovato in lei più entusiasmo di quanto, invece, era costretta a manifestare. La verità era che egli le piaceva: tanto, troppo. Quella notte passata a curarlo, quel bacio febbricitante, avevano creato fra loro un legame che Victoria sentiva profondamente ed era sicura che anche lui lo percepisse. Prima o poi avrebbe trovato il modo di farglielo ammettere, ma per ora Mr. Lennox costituiva ancora un mistero difficile da scalfire ed ella non poteva che cedere a questa evidenza.

Le sue parole acide, però, fecero effetto, perché notò la sua sorpresa. Lo aveva spiazzato e questo era già un buon risultato.

Con quelle premesse assurde, pensò angosciata, avrebbero avuto bisogno di tempo. Tempo per conoscersi, per imparare a fidarsi l'uno dell'altra, per abbassare la guardia. Già quel breve e necessario colloquio era stato ritagliato in modo fortuito, sarebbe stata un'impresa riuscire ad avere occasioni che le permettessero di vincere quella diffidenza e quella distanza che il giovane aveva interposto fra sé e gli altri; fra sé e, forse, i propri sentimenti. Doveva trovare il modo di far aprire a Jared il suo cuore. Ma lui, poi, avrebbe desiderato farlo? Avrebbe mai desiderato che Victoria gli aprisse il suo?

«Perfetto» commentò secco, ma quando Victoria fece per sottrarre la mano da quella di lui, la stretta si fece più forte. Fu allora che Jared sollevò su di lei gli occhi, rivolgendole uno sguardo sfrontato, imperioso, sensuale, che ancora una volta le impedì di reagire con prontezza. Lentamente, il giovane si portò alle labbra la sua mano e altrettanto lentamente depose dapprima un lievissimo e galante bacio sul dorso, poi, senza staccare gli occhi dai suoi, dopo averla voltata si dedicò al palmo, al polso, facendo fluire nelle sue vene un'impetuosa eccitazione.

Victoria non ebbe la forza di fuggire, pur comprendendo che quel gesto intenzionale e seducente rivestiva una miriade di implicazioni. Victoria sentiva il proprio viso arrossire, regalandogli l'ennesima vittoria: quella era la prima libertà che Jared si stava prendendo, mettendola di fronte alla propria inesperienza, alla propria impotenza nei confronti delle emozioni che egli, con i suoi esperti baci, sapeva scatenare.

Pur sapendo tutto ciò, Victoria non poté resistere alla deliziosa tortura di quelle labbra sapienti. Perché lei stessa anelava a quel contatto con ogni sua fibra.

Provava al contempo piacere e vergogna: un piacere che non avrebbe mai creduto potesse derivare da un contatto così lieve, e vergogna perché lo sguardo di lui mostrava quanto egli fosse conscio delle sensazioni che suscitava. Ma non era solo quello, a turbarla, era il fuoco, violento e incontrollabile, che Jared accendeva in lei, facendole anelare di più. La sconvolgeva rendersi conto che gran parte dell'eccitazione che provava non fosse dovuta al bacio, ma al modo in cui egli la guardava. Ciò che avrebbe dovuto farla fuggire, l'attraeva. E non riusciva a perdonarselo.

Fu questa improvvisa coscienza che le diede la forza di strappare la propria mano dalla presa di Jared, augurandosi di non fargli capire quanto le costasse.

«Mi sono già preso troppa libertà?» la canzonò lui, con un tono in parte malizioso, in parte pungente. Non si era sbagliata, sull'intento di quel bacio, e decise all'istante che non gliel'avrebbe data vinta, né quella volta né mai.

«Questo è sicuro» lo rimproverò, tentando di imitare sua sorella quando affrontava le sconvenienze altrui. «Ma accetto le tue scuse.» Seria, offesa, fredda. Così avrebbe voluto essere, tuttavia la seconda frase le uscì ammorbidita dal sorriso che non voleva farsi sfuggire.

Un lampo divertito gli illuminò lo sguardo. «Te ne sono grato, mia cara. Farò il possibile per non turbarti ulteriormente, almeno fino a quando non sarà del tutto lecito e conveniente che io lo faccia».

Victoria avvampò, a quel riferimento esplicito e sfacciato al loro futuro matrimoniale. Jared, alzandosi a fatica in piedi, rise piano e le rifilò un buffetto sulla guancia. Non sembrava più risentito, ma ella non riuscì a interpretare le sue emozioni con chiarezza.

«Mi dispiace, Vic. Mi dispiace perché so che ti renderò infelice: per quanto mi possa sforzare per non farlo accadere, succederà».

E senza darle modo di replicare, con passo lento lasciò la stanza.

9

Si sentiva spossato e avvilito, mentre raggiungeva la sua stanza quasi strisciando. Salire la scala senza aiuto fu faticoso, ma Jared ebbe la soddisfazione di riuscirci, per quanto lo sforzo gli consumasse anche le ultime energie.

Sembravano tutti spariti, Harriet, Roger, Sanders, gli ospiti, la servitù... Si infilò a letto con la sensazione di essere l'unica presenza vivente in quella casa.

A parte la giovane donna che aveva lasciato nel salotto, si corresse mentre posava con immenso sollievo il capo sul cuscino morbido e fresco.

Quando si era svegliato, quella mattina, era stato lieto di sentirsi meglio: le forze cominciavano a tornare, gli era parso di poter guardare con positività al futuro.

Non poteva immaginarsi neppure lontanamente che la giornata gli avrebbe portato un simile pandemonio. Anche a ripensarci gli sembrava incredibile che fosse accaduto davvero. Prima l'arrivo di Sanders con la notizia della visita femminile, poi la follia romantica di Mrs. Warren, infine quella omicida di suo marito. Era tutto così assurdo!

Più d'ogni altra cosa, non riusciva a capire se stesso e Victoria.

Trovare l'espediente del falso fidanzamento in un primo momento gli era parsa un'idea geniale, anche se rischiosa. Gli era sembrata una piccola bugia, da cui sarebbe stato facile tornare indietro: mentire a una donna nelle condizioni di quella signora era accettabile anche per la mentalità ristretta di Harriet e la questione si sarebbe conclusa con un po' di rimbrotti e di indignazione. Ciò che era accaduto dopo, però, aveva fatto precipitare in modo imprevisto la situazione, e ora Jared aveva ben chiaro che tutta la comprensione di Harriet non sarebbe bastata, perché l'arrivo di Warren e ciò che era seguito aveva reso irreparabile quella prima bugia.

Mentre si rigirava fra le lenzuola, cercando una posizione che gli portasse un po' di sollievo, si accorse di essere molto più confuso del solito sui propri sentimenti.

Fino a poco tempo prima l'idea di sposarsi lo disgustava. Non sapeva dire quando la sua opinione aveva cominciato a cambiare, forse proprio quando aveva rifiutato in modo categorico di accettare il compromesso che Victoria gli aveva offerto. Di una cosa era tuttora convinto, che Victoria non avrebbe ricavato alcun vantaggio nello sposarlo: tutto il suo denaro non avrebbe compensato la pessima reputazione che egli si era guadagnato in società; anche se si fosse dimostrato il più devoto dei mariti, avrebbe potuto offrirle solo una pallida imitazione del matrimonio che una giovinetta come lei si meritava.

Jared si conosceva abbastanza bene e sapeva quanto la passionalità lo dominasse, travolgendo ogni aspetto della sua vita. Per questo aveva ottenuto la fama di uomo implacabile negli affari, di spudorato dongiovanni in società e di persona instabile negli affetti domestici. Che cosa poteva offrire a una donna? La risposta che aveva sempre dato a quella domanda era: nulla di più che un focoso amplesso.

Incapace di trovare requie, Jared si rigirava nel letto, indolenzito per le ferite, per la caduta e per il trambusto che lo aveva sfibrato, ma ancora di più, in preda a un'angoscia terribile al pensiero di Victoria.

La rivedeva, mentre coraggiosamente sfidava Warren per salvarlo. Si era accorta che l'uomo era armato, eppure non aveva esitato a far scudo fra lui e l'ira di quest'ultimo. Victoria, che aveva messo in gioco la reputazione, per ben due volte in pochi giorni, a causa sua.

Come interpretare tale comportamento? Si era trattato di incoscienza, di leggerezza? Oppure di una forza di carattere capace di andare oltre alle convenzioni?

Jared non era in grado di stabilirlo, ma una parte di lui, che egli non comprendeva neppure, desiderava con ardore che fosse vera l'ultima ipotesi.

Ardore. Posando la fronte di nuovo resa calda dalla febbre sulla benefica frescura della federa, Jared ebbe la percezione di quanto Victoria potesse accendere la sua passione. Ripensare a lei era sufficiente per infiammarlo, per fargli desiderare... che il matrimonio avesse davvero luogo.

Non gli era mai capitato, fino ad allora, di provare un desiderio simile. Ad attrarlo erano sempre state donne che sapeva di poter avere senza troppi coinvolgimenti; aveva saputo indirizzare le proprie pulsioni verso dame non impegnative.

Non aveva mai amato, non era mai stato amato; non aveva mai chiesto né dato di più. Egli era incapace di amare e non avrebbe certo preteso amore da una moglie, ma, se su Victoria non si era sbagliato, la loro unione avrebbe potuto contare sull'attrazione reciproca, che fra loro, persino in quel traballante inizio, non mancava.

Mentre il suo corpo spossato si abbandonava al torpore e al sonno, Jared si abbandonò a riflessioni confuse, e tutte gli parvero demoralizzanti.

Un pessimo affare, Miss Arden, fu uno degli ultimi pensieri che rivolse alla fanciulla, prima di crollare. *E Dio solo sa chi te lo ha fatto fare.*

Victoria prese un profondo respiro prima di raggiungere Harriet nel salotto grande.

La trovò in piedi, accanto alla finestra che dava sul giardino. Cincischiava un fazzoletto, più pizzo che stoffa, fra le mani.

Al suo richiamo, la donna si volse verso di lei, accigliata. Non si capiva se fosse più preoccupata o addolorata e a Victoria si strinse il cuore, perché non aveva mai avuto intenzione di creare così tante angustie alla sorella. Era proprio vero che non ne combinava una giusta, anche quando ce la metteva tutta per fare il meglio.

Ripensò per un attimo alla scena che si era svolta in quella stanza, poi a Warren con la mano sulla fondina nell'altro salotto e, per una volta, lasciò che la sua coscienza la assolvesse. Anche se poteva costarle tutta la felicità futura, aveva fatto ciò che era giusto.

«Victoria...» cominciò Harriet, avvilita e un poco affannata, «ho bisogno che mi spieghi *perché*. Per quanto mi sforzi, non posso comprendere. Cosa dirò alla mamma?»

Il pensiero della madre, anziché farla sentire in colpa, la irritò. Mrs. Arden, che aveva colto tutte le occasioni possibili per liberarsi di lei, non avrebbe fatto, a suo giudizio, obiezioni alle nozze, nemmeno se Victoria si fosse fidanzata con Barbablù.

L'evidente apprensione della sorella, tuttavia, la riportò alla calma.

Lisciò la gonna e si sedette composta su una poltroncina, pensando a quanto fosse tutto difficile, complicato, odioso. Harriet era l'immagine dell'ansietà e la fissava in attesa, come se dalle sue parole potesse venire chissà quale conforto.

«Scrivi alla mamma che deve preparare il mio corredo. Credo che dovremo organizzare quanto prima il matrimonio».

Harriet impallidì ancora di più. «Che orribile farabutto!» esclamò con la voce rotta, e solo dopo un po' Victoria comprese il fraintendimento della donna.

«No, Harriet! Jared non mi ha mancato affatto di rispetto. Non c'è alcun *motivo* per affrettare le cose!» Fece una pausa imbarazzata. «Volevo solo dire che ormai ci sono molte persone a conoscenza del fidanzamento e non c'è modo di tornare sui nostri passi, perciò dovremo iniziare i preparativi. Sarà meglio per tutti se fingerete che questo evento sia stato caldeggiato dalla famiglia. Fate finta di essere felici per noi, almeno.» L'amara ironia di quella parola le fece stringere il cuore: non vi era alcuno che potesse gioire per il fidanzamento, men che meno i diretti interessati, visto il modo in cui Jared si era congedato da lei.

La sorella sospirò sollevata, anche se non pareva del tutto convinta, e Victoria per rincuorarla del tutto le raccontò anche quello che ancora non sapeva: delle minacce di Mr. Warren, della rinnovata necessità di fingersi fidanzata di Jared, dell'arma che aveva intravisto e che l'aveva spinta a essere più che convincente nella sua farsa, dell'inatteso arrivo di Roger e dei suoi amici, che aveva reso ufficiale ciò che ancora avrebbe potuto non esserlo.

Al termine di tutti i chiarimenti, Harriet era indignata. «Quell'uomo orribile!» esclamò. «Vorrei non fosse mai venuto qui!»

La giovane assentì. «Provo una certa inquietudine a pensare che potrebbe essere ancora qui fuori. Non vedo l'ora che anche sua moglie sia fuori dalla nostra vita».

«Quale moglie?»

La giovane si accigliò. «Ti riferivi a Jared?» replicò incredula. Poteva anche capire che la pessima reputazione del poveretto si ripercuotesse sulla loro, ma tanta acredine le sembrava esagerata e l'addolorò.

Harriet la guardò con rinnovato sospetto. «Mi pare comunque che fra voi due vi sia una certa intimità, visto che lo chiami per nome. Come mai?»

Non ci aveva fatto caso, ma era vero, il Mr. Lennox era sparito dai suoi pensieri, soppiantato da Jared. Un nome che ogni volta le faceva battere il cuore.

«Devo abituarmi» rispose, ripromettendosi di non cadere più nell'errore. In fondo, sua madre quando parlava del marito si riferiva a lui, invariabilmente, come Mr. Arden. E Harriet raramente, anche nominandolo con lei, chiamava Roger col nome di battesimo. Non era decoroso fare altrimenti e Harriet aveva già un'opinione abbastanza bassa di lei, di Jared e del loro prossimo legame per darle motivo di temere ulteriori cadute di stile.

La risposta, comunque, fu soddisfacente. A Victoria, però rimase la sgradevole sensazione che il suo futuro sposo venisse trattato ingiustamente.

«Non è colpa di Mr. Lennox quanto è accaduto» rimarcò infatti.

«Non sai nulla della vita, piccola mia!» esclamò dura Harriet, sedendosi così bruscamente di fronte a lei, da far cigolare il divanetto. «Tu hai voluto proteggerlo, e questo ti fa onore, davvero. Ma lui si è approfittato di te, della tua disponibilità... dell'incidente che qualche giorno fa è occorso fra voi. Non gli sarebbe mai venuto in mente di presentarti come sua fidanzata, se non avesse rischiato, e felicemente, evitato un impegno con te in quell'occasione: l'aveva già fatta franca una volta, sperava di riuscirci di nuovo».

Non gli sarebbe venuto in mente, se io stessa non gli avessi offerto la mia mano come una sciocca, aggiunse Victoria mentalmente, arrossendo.

Harriet annuì, interpretando quel rossore come indignazione. Era meditabonda e addolorata. «Non so proprio come trarti d'impaccio, Vic. Sono certa che quegli orribili Warren divulgheranno a Londra la notizia più che potranno e, se anche così non fosse, ora che Lord Hereford e Lord Clifford hanno questa golosa notizia da diffondere, sta' pur certa che passerà di bocca in bocca: voi due siete un argomento di grande interesse, come puoi immaginare!»

«Ho già accettato l'idea di legarmi a Mr. Lennox. Non mi sembra peggio di tanti altri che avrei potuto incontrare.» Harriet aprì bocca, ma Victoria continuò. «Ormai è fatta e credo sia meglio che i commenti negativi restino inespressi. Ora occupiamoci di Mrs. Warren: i suoi mancamenti, a giudizio di Sanders, sono dovuti a uno stato interessante, dobbiamo essere caute con lei».

Harriet balzò in piedi sconvolta. «Giusto cielo!»

Ancora una volta Victoria impiegò qualche tempo a comprendere il pensiero della sorella. «È una donna sposata,

Harriet! Non c'è motivo di credere a una paternità illegittima... inoltre, Mr. Lennox mi ha assicurato di essere estraneo a quella donna».

Lady Killmore tormentava il fazzoletto. «E tu gli credi? Hai visto quanto era sconvolta quella poverina: che cosa mai potrebbe averla portata ad abbandonare il tetto coniugale, se non un fatto grave come...»

Questa volta anche Victoria cominciò a provare un vago disagio. Aveva creduto a Jared, però il ragionamento di Harriet aveva una certa logica.

«Mr. Lennox mi ha dato la sua parola».

Ma le aveva anche anticipato che sposarlo l'avrebbe resa infelice. Forse le aveva mentito, l'aveva usata per proteggersi da una responsabilità così grave e dalle conseguenze che ne sarebbero derivate. Un divorzio, un figlio illecito. La fine della rispettabilità, in ogni ambiente.

Tuttavia, egli stesso avrebbe dovuto sapere che un fidanzamento rispettabile non sarebbe bastato a coprire lo scandalo per una colpa come quella.

«Vic, è difficile parlarne, ma devo metterti in guardia. Gli uomini come Lennox...» abbassò gli occhi, «fanno di queste cose. Mi dispiace dire così, ma c'è stato più di uno scandalo in cui è comparso il suo nome. Nulla di così abietto come questa possibile... *implicazione*, ma la sua fama è quella di incallito libertino».

«Lo sapevo già. Avete parlato così male di lui, in tutti questi anni, che a stento non mi aspettavo avesse il piede caprino».

Harriet era in difficoltà. «Temo che dovrò essere più chiara. Se solo fosse un giovanotto a cui piace amoreggiare con le donne, non potrei che schierarmi dalla sua parte e rifiutare le illazioni, ma sapendo quello che so...»

«Che cosa, per l'amor di Dio?!» sbottò Victoria esasperata da tante inutili reticenze.

«Nutre spesso interesse per rispettabili signore sposate. Mrs. Warren non sarebbe la prima».

«Ad avere figli da lui?» domandò allora Victoria raggelata.

«Ad avere relazioni indebite con lui. Tesoro mio, un libertino è un uomo che non si limita certo a innocenti schermaglie, è un essere corrotto, in preda ai più bassi istinti, privo di morale. Ecco chi è Jared Lennox» fu l'addolorata risposta. «Un uomo noto per aver intrecciato relazioni licenziose con alcune stimate e irreprensibili spose... non ho mai dato credito alle voci che lo facevano anche corruttore di giovinette, ma per quanto riguarda le sue conquiste fra le signore della buona società, ho avuto purtroppo conferme affidabili».

La giovane si portò un dito alle labbra, improvvisamente bisognosa di rosicchiare un'unghia. Non lo faceva da quando aveva dodici anni. Possibile che Jared fosse davvero un mostro? Possibile che avesse agito in quel modo esecrabile?

Mrs. Warren poteva essere meno pazza del previsto e anche la rabbia cieca di suo marito, di fronte a un figlio illegittimo, pareva più giustificata. L'unico a poter porre fine a ogni dubbio era solo Jared, ma Victoria si domandò angosciata come avrebbe mai potuto fare domande su un argomento simile.

Fu chiamato Sanders, che portò loro notizie positive sulla loro ospite: Mrs. Warren stava meglio e stava riposando.

Nessuna delle due donne ebbe il coraggio di chiedere o aggiungere altro, lasciando che il silenzio calasse, carico di tutta la loro tensione e di tutti i loro pensieri, fino al ritorno del maggiordomo dopo un po' di tempo. Sanders era seguito dalla signora che tanto scompiglio aveva portato nelle loro vite, la quale entrò impettita, ma con un'espressione più incerta e intimidita di quanto l'atteggiamento volesse far credere.

Più di tutto, aveva un'aria contrita, che subito fu accompagnata da una profusione di scuse rivolte a Harriet, per il proprio comportamento, per la confusione che aveva portato, per i disguidi che aveva causato. Era di indole nervosa, si giustificò, e la particolarità della situazione l'aveva portata ad agitarsi più di quanto l'educazione le avrebbe consentito.

Harriet accettò le scuse e, mentre Victoria avrebbe voluto sondare il terreno e capire meglio quale relazioni intercorresse fra lei e Jared, da buona padrona di casa sviò il discorso da argomenti che potessero divenire scabrosi o spiacevoli.

Mrs. Warren era ansiosa di andarsene quanto loro di liberarsi di lei e, dopo uno scambio di frasi di durata appropriata, la donna si congedò. Victoria aveva notato due cose: che di Jared non aveva chiesto nulla e che aveva in tutti i modi ignorato lei, come se non fosse stata nella stanza. Le aveva sì e no rivolto un'occhiata quando aveva fatto l'inchino per congedarsi.

C'era qualcosa di sospetto in quell'atteggiamento e infatti, quando già la donna era a un passo dalla porta, si volse e le scoccò un'occhiata velenosa, che strideva fortemente con la cortesia con cui si era appena congedata.

«Tutta questa agitazione mi ha impedito di congratularmi come si deve.» Il sorriso che aveva accompagnato quelle parole non mitigava l'ostile curiosità del suo sguardo, che aveva percorso Victoria dalla testa ai piedi. «Un traguardo notevole: mi dicono che Mr. Lennox è lo scapolo più ambito del *ton*».

«Un gradito matrimonio in famiglia» rispose secca Harriet. «Ci auguravamo tutti da tempo che accadesse».

Victoria, fugacemente, si meravigliò della capacità di mentire della sorella e della prontezza con cui aveva reagito; si rese conto che il momento propizio era arrivato: doveva pensare in fretta, perché con la riposta giusta forse sarebbe riuscita a ricavare più informazioni sulla verità del rapporto fra quella donna e Jared, ma proprio quando le sue capacità mentali dovevano sostenerla, si scoprì incapace di formulare una frase sensata.

Mrs. Warren abbassò gli occhi, mentre un sorrisetto impertinente le arricciava le labbra. «Ne sono convinta» disse, con l'evidente intento di esprimere il contrario. «E non posso che augurare tanta felicità alla giovane coppia».

Victoria sperò che la voce non le venisse meno, e si produsse in un lieve inchino, più un movimento del capo che del corpo. «E io non posso che ringraziarvi. Il vostro intervento ci ha spinti a fare il passo che ancora non avevamo trovato il coraggio di compiere e a rendere partecipe la famiglia della nostra felicità».

«Lieta di esservi stata utile. Mi auguro che l'utilità di questo incontro vada per voi oltre a questo. Immagino, Miss Arden, che ora abbiate capito sotto quali auspici comincerà la vostra vita matrimoniale».

Era lo spiraglio che Victoria aveva sperato, ma la donna, dopo quelle parole, in preda a una fretta improvvisa le lasciò.

Alla giovane non rimase che tormentarsi, rivivendo tutta quella incredibile serie d'eventi, cercando di frugare nei ricordi ogni particolare che potesse esserle utile per arrivare alla verità, che ora le pareva incerta, combattuta com'era fra la fiducia in Jared e la sensatezza delle conclusioni della sorella.

Non poteva credere che Mr. Lennox potesse arrivare a rinnegare addirittura di conoscere una donna che attendesse un figlio da lui. Victoria non aveva però abbastanza fiducia nel proprio giudizio per essere certa. Troppe volte aveva dato credito alle persone, per poi trovarsi delusa dalle scelte altrui, troppe volte era stata fiduciosa ed era stata tradita: c'era in gioco, questa volta, il suo cuore, non poteva permettersi di rischiarlo con leggerezza.

Immersa in tetri pensieri com'era, il tempo che mancava prima della cena volò letteralmente e quando Harriet decretò giunto il momento di prepararsi, si stupì di vedere che il sole stava in effetti tramontando.

Quella serata sarebbe stata pesante. I due ospiti di Roger si sarebbero fermati fino all'indomani, quando sarebbero rientrati a Londra, per cui durante la cena Victoria avrebbe dovuto anche sopportare la curiosità e le domande dei gentiluomini, in quella che sarebbe stata una sorta di improvvisata festa di fidanzamento.

Harriet, che si era presa l'impegno di comunicare alla famiglia delle prossime nozze, era agitata quanto Victoria. Sapendo che i due giovani si erano inventati ogni cosa lì per lì, suggerì alla sorella di prepararsi una versione plausibile da raccontare se i due Lord avessero chiesto maggiori particolari. Era improbabile, ma c'era il rischio di sollevare dubbi in grado di danneggiarla ulteriormente.

10

Quando Victoria raggiunse la sala da pranzo, pensò che sua sorella avesse pienamente meritato un marito prestigioso come Lord Killmore.

Il salone, illuminato da una profusione di candele, era spettacolare. Composizioni di fiori, frutta e lumi decoravano il centro della tavola, apparecchiata con argenteria così splendente da apportare ulteriore luce alla stanza. Cristalli e porcellane candide erano posati sulla tovaglia in lino finemente ricamato, in attesa che la cena avesse inizio e venissero presentate a tavola le varie portate. Un tripudio di candore che ben presto avrebbe lasciato posto ai colori e ai profumi delle vivande in bellavista.

Come avesse fatto Harriet riprendersi dopo la scioccante mattinata, a sovrintendere a quell'allestimento principesco e prepararsi per la serata era un mistero, eppure sua sorella, perfettamente acconciata e avvolta in frusciante seta color zafferano, stava intrattenendo gli ospiti con un'amabilità che Victoria quasi non le conosceva.

Accanto a lei Roger era impeccabile, quanto i due ospiti che chiacchieravano con loro accanto al grande camino acceso che la frescura della sera aveva reso necessario. Victoria fu lieta di aver insistito con la cameriera per far sfoggio del suo abito migliore, un vestito formato da una veste di seta azzurra e da una sopravveste di pizzo sottilissimo. Lo scollo quadrato e il taglio stile impero esaltavano la sua figura slanciata e il florido decolleté, che attirarono subito gli sguardi ammirati degli uomini nella sala. Quello di Roger era il meno ammirato di tutti, perché al pari di quello di Harriet si dimostrò subito preoccupato.

Fu lui ad andarle incontro per accompagnarla dal gruppo, giusto per scambiare due parole sottovoce. Victoria seppe in un attimo che era stato messo al corrente della realtà dei fatti dalla moglie e che era, di fronte a essi, sconcertato, sconvolto, sbigottito.

Di più non poté aggiungere, perché erano già troppo vicini agli altri per permettergli ulteriori commenti.

Subito dopo le dovute riverenze, la giovane ebbe il piacere di ricevere di nuovo le più sentite congratulazioni e cominciò a chiedersi se Jared si sarebbe fatto vedere o se l'avrebbe lasciata sola a gestire le belve nell'arena.

Il dubbio fu di breve durata, perché, accompagnato da un uomo che Victoria non aveva mai visto, il giovane fece ingresso nella sala.

Nonostante la giacca scura fosse posata sulle spalle e non indossata, per via della fasciatura, la sua eleganza non era inferiore a quella degli altri, anzi, i pantaloni aderenti e dalla linea perfetta sembravano cuciti per disegnare il fisico longilineo e scattante. La cravatta, annodata con studiata noncuranza, faceva capolino dal candido gilet di seta damascata, facendo risaltare i lineamenti perfetti, un poco capricciosi, del viso. O forse a dargli quell'aspetto un po' piratesco erano i capelli, che egli portava liberi e un po' spettinati.

Victoria si riscosse da quell'attento esame quando Jared si scusò per il ritardo e congedò l'uomo che si rivelò essere il suo segretario, da poco giunto a Killmore Court su sua richiesta.

Oltre alle difficoltà dovute all'indisposizione, spiegò, si era attardato per dettare alcune lettere urgenti al dipendente: una, in particolare, aveva richiesto tutta la sua attenzione, in quanto aveva dovuto manifestare tutto il suo rincrescimento per aver anteposto la propria felicità alla buona creanza.

«Avete scritto a mio padre» commentò freddamente Harriet.

Victoria, sbalordita, passò lo sguardo dall'una all'altro, vedendo quest'ultimo annuire.

Con una tranquillità che lei non condivideva per nulla, vide il giovane sorridere e spiegare agli ospiti ciò che entrambi non osavano chiedere. Accostandosi a lei, le prese galantemente una mano.

«Gli eventi si sono susseguiti a un ritmo tale da impedirmi di domandare ufficialmente la mano di Miss Arden prima che il nostro privato abboccamento divenisse di dominio pubblico, ma visti i legami fra le nostre famiglie non dubito di ottenere la benedizione di suo padre» commentò sorridendo.

L'argomento fu presto interrotto da Lady Killmore, che fece cenno alla servitù di servire in tavola le zuppe. Il diversivo funzionò e poco dopo già si parlava d'altro, attorno al tavolo imbandito in modo principesco.

Victoria faticava a prendere parte alla conversazione, anzi, persino a sollevare gli occhi dal piatto. Lanciava di tanto in tanto un'occhiata verso Jared, che sedeva di fronte a lei e chiacchierava amabilmente con gli altri commensali.

Si rendeva conto di essere confusa e imbarazzata più di quanto avrebbe mai pensato: ora che l'eccitazione del pomeriggio era scemata, le restavano solo le incognite verso il futuro.

«Dovete dirmi, Miss Arden, se vostra madre ama le rose».

Victoria ci mise qualche istante a capire che Jared stava parlando con lei ed egli, sorridendo sardonico, le ripeté la domanda.

«Non particolarmente, perché?» chiese.

«Vorrei portarle un dono da Hidden Brook e pensavo a una talea dal roseto. Il mio giardiniere mi assicura che sono rose rarissime e molto pregiate».

Victoria scosse il capo. «Non è il dono giusto: ha fatto estirpare tutti i roseti dal giardino. Diceva che portavano troppi insetti».

«In tal caso, dovrò inventarmi qualcos'altro. Mi sembrava romantico portarle in dono qualcosa dalla futura casa di sua figlia».

Hidden Brook era il nome della casa di Jared nel Surrey. Victoria ne aveva sentito parlare da sua sorella, ma per la prima volta considerò quel posto con vivo interesse: sarebbe divenuta la sua futura casa e con ogni probabilità l'avrebbe vista solo dopo le nozze. Come sarebbe stato entrare in quella casa?

Una sorsata ben meditata del delizioso vino bianco di Killmore Court alleviò la sensazione di disagio che provava, ma le fece afferrare con un poco di ritardo il resto del discorso di Jared.

«... così poco tempo».

«Mi pare un'idea eccellente. Non trovi, Vic?» aveva appena risposto Harriet.

Quando sollevò lo sguardo dal bicchiere, si trovò davanti Jared che la fissava con quel sorriso beffardo, che lo rendeva ancora più bello ma che significava sempre guai.

La luce tremula delle candele sulla tavola, l'alcol che le rendeva ancor più tremula la vista, gli davano l'aria di quelle divinità greche che andavano così di moda in certi quadri e negli affreschi delle case signorili.

Per un attimo, Victoria se lo immaginò avvolto da un panneggio di candidi lini e una corona d'alloro intorno alla testa. Bello da togliere il fiato, ma più che un dio greco, in quel momento pareva Nerone mentre osservava Roma immersa nelle fiamme.

La fantasia durò solo un attimo, poi il panneggio della toga tornò a essere quello delle bende che trattenevano il suo braccio, la corona d'alloro soltanto il frutto di una bevuta troppo veloce di un vino troppo liquoroso. Rimase soltanto l'impressione che gli occhi di lui fossero fiamme capaci di penetrare in fondo al suo cuore e farvi scaturire vampate di fuoco.

«Scusate, ero distratta» balbettò, mentre un malefico rossore le saliva fino alle orecchie, ma poteva essere benissimo effetto del vino.

«Dicevamo» riprese Harriet un po' arcigna, e Victoria capì che la sorella aveva subodorato i motivi della sua distrazione, «dicevamo della possibilità di una visita a Hidden Brook. Mr.

Lennox è stato così gentile da proporti di visitare la tenuta insieme a mamma e papà».

Si era persa un pezzo non indifferente della discussione. Ma quanto vino si era bevuta?

«E a voi, ovviamente. Hidden Brook è sempre aperta per voi» aggiunse Jared, sollevando appena un calice in direzione di Harriet. Faticava a mangiare con una sola mano utilizzabile, ma era comunque elegante nei movimenti, più di lei che, ora lo ammetteva almeno a se stessa, era un po' brilla.

Jared doveva averlo capito, perché pareva sempre più ilare, mentre la osservava.

«Domattina intendo sollevarvi dall'impiccio della mia presenza» proseguì, rivolto sempre ai Killmore ma guardando lei, «sto ormai abbastanza bene da poter viaggiare in carrozza. Ho urgenza di vedere alcune persone a Londra, prima di dirigermi nel Surrey e organizzare la casa per gli ospiti. Ora che Maters, il mio segretario, è arrivato, me la posso cavare egregiamente».

Mentre Harriet compiva i suoi doveri di padrona di casa, insistendo affinché Jared restasse ancora un po', e tuttavia senza quella convinzione che l'avrebbe a sua volta resa convincente, Victoria assimilò tutte le informazioni, un po' a rilento. Jared sarebbe partito. Lo avrebbe rivisto solo se i suoi genitori avessero accettato l'invito a Hidden Brook, altrimenti, forse solo in occasione del matrimonio. Avrebbe dovuto scrivergli? Oppure aspettare prima una lettera da lui?

C'era stata una sua compagna di scuola che si era fidanzata durante l'ultimo anno di studio e riceveva moltissime lettere, ma quello era stato un fidanzamento vero: lei che argomenti avrebbe avuto da condividere con Jared?

La cena trascorse in un lampo: si accorse a malapena della seconda apparecchiatura e nemmeno toccò i dolci, di cui pure era sempre stata ghiotta. Sentiva su di sé lo sguardo di Jared e provava un senso di frustrazione a cui non trovava una spiegazione concreta.

Fu solo quando Harriet si alzò da tavola, per lasciare il salone agli uomini e ai loro discorsi, che Victoria ebbe piena coscienza che le restava ben poco tempo per conoscere Jared prima di sposarlo. Anzi, che forse non ne aveva più.

Harriet, appena si furono accomodate in salotto, prese posto sulla sua poltrona preferita, accanto al quale aveva fatto portare come sua abitudine un lume: tutte le sere, e quella non avrebbe fatto eccezione, Lady Killmore controllava il progresso del ricamo svolto durante la giornata e riponeva con cura i suoi lavori.

Subito, mentre riprendeva fra le mani il piccolo telaio di legno, prese a chiacchierare come se nulla fosse. I toni erano quelli pacati di sempre, senza le note ansiose che nel pomeriggio avevano reso acuta la sua voce. Calma, placida, perfettamente padrona di sé, Harriet stava parlando delle prossime nozze di Victoria.

La ragazza, però, come sempre immersa nei propri pensieri, e ancora intontita dal vino, aveva già perso tutta la premessa. Annotò mentalmente che doveva smetterla di non ascoltare gli altri perché cominciava a essere deleterio.

Lasciò che sua sorella continuasse a briglia sciolta, sperando di capirci di più: Harriet pensava che la visita a Hidden Brook fosse una cosa positiva, che avrebbe dato ufficialità al legame e avrebbe dimostrato il favore della famiglia.

Parlava e parlava, come se davvero il fidanzamento fosse giunto atteso, auspicato, gradito e... nato in circostanze normali. Victoria la fissava attonita.

«Che c'è?» domandò la donna, un poco seccata, quando si avvide dell'espressione perplessa della sorella.

Victoria si trascinò fino al divano, ma non riuscì a sedersi, agitata.

«Ne parli come se...» non riuscì nemmeno a dare una definizione.

«Come se vedessi di buon occhio questo assurdo fidanzamento?» replicò l'altra, socchiudendo gli occhi e, per un attimo Victoria ebbe il sospetto che tutto fosse stato architettato per arrivare a quel risultato, pur sapendo quanto ciò fosse impossibile. «Senti, Vic, guardiamo in faccia alla realtà: non credo affatto che Mr. Lennox possa essere un buon marito, e questo mi addolora profondamente per te, ma ciò non toglie che sia un buon partito, che ti permetterà di vivere con agiatezza e, se la tua condotta sarà migliore della sua, in modo onorato. Se poi vuoi tutta la mia sincerità, la tua *attuale* condotta non è una buona premessa a matrimoni migliori. Papà non aveva intenzione di farti debuttare a Londra, aveva troppo timore che portassi scandalo, rovinando la riuscita di Jane e Milly. Perciò dimmi: che prospettive avresti avuto, relegata in campagna? Mr. Fraser e le sue mucche, o peggio!»

Mr. Fraser, il loro vicino ad Ashford, era un solido giovanotto con un'ottima rendita, una madre vedova e invadente e un interesse smodato per la propria stalla, un gioiello all'avanguardia che assorbiva tutte le sue attenzioni. Le parole di Harriet erano piene di saggezza, frutto di una meditazione più profonda di quanto non avesse fatto lei stessa in tutti quei giorni. Victoria sospettò in un carteggio fra la sorella e la madre di cui non era stata messa al corrente e un brivido la percorse, al pensiero che forse i suoi genitori stessero meditando di farla rientrare in famiglia per relegarla nella casa di campagna, sperando che attirasse l'attenzione di Mr. Fraser al pari di una delle sue mucche... o quasi.

«Cielo, Arthur Fraser no!» esclamò scioccata. L'immagine del vicino, col panciotto strabordante e il viso perennemente coperto da un velo di sudore, fece, in quel momento, sudare freddo lei.

«Scampato pericolo» rispose Harriet sorniona. «Ormai è andata».

«Quindi credi che tutti saranno felici di questo matrimonio?» domandò Victoria, sentendo la necessità di sedersi sul divano. Quella stessa stanza, solo poche ore prima, era stato il teatro della scena che aveva cambiato la sua vita. Cominciava a desiderare che quella lunga giornata finisse, di lasciare quella stanza e di non vederla mai più. Le pareva che lo spirito di Mrs. Warren ancora aleggiasse lì, con la sua stridula voce e il profumo penetrante e dozzinale.

«Credo che, dopo un primo momento di sgomento, vedranno i grandi vantaggi di questa unione».

Parole sagge e prudenti, notò Victoria. Molto più delle sue, che affiorarono spontanee.

«A mamma e papà non importa affatto, a loro basta liberarsi del problema che costituisco».

Harriet, al contrario di quanto la giovane si immaginava, invece di sgridarla, abbassò gli occhi addolorata e non replicò.

Era vero, dunque.

C'era realmente stato un carteggio da cui il disinteresse della famiglia era emerso con chiarezza e in modo così sgradevole da turbare persino Lady Killmore, nonostante il rapporto con la sorella minore non fosse particolarmente affettuoso.

Victoria cercò di ignorare il nodo che d'improvviso le stringeva la gola. La sensazione di essere non amata, non compresa, non voluta che da sempre la accompagnava le provocò una grande desolazione. Si era detta spesso, troppo spesso, che forse era solo una sua impressione. Di ragazzine vivaci ce n'erano tante, e anche in collegio ne aveva conosciute diverse. Vari rimproveri, a onor del vero, li aveva condivisi con altre ragazze esuberanti quanto lei; così, qualche punizione era stata impartita in varie occasioni anche ad altre educande, ma la differenza fra lei e le altre le era balzata agli occhi quando si era accorta che i genitori delle sue amiche si premuravano di inviare lettere minacciose che rincaravano la dose, mentre lei dai suoi non riceveva nulla. In un primo momento erano state le sorelle, nelle loro missive, ad accennare quanto la loro madre si fosse indignata a seguito del suo comportamento, ma poi, col passare del tempo, anche quelle reazioni erano andate scemando, fino a che il disinteresse aveva coperto ogni altro sentimento.

Essere mandata a casa di Harriet non l'aveva stupita più di tanto, ma aveva quasi sperato che per una volta la famiglia si fosse arrabbiata tanto da non volerla vedere. Invece, si erano solo liberati di lei e del problema che avrebbe costituito una volta a casa.

Forse pensavano che l'indifferenza avrebbe col tempo curato il suo temperamento focoso più dei rimproveri, ma Vic, al contrario, quasi senza rendersene conto aveva via via peggiorato la propria condotta, nella speranza di suscitare una reazione nei genitori che le dimostrasse, se non il loro affetto, almeno un minimo coinvolgimento emozionale.

«Bene» sospirò la ragazza, cercando di recuperare un tono allegro, «Non ti resta che dirmi qualcosa di Hidden Brook e su... che altro devo sapere di Mr. Lennox? In realtà so proprio poco, a parte che ha decine di donne e alcune di queste sono pazze».

Harriet chiuse il cesto in cui teneva i lavori di cucito e le sorrise tristemente. «Hidden Brook è una deliziosa tenuta. Ti piacerà molto. Credo che ti converrà abitare lì, quando sarete sposati. Mr. Lennox ha anche una casa a Londra, ma ti consiglio vivamente di non seguirlo in città».

«E perché mai?» si meravigliò Victoria. Il collegio che aveva frequentato era in un villaggio non distante da Londra; la stessa Killmore Court era a poche ore di viaggio, ma nessuno le aveva mai dato occasione di visitare la capitale e la sua curiosità era naturale. Sapere che il futuro marito possedeva addirittura una casa in città per un attimo l'aveva rallegrata, ma l'imbarazzo di sua sorella smorzò subito l'entusiasmo.

Harriet sospirò, in imbarazzo. «Cara, posso dirti questo... non è bene, per una moglie, ecco...» Si umettò le labbra, e Victoria ancora non capiva che cosa ci fosse di così sbagliato nel seguire un marito a Londra. «Vedi, noi non frequentiamo Mr. Lennox, in città, perché non apprezziamo le compagnie di cui si circonda. Non in generale, diciamo... quelle femminili. Non sarebbe bene, per te, seguirlo e, ehm, stare a guardare. Se resterai in campagna, salverai le apparenze, ma vivendo in città con lui daresti l'impressione di *approvare*».

Una voce maschile, irritata e gelida, le fece trasalire entrambe.

«Il suggerimento è chiaro, Harriet, ma forse *lei* è troppo innocente per capire bene».

Jared era sulla porta, rimasta aperta, e aveva ascoltato probabilmente una parte della loro chiacchierata.

Questa volta fu Harriet ad arrossire, balbettando delle scuse. Il giovane proseguì, rivolto a Victoria, mentre avanzava nel salotto. «Tua sorella ti sta consigliando di seppellirti in campagna, fingendo di non sapere qualcosa che tutti sanno, ossia che ho diverse amanti, con le quali mi intrattengo spesso a Londra. A quanto pare, una moglie può accettare l'esistenza di queste amanti, purché tenute a distanza e frequentate con discrezione».

Gli occhi di Jared non si fermarono a lungo sulla cognata, ancorandosi subito a quelli di Victoria. L'espressione burrascosa faceva trapelare tutta la sua irritazione per ciò che aveva sentito, ma c'era di più: trasmetteva un tormento interiore che la giovane non seppe interpretare.

«Parti con me domani mattina, Vic» le disse, porgendole la mano ancora bendata.

«Sei impazzito?» esclamò Harriet, balzando in piedi con un gridolino.

Jared le rivolse un'occhiata distratta. «Non viaggeremo da soli, ci sarà il mio segretario e anche una cameriera, se sarai così gentile da mandarla con noi. Credo che sia ora per Victoria di avere una cameriera personale, ma temo che toccherà a me provvedere».

Jared, nonostante i toni piccati, era affaticato. Lo dimostrò sedendosi pesantemente accanto a Victoria, che subito dovette controllare il respiro, reso rapido dalla sua vicinanza.

«Harriet, siamo fratello e sorella da diversi anni» riprese stancamente Jared, «possiamo parlarci a cuore aperto, e sarà bene che lo facciamo ora, prima che gli altri signori arrivino. A voi tutti di questa ragazza importa meno che a me. Lasciatemela. Ne avrò cura, seriamente: ho un debito con lei».

«Non ti permetterò mai di condurre mia sorella, e senza chaperon, come ospite in una casa che è nota quasi come un... postribolo!» proruppe Harriet scandalizzata.

Victoria ascoltava ammutolita. La mano di Jared era sulla sua, ne avvertiva il calore attraverso la benda. Posò gli occhi su quella mano, che copriva la sua posata in grembo. Per qualche oscuro motivo, quell'uomo teneva a lei.

Non sapeva perché, né da quando, ma lo sentiva. Sentiva che in quella frase, apparentemente offensiva, era contenuta una grande verità: a nessuno importava davvero di lei. Fra tutti, però il suo istinto le diceva che Jared era diverso. Che poteva fidarsi e affidarsi a lui.

A sua volta, timidamente, posò anche l'altra mano su quella di lui, chiudendola fra le sue.

Il gesto non sfuggì a Harriet che aggrottò le sopracciglia bionde. Poi forse comprendendo che la strategia non era giusta, parve sbollire.

«Siete due ragazzi giovani e mi auguro con tutto il cuore che troviate il modo di essere felici insieme, ma dovete capire che quest'idea è folle: non avete ancora la benedizione di papà, e fino a che non sarà data non vi sarà possibile frequentarvi come legittimi fidanzati. Vi rivedrete a Hidden Brook fra pochi giorni, avrete modo di conoscervi meglio allora, nella quiete della campagna, dove anche l'etichetta è meno pressante. Ma un viaggio a Londra... così... no!»

«D'accordo» cedette lui, con toni più remissivi. «Ma voglio che sia Vic a decidere. Non posso compromettere più di quanto non abbia già fatto. Né lei compromettere me, in effetti.» Il sorriso che le rivolse fu pura elettricità fra loro. Una sensazione così inaspettata e violenta che Victoria trasalì e annuì, non riuscendo ad articolar una parola.

«Vuoi venire a Londra con me?» le domandò con un tono basso, sensuale, e a lei sembrò che le stesse dicendo di andare con lui nel giardino dell'Eden. La riposta affermativa era già sulle sue labbra, vi aleggiava come uno zefiro sulle acque di un ruscello.

«No!» replicò Harriet per lei e su Victoria caddero, come un macigno, tutte le regole della società che le impedivano, insieme al buon senso, in effetti, di fare quella follia.

«Mia sorella ha ragione, non posso» sussurrò avvilita. «Ma questo non vuol dire che non lo voglia» aggiunse ancora più piano, in modo che forse anche Jared non la sentì.

Lui le sorrise, e sembrava intristito, deluso. Si alzò dal divano e fece un elegante inchino alle signore. «Chiedo scusa per la mia momentanea follia. Sono passato di qui solo per congedarmi: domani partirò molto presto e sono piuttosto provato, per cui mi ritiro subito».

Solo pochi minuti e Jared se ne era già andato, dopo un saluto e uno scambio di convenevoli più che formale.

Harriet ebbe il tempo di lagnarsi un poco sulle mattane del cognato, recriminazioni a cui Victoria non prestò orecchio più di tanto, poi i signori le raggiunsero per concludere la serata con tè, caffè e qualche chiacchiera.

Victoria fu costretta a suonare un brano al pianoforte, dopo il quale si congedò, con la ferma intenzione di alzarsi, l'indomani mattina, in tempo per salutare Jared.

Per riuscire nel suo intento finì col non chiudere occhio.

Quando il cinguettio dei primi, mattinieri uccelli del parco cominciò a riempire il cielo ancora immerso nelle tenebre, Victoria balzò in piedi dal letto, ridotto a un cumulo di stracci disordinati dal suo continuo rigirarsi nella nottata. Aveva paura che Jared partisse al canto del gallo, non aveva idea di che cosa volesse dire "mattino presto" per un uomo come lui: suo padre non si era mai alzato prima delle nove, ma Roger era piuttosto mattiniero e la giovane temeva che fosse un'abitudine di famiglia, perciò si infilò la vestaglia e partì alla ricerca di qualche indizio su dove trovarlo.

Raggiunta una finestra che dava sulla facciata, cercò di vedere se ci fosse già la carrozza pronta ad aspettarlo e infatti, proprio davanti all'ingresso illuminato da due torce, la vettura già stazionava in attesa, ma non c'era traccia né di Jared né del suo segretario.

Era giunta, per guardare fuori, nella galleria dove si trovava la stanza del giovane e, forse, quelle messe a disposizione agli altri due ospiti, per cui Victoria suggerì saggiamente a se stessa di non indugiare oltre e di sgattaiolare in camera a vestirsi in modo più consono per raggiungere in fretta la sala della colazione, ma nel voltarsi travolse letteralmente una persona che le era giunta silenziosa alle spalle.

Lei sobbalzò dallo spavento, l'altro per il dolore.

«Jared, per l'amore del cielo!» sussurrò, allontanandosi da lui terrorizzata all'idea di avergli fatto male. Jared, però, col braccio sano la trattenne vicina.

«Che stai combinando tu, piuttosto!» la apostrofò. C'era buio nel corridoio, ma erano abbastanza vicini da permetterle di notare la soddisfazione che aleggiava sul suo volto. Era contento di vederla, pensò esultante, e gli sorrise.

«Credo che sia lecito salutare un fidanzato in partenza» rispose.

«Non in camicia da notte, temo. Ero convinto che ti avrei rivista vestita così solo nella *nostra* camera da letto, ma a quanto pare mi sbagliavo» scherzò lui. «Non starai per infilarti nella stanza di qualcun altro? Potrei non esserne contento, sai».

Ora Victoria ne era sicura: qualcosa in lui era cambiato. Non conosceva quella levità nella sua voce, nel suo modo di fare, ma le piaceva molto. Più di quanto le era piaciuto quando le aveva mostrato le proprie arti di seduzione.

Nel frattempo, Jared aveva cominciato a sospingerla lungo il corridoio, dalla parte da cui era venuta e verso la scala principale.

«Nessun'altra camera. Anche se in effetti non ho mai visto un Lord addormentato».

«A volte Roger si addormenta in poltrona: dovrà bastarti vedere lui.» Erano arrivati davanti alla porta della sua camera, che Victoria aveva lasciato spalancata. Lì, Jared si fermò. «Ora torna a dormire, è ancora notte!»

Victoria cercò di convincerlo a permetterle di scendere a fare colazione con lui, ma il giovane fu irremovibile, preferiva salutarla lì.

Fino a un attimo prima la ragazza era stata convinta che avrebbe subissato Jared con un fiume di parole. Voleva sapere da lui mille cose, chiedergli di Hidden Brook, di Londra, di quello che avrebbe fatto. Voleva chiedergli di scriverle; voleva, voleva... invece rimase muta di fronte a lui.

Anche il giovane, dopo aver sedato le sue proteste, restò in silenzio.

Dalla camera di lei arrivava loro la luce fioca delle candele accese, dalle finestre i primi riverberi del mattino incipiente. Victoria strinse le labbra, mentre la ridda di emozioni e di pensieri le impediva di agire in modo sensato.

«Ti ringrazio per esserti alzata a salutarmi» le sussurrò lui. Con la povera mano bendata le sfiorò appena il volto in una carezza delicata.

«Ti potrò scrivere?» Cos'era quel tremolio che aveva reso la sua voce malferma? Victoria si meravigliò di se stessa, della tristezza che provava.

«Non mi sembri il tipo da seria corrispondenza» le rispose divertito, ma subito un pensiero gli fece rabbuiare il volto, e Jared riprese a parlare accalorato. «Questo viaggio a Londra è per te, Victoria. Voglio prometterti una cosa: a Hidden Brook, a Londra, ovunque deciderai di vivere, potrai camminare a testa alta. Forse un giorno mi conoscerai abbastanza e...» si interruppe, le labbra piegate in un sorriso amaro. «Arrivederci, mia piccola Miss Arden».

Fece per allontanarsi, e Victoria non si diede il tempo di pensare. «Jared, aspetta!» lo richiamò accorata, e il suo sussurro dovette essere convincente, perché il giovane recuperò la breve distanza fra loro e catturò le sue labbra in un bacio appassionato. Gli gettò le braccia attorno al collo, affondando le mani nei soffici capelli di lui, trattenendolo a sé mentre Jared, con il braccio sano, la faceva aderire al proprio corpo; la giovane attraverso le sottili stoffe della camicia e della vestaglia avvertiva l'asprezza degli abiti di lui, i bottoni del panciotto, i risvolti della giacca pesante da viaggio, ma soprattutto si abbandonò al languore che la bocca di Jared, avida della sua, le procurava.

«Devo andarmene» le sussurrò sulle labbra, eccitandola ancora di più col suo respiro affannato. «Devo andarmene o ti chiederò di entrare nella tua stanza».

Victoria si rese conto di tremare. Tutti i suoi sensi erano all'erta, tutto il suo corpo era sensibile a ogni movimento di lui, al suo profumo di sapone e di cuoio, al suo sapore. Comprese di aver perso la battaglia e di non avere più nessuna difesa contro la passione.

La voce per rispondergli le mancò, ma fu il suo sguardo a rispondere per lei. Jared si chinò di nuovo e la baciò ancora, ma con una tenerezza che la prese alla sprovvista.

Fu un bacio diverso, breve, dolce, e Victoria capì che questa volta era un commiato. Non sarebbe entrato in quella stanza, non avrebbe assecondato la sua follia.

Infatti, senza aggiungere altro, Jared se ne andò, e non si volse a guardarla nemmeno prima che la curva della scala la nascondesse alla sua vista.

Dovette stringersi nella vestaglia, improvvisamente colta da un brivido di freddo. Non le restava che rientrare nella propria stanza e calmarsi, in attesa che il sole sorgesse su quella giornata cominciata in modo così strano. Il suo primo giorno senza Jared.

11

La carrozza che lo portava via da Killmore Court procedeva sulla strada a ritmo sostenuto. Jared, seduto accanto al suo giovane segretario Maters, sbirciava dal finestrino l'antica dimora che si faceva sempre più piccola, finché non scomparve fra gli alberi del parco. Maters, seduto di fronte a lui, aspettò solo che gli occhi di Jared corressero inquieti all'interno della carrozza per cominciare a fare conversazione, cercando di capire che cosa fosse accaduto di così grave al suo padrone da portare tanti sconvolgimenti nelle sue consolidate abitudini. Finora Jared non gli aveva spiegato molto, ma certo la servitù dei Killmore aveva avuto gioco facile, ad aggiornare il giovanotto sugli imprevedibili sviluppi della visita del suo padrone.

Una moglie, di lì a poco.

Sarebbe stato difficile da spiegare, in effetti, come proprio lui così all'improvviso avesse deciso di sottostare alle regole e avesse scelto di fidanzarsi.

Jared era stato spedito a Killmore Court proprio da quel lungimirante giovane, che per salvarlo dalle ire di Warren aveva visto bene di mandarlo nella casa di famiglia: l'ultimo posto dove sarebbe andato di sua volontà.

Maters era rimasto a Londra, a svolgere per conto di Jared degli incarichi urgenti, alcuni dei quali avrebbero dovuto metterlo al riparo dalle manovre di quell'uomo assurdo.

Non aveva funzionato, visto che Warren e signora avevano invaso la dimora avita.

Maters, com'era ovvio, non fece domande dirette, e Jared accarezzò l'idea di non dargli spiegazioni, ma visto che in gran parte era colpa sua se tutto era andato a rotoli in quel modo, alla fine decise di farglielo notare.

Non era facile decidere cosa raccontare e cosa no: della notte del suo arrivo Jared non disse nulla più di quanto lo stesso maggiordomo dei Killmore avrebbe potuto raccontare. Già quel poco sarebbe bastato, ad altri, per trovarsi al collo il cappio del matrimonio. Ma Jared era sfuggito.

«E allora, come siete finito fidanzato con la giovane Miss Arden?» proruppe Maters, che era poco più giovane di Jared e si era ormai abituato a conoscerne i particolari della turbolenta vita amorosa.

Questa volta, però, Mr. Lennox era piuttosto restio ad approfondire. Bastò un racconto piuttosto sintetico, tuttavia, per generare nel suo compagno di viaggio una genuina sorpresa. L'arrivo dei Warren, l'espediente trovato per calmare la signora un po' esagitata, l'ingresso di Lord Killmore e dei suoi amici che aveva reso ufficiale un fidanzamento fasullo: più raccontava più gli pareva incredibile ciò che era accaduto quel giorno. Pochi, semplici, paradossali ingredienti che avevano portato al risultato attuale: Jared stava veramente per sposarsi con Miss Arden e non restavano che due cose da fare, dare il benservito a un paio di signore in città, e organizzare la casa per accogliere nel modo migliore possibile la nuova signora Lennox.

«Avete già fissato una data?» domandò Maters.

Jared si accomodò sui cuscini della carrozza. Di fretta non ce n'era, avrebbero potuto tranquillamente aspettare il periodo di Natale e quindi preoccuparsi delle pubblicazioni da ottobre. Aveva intenzione di prendersi almeno il tempo sufficiente per fare un poco di conoscenza con la donna che il destino si era accanito a porgli accanto.

Victoria Arden.

Suo malgrado provava già un'acuta nostalgia per quel folletto dai capelli rossi, capace di accendere la sua passione come nessun'altra donna. Sentiva ancora il sapore di lei sulle labbra e quel pensiero bastò a incendiargli il sangue. A Hidden Brook sarebbe stato difficile starle lontano, soprattutto sapendo che di lì a poco quello splendore di ragazza sarebbe stata la sua compagna per la vita.

Non era innamorato di lei, sarebbe stato impossibile per uno come lui cedere in così breve tempo al sentimentalismo, ma che Victoria lo attraesse come poche altre donne era assodato. Non si trattava solo della bellezza, selvaggia e acerba, di cui era dotata e della quale sembrava persino ignara: si trattava del suo carattere, della sua vivacità che riuscivano a sorprenderlo e ad alleggerire il suo animo.

Nella carrozza, dopo le scarne risposte che il giovane diede per placare la curiosità del segretario, calò il silenzio.

Jared aveva bisogno ancora di riposo per rimettersi in forma, e doveva dosare le forze se desiderava tornare a Hidden Brook prima possibile. Come aveva accennato a Victoria, il motivo principale del suo viaggio a Londra era chiudere definitivamente le relazioni che ancora stava intessendo con un paio di signore. Nessuna di nome Warren, ovviamente: una di loro vantava accanto al proprio nome persino un titolo nobiliare.

La decisione Jared l'aveva maturata quasi subito, dopo il suo disastroso colloquio con Victoria. Il senso dell'onore non gli mancava e ancor meno quello della gratitudine: la donna che aveva rischiato per lui la reputazione meritava che egli facesse ogni sforzo per permetterle di conservarla. *Ogni sforzo* significava fare di lei una moglie onorata, non solo una moglie, e questo gli era stato subito chiaro.

Jared non era sicuro di poterle promettere fedeltà eterna, ma voleva almeno partire col piede giusto.

Di nuovo gli balenò nella mente lei, come gli era apparsa la notte in cui l'aveva conosciuta, una sacrale figura, quasi un'antica sacerdotessa scesa dagli altari per salvarlo. Per sedurlo.

«A guardarvi sembrereste un uomo innamorato» celiò Mater rompendo il silenzio. «Quel sorriso non vi abbandona da parecchio tempo».

Jared si incupì subito, per poi trasformare la propria espressione in un ghigno difensivo. «Innamorato della vita, come sempre» replicò, mentre una decisione che egli seppe subito essere stupida gli si fece largo nella mente. «Non sono ancora legato ufficialmente a Victoria Arden. Questo viaggio per dire addio alle signore che mi attendono sarà senz'altro piacevole».

Maters sorrise a sua volta, ritrovando il consueto spirito del padrone. «Non ne dubito: saranno in molte a piangere per questa vostra decisione».

Nonostante la fatica del viaggio, ritrovare le accoglienti mura della casa in Grosvenor Street fu un vero sollievo. Jared poteva quasi immaginare che nulla di quell'interludio campagnolo fosse realmente accaduto.

Era bastata una bella scarrozzata insieme a Maters, a fare progetti, a discutere gli affari che solo pochi giorni prima aveva lasciato in sospeso, e già le sgradevoli avventure nel Kent avevano assunto una connotazione più sfumata. E anche Victoria, coi suoi capelli rossi e i sorrisi, le sue curve morbide ed eleganti erano parte di qualcosa lasciato alle spalle.

A casa lo avevano accolto gli odori famigliari delle mura domestiche: aleggiava l'aroma del suo sigaro nella biblioteca, insieme a quello della polvere e dei libri.

Ecco, che cosa mancava a Killmore Court: tutto era così lindo e pulito da rendere imbarazzante persino il muoversi per la casa; si aveva sempre l'impressione di essere sacrileghi passanti nel tempio della perfezione. Persino ai tempi di suo padre il palazzo aveva avuto un aspetto più *vissuto*. Il regno di Roger e Harriet era una cornice adatta a un immobile quadro, non alla vita.

Il maggiordomo e la governante della dimora londinese accolsero il suo ritorno con una gioia sincera che gli scaldò il cuore: avevano visto il padrone lasciare quella casa in condizioni preoccupanti, avevano davvero temuto per lui.

Jared, accomodandosi sulla propria poltrona preferita, rivolse appagato lo sguardo al camino acceso, comprendendo cosa di più gli era mancato: il calore umano.

L'unica a dimostrarne un poco era stata Victoria ed egli si era ritrovato in una condizione di vulnerabilità, era stato naturale aggrapparsi a lei, provare attrazione, gratitudine, qualcosa di simile all'affetto.

Nel giro di poche ore, Jared quasi riuscì a convincere se stesso che i moti dell'animo suscitati da Victoria Arden fossero poco di più di una conseguenza del proprio stato di salute: sarebbe guarito dagli uni come dall'altro.

Mentre riposava dal viaggio, gli occhi persi nelle fiamme del camino, ripensò alla proposta che aveva fatto alla ragazza di seguirlo a Londra e ringraziò il cielo che la sua sciocca idea di portarla con sé in città fosse stata subito bocciata. Che cosa avrebbe fatto, con quella ragazza in casa sua?

Quella domanda suscitò in lui una risposta immediata, anche fisica, quando si figurò Victoria accanto a sé, in quello stesso studio, e le antiche abitudini non tardarono a rendere le immagini di quella fantasia subito vivide e licenziose.

Maters lo raggiunse dopo poco, per assicurarsi che tutto fosse a posto, con mille domande da parte della governante che sperava di rendersi utile con cibi, bevande o altro. Jared voleva stare solo e congedò il giovane, rifiutando anche di mangiare, nonostante la fame. Avrebbe pranzato più tardi, quando si fosse riposato un poco.

Fuori dalla città la primavera era inoltrata, ma in mezzo ai tristi muri cittadini le lunghe dita dell'inverno ancora carezzavano le strade, portando freddo e oscurità: la fiamma del camino era ancora più che necessaria per portare un po' di calore nella stanza. A Hidden Brook, pensò Jared, in quel periodo sarebbe stato un tripudio di sole, fiori e vegetazione.

Nonostante amasse molto la tenuta, egli aveva, comunque, sempre preferito la casa in città. Quella dimora, tuttavia, aveva un grande significato per lui, perché rappresentava il vero segno del suo successo. Come secondogenito i suoi mezzi erano stati limitati ed egli si era costruito da sé la propria fortuna. Hidden Brook non era grande e prestigiosa come Killmore Court, ma era sua, se ne era guadagnato ogni singolo mattone, ogni singolo acro di terra, ogni albero e ogni sentiero. Vi si recava quando poteva e l'aveva lasciata nelle mani di un capace amministratore, il quale si sarebbe stupito parecchio al ricevere la lettera che il giovane meditava di scrivere, in cui avrebbe preannunciato il proprio arrivo e l'arrivo di una nutrita compagnia.

Le sue donne, così come gli amici, erano sempre state ricevute solo in Grosvenor Street. Quella casa costituiva una dimora prestigiosa, era un signorile appartamento nel cuore della Londra più elegante ed egli ne andava fiero quanto dei propri possedimenti campagnoli; era, poi, più vicina a tutte le fonti di divertimento a cui Jared era abituato: il club, i teatri, le sale da concerto, i salotti prestigiosi in cui veniva ricevuto.

Hidden Brook era invece il rifugio in cui Jared si recava quando la vita mondana lo annoiava, era un luogo solo suo, che non aveva mai voluto condividere con alcuno. Aveva mostrato la tenuta al fratello, all'epoca dell'acquisto, un po' per chiedere consiglio un po' per la gloria di mostrare quanto era riuscito a conquistare nella vita, ma dopo ciò la casa era divenuta per lui una sorta di eremo nel quale non aveva più ammesso quasi nessuno. Chissà poi che gli era passato per la testa quando vi aveva invitato Victoria e la sua famiglia.

Il fuoco nel camino languiva e Jared, affamato, suonò il campanello affinché gli fosse approntata la cena, che consumò sotto agli occhi vigili e ansiosi di Mrs. Barry, l'anziana governante.

Dopo un po', stanco di quel silenzioso e fastidioso esame, Jared posò la forchetta innervosito.

«Ditemi che cosa vi angustia!» esclamò esasperato.

La donna si avvicinò, dandogli l'impressione di non aver aspettato altro.

«Ci è giunta notizia che siete stato molto male» cominciò.

«Sono sopravvissuto, altrimenti sareste in presenza di uno spettro. E non potrei apprezzare la vostra ottima zuppa».

«Non è la sola notizia che ci è arrivata».

Jared sollevò lo sguardo verso di lei. I capelli grigi erano raccolti con cura nella cuffietta, una ragnatela di rughe le solcava il volto. Era una donna minuta, ma dotata di grande energia: l'aveva assunta perché gli ricordava un poco sua madre. Era da molti anni al suo servizio e ora Jared si trovò a notare quanto il passare del tempo gravasse ora su quelle spalle sottili. Fugacemente si domandò come sarebbe stata sua madre, se fosse stata ancora viva.

La governante aspettava una replica e Jared sollevò le sopracciglia.

«Notizie davvero rapide, visto che i fatti risalgono a ieri soltanto».

Mrs. Barry si accostò ancora di più, facendo frusciare la veste di lino grigio e il grembiule candido e inamidato. «Non scherzate come al solito! Vi pare che Mr. Maters potesse tenere per sé una notizia come il vostro *fidanzamento*?» disse, accentuando l'ultima parola con la stessa enfasi incredula.

Jared sorrise. «Immagino di no.» E riprese a mangiare, divertendosi a immaginare quanto la poveretta stesse sulle spine.

«Sì, Mrs. Barry» rispose dopo un tempo che giudicò abbastanza d'effetto. «Mi sposo con la seconda delle sorelle Arden. Pare che in quella famiglia ci sia un interessante allevamento di ragazze da marito. Avessi un altro fratello certamente lo indirizzerei lì, per accasarsi».

«Siate serio! Comprenderete che la novità ha portato parecchia agitazione…»

Jared sospirò. «Avete sopportato che questa casa venisse considerata, come mi ha fatto notare mia cognata, un postribolo. Sopporterete ancora meglio una signora gentile che la trasformerà in una piccola reggia».

La governante, a quelle parole, arrossì e si allontanò borbottando, avendo capito che per quella sera non avrebbe cavato dal padrone nulla di più.

Che le donne andassero e venissero era davvero risaputo, ma la povera Mrs. Barry aveva fatto l'impossibile perché tutto accadesse con la maggior discrezione possibile. Erano arrivate e partite carrozze nel cuore della notte perché le signore si facessero trovare a casa da mariti ancora più nottambuli; erano passate attricette rumorose e senza finezza alcuna, dame spaventate dei propri sentimenti che erano scivolate come ombre fra quelle mura e fra le sue lenzuola. Ecco, cosa temeva la servitù: che Jared, per accogliere la sposa, si liberasse di chi aveva visto e sentito troppo. Fino a quel momento non gli era proprio passato per la mente che temessero un ricambio del personale.

Forse sarebbe stato un segno di rispetto per Victoria, evitarle il contatto con coloro che erano stati testimoni della sua vita da libertino, ma gli dispiaceva che a pagare le sue intemperanze fossero persone innocenti. Inoltre, qualcosa gli diceva che Victoria non avrebbe gradito di essere la causa, seppure indiretta, del licenziamento di quelle persone. Jared si rese conto che, per quanto il suo passato cominciasse a sembrargli un peso, del giudizio di lei non aveva timore: non aveva paura che qualche chiacchiera di troppo della servitù lo facesse scadere agli occhi di lei, come se quella fanciulla fosse l'unica donna a vederlo per ciò che era realmente.

L'aria di casa e le cure attente di Mrs. Barry lo rimisero in sesto in un baleno.

Il medico, dopo qualche giorno, lodando l'operato dei colleghi del Kent e di chi lo aveva assistito, lo dichiarò convalescente.

Jared aveva cicatrici profonde, che nemmeno il tempo avrebbe potuto attutire, ma finalmente aveva di nuovo l'uso del braccio e della mano.

I movimenti non erano fluidi come prima, per un bel pezzo non avrebbe potuto dedicarsi alla scherma o alla boxe, ma entro poco avrebbe potuto riprendere ad andare a cavallo, purché senza esagerare con gli sforzi e tenendo in conto che il dolore lo avrebbe accompagnato per i mesi successivi.

«Warren mi ha fatto un bel regalo» commentò, parlando col giovane Maters, mentre si recavano insieme da *White's*, dove Jared doveva incontrare alcuni gentiluomini per affari. «Sono ridotto alla stregua di un vecchio!»

«Non dovete preoccuparvi più di tanto: avrete presto una moglie da cui farvi accudire» lo canzonò il giovane segretario, a cui le imminenti nozze del padrone continuavano a sembrare assurde quanto un cavallo volante e non perdeva occasione per manifestare la propria opinione.

Jared pensò fugacemente alla lettera di Victoria, che gli era giunta poco prima di uscire e che egli non aveva degnato di uno sguardo, infastidito dall'idea di sembrare troppo ansioso di leggerla.

«Non ho ancora una moglie» replicò secco. Riteneva che da parte sua fosse una debolezza il fatto che Victoria gli mancasse e, a sua volta, faceva di tutto per non mostrare i propri sentimenti al riguardo.

Nel poco tempo che avevano avuto, forse per la condivisione di eventi tanto incalzanti, la sua presenza aveva illuminato l'esistenza del giovane e ora, lontano da lei, dai suoi sorrisi e dai suoi discorsi campati per aria, il grigiore della quotidianità gli era parso ancor più triste e senza prospettive, ma ammettere una cosa simile era troppo difficile, anche con se stesso.

«L'avrete presto, una moglie! Il cappio è già attorno al vostro collo quanto la bella cravatta che indossate».

Frasi come quelle, con cui Maters aveva continuato a punzecchiarlo nei giorni della convalescenza, avevano creato in lui la determinazione di non mostrare il fianco al sentimentalismo. Già dal giorno del suo ritorno a Londra, Jared aveva ricevuto biglietti da varie signore che domandavano rassicurazioni: i pettegolezzi sugli avvenimenti nel Kent lo avevano preceduto, gettando le sue conoscenze in trepidante attesa di notizie più dirette e gettando le sue amanti in un'attesa altrettanto impaziente. Tutta quell'attenzione, disgraziatamente, lo aveva lusingato e aveva fatto riaffiorare in lui la parte peggiore, quella che si era promesso di rinnegare per Victoria.

Il suo ingresso da *White's* fu salutato dai suoi molti conoscenti con grande curiosità: si sapeva del suo duello, ora si sapeva anche delle conseguenze che aveva avuto.

Jared, determinato a non dare ad alcuno soddisfazione, procedette coi propri affari, rispose in modo vago alle altrettanto vaghe domande con cui in tanti cercavano di carpire informazioni e se ne andò, rinunciando, per esasperazione, a pranzare lì.

Quella settimana era densa di impegni e tornare alla tranquillità di casa non gli dispiacque.

Aveva ripreso, seppure con moderazione, la vita mondana: quella sera aveva in programma una serata a teatro. Un vago senso di colpa lo aveva colto quando aveva cominciato ad accettare gli inviti, ben sapendo che la sua guarigione avrebbe dovuto coincidere con la partenza per Hidden Brook e non con feste e cene, ma le pressioni di amici e conoscenti lo avevano indotto a una sorta di ribellione, spingendolo a dimostrare che nessuna donna era in grado né di accalappiarlo né di infiacchirlo.

Maters lo aveva tenuto al corrente di ciò che si diceva in giro: i due amici di Roger avevano diffuso la notizia del fidanzamento appresa a Killmore Court, e nell'impossibilità di conoscerne i particolari, tutti si erano convinti che avesse compromesso la giovinetta e che, data la parentela, non avesse potuto evitare le proprie responsabilità.

Jared, infastidito, aveva pensato che tutto fosse abbastanza corrispondente al vero, salvo il fatto che non aveva neppure ricavato dalla questione i piaceri dell'aver davvero compromesso la fanciulla in questione.

Aveva così deciso di non dar adito a ulteriori pettegolezzi sul proprio conto, riprendendo per quanto possibile le consuete abitudini, convinto che un uomo costretto al matrimonio avrebbe agito in modo ben diverso, scattando agli ordini del capofamiglia e manifestando l'urgenza delle proprie decisioni, affrettando le nozze.

Una settimana in più a Londra, mostrando la più assoluta tranquillità, sarebbe stata solo salutare per tutti.

Con questo spirito, e irritato per la crescente curiosità di cui si sentiva oggetto, rientrò a casa dal club, ricordando solo in quel mentre che Victoria gli aveva scritto. La lettura della missiva, però, fu ulteriormente rimandata, perché Mrs. Barry lo accolse agitata e un poco scandalizzata.

«C'è una signora per voi» lo apostrofò appena Jared ebbe messo piede in casa. La notizia lo meravigliò, perché durante il giorno nessuna donna si era mai recata a casa sua. Era pur sempre uno scapolo e la luce del sole rivelava troppe cose.

«Ho fatto di tutto, ma non se ne è voluta andare» continuò la governante, prendendo il cappello e il bastone da passeggio del padrone. «Ho dovuto farla entrare in salotto. Ma, signore... io credo che...»

Jared sospirò, irritato dalla titubanza della donna. «Ha detto il suo nome?»

La governante gli scoccò un'occhiata carica di disapprovazione. «Non ce n'era bisogno».

Il giovane le scoccò l'occhiata più severa ed esasperata che gli riuscì. «Dunque conosciamo già questa signora» la sollecitò.

«Mrs. Turner, signore.» Sbuffò con sdegno dal naso. «Mrs. Turner vi attende in salotto».

Scuotendo il capo e senza degnarsi di rispondere alla governante si recò dall'ospite. Non gradiva quando Mrs. Barry esprimeva così apertamente il proprio giudizio sui suoi amici, ma non se la sentiva di rimetterla al suo posto con atteggiamenti autorevoli. Era sempre stato convinto che, con molte probabilità, anche sua madre avrebbe avuto le medesime opinioni su quelle persone e, visto che quest'ultima non era più in grado di esprimere il proprio giudizio, in qualche modo gli pareva giusto lasciare alla governante un poco di voce in capitolo.

La porta del salotto si aprì sulla deliziosa vista della schiena della sua ospite. Un'esotica nuvola di sete verde smeraldo e oro avvolgeva le forme perfette che si indovinavano sotto alla ricca stoffa. Lo scialle color oro, in pizzo, era negligentemente appoggiato sugli avambracci candidi.

La donna guardava fuori dalla finestra che dava sul giardino, mostrando la superba chioma castana, una lucida cascata di boccoli sormontati da un minuscolo cappellino coperto di piume, le cui calde sfumature richiamavano il vestito.

Deliziosa: non riusciva a definire in altro modo quella visione. La signora non si era ancora accorta della sua presenza, e si volse solo quando Jared, entrando, chiuse la porta alle sue spalle.

«Ti sei fatto aspettare, mio caro» gli disse, arricciando il nasino. Anche il suo viso era un tripudio di perfezioni, una boccuccia rosea e seducente, gli occhi dal taglio orientale, le gote un poco pronunciate ma armoniose.

«Non attendevo una tua visita» replicò lui, protendendosi in un elegante inchino. Lei gli tese la mano, che il giovane prese con galanteria.

«Dovevi aspettartela, invece: tutto quello che si dice su di te... e nemmeno un messaggio per smentirlo!» l'aveva fatta accomodare sul divano, sul quale poi aveva preso posto a sua volta.

Jared provava una lieve irritazione. «Non ti ho scritto perché sappiamo entrambi che non posso farlo. O tuo marito ha cambiato idea sul fatto di dividere il tuo letto con altri?»

Lei distolse lo sguardo. «Non essere sgradevole».

«Sono realista. E mi stupisce che tu sia venuta qui in pieno giorno, con il rischio di essere vista».

La donna gli tese una mano, accostandosi a lui affannata. «Mi hanno detto che sei quasi morto. Poi, che ti sei fidanzato nel Kent con una ragazzina. Dimmi, caro, come potevo sopportare tutta questa incertezza?»

«Ora, come vedi, la mia salute è molto migliorata. Per quanto riguarda il fidanzamento, invece, non ho parole rassicuranti: è tutto vero».

La dama sollevò il viso verso l'alto con gli occhi lucidi.

«Dunque non ti importa più niente di noi. Sono venuta a sapere tutto attraverso pettegolezzi di seconda mano».

Jared era sempre più di cattivo umore. Veronica Turner era la prima delle donne a cui sapeva di dover dire addio, quella con cui aveva una relazione più stretta: la frequentava da almeno sei mesi e il loro rapporto era stato fin dall'inizio, improntato alla più gioiosa libertà dei sensi. Era un legame puramente fisico, per cui nessuno dei due si era fatto grandi illusioni: lei, poco più che ventenne, era sposata con un uomo già anziano e senza alcuna vitalità; aveva trovato in Jared il compagno ideale con il quale dar sfogo a tutta l'esuberanza di un corpo e di una mente giovani e pieni di slancio. Lui, invece, aveva trovato nella donna proprio ciò che cercava: Veronica era disinibita, senza preoccupazioni, curiosa per natura, desiderosa di prendere da Jared tutto il piacere che il marito non era in grado di darle.

Era giunto, però, il momento di dire basta, come si era ripromesso fin da quando il fidanzamento era divenuto una realtà. In quei giorni di convalescenza aveva spesso cambiato le proprie convinzioni riguardo alle donne, dalla più assoluta determinazione a recidere ogni legame illecito, con cui era partito da Killmore Court, era arrivato ad accarezzare l'idea di mantenerne almeno una, in maniera assolutamente discreta. Questo, per la verità, era stato un suggerimento di Maters, che molte volte era rimasto sconcertato di fronte alla sua idea di una sorta di redenzione. In una società come la loro era accettato, era normale. Che cosa doveva davvero a Victoria, se non una rispettabilità formale, come formale sarebbe stata la loro unione?

Alla fine, Jared si era quasi convinto che il sacrificio che si era proposto fosse esagerato. Che la devozione a cui si stava votando avrebbe dato di lui un'impressione di debolezza che non intendeva in nessun modo trasmettere, né ai suoi sottoposti, né ai suoi pari, né tantomeno alle persone con cui trattava.

Mantenere una riservata *liaison* non avrebbe fatto male a nessuno, avrebbe anzi dato a lui quel genere di tranquillità che una moglie non poteva che augurarsi in un marito.

Eppure, Jared, proprio in presenza della miglior candidata a tale *liaison* si sentiva sempre più infastidito, più desideroso di liberarsene. E accorgendosi del proprio stato d'animo, sentiva crescere l'irritazione verso se stesso e verso la situazione.

Più la sua coscienza gli suggeriva di chiudere la relazione, più il suo spirito ribelle si riproponeva di proseguirla. E viceversa, più cercava di convincersi a mantenere il legame, più il disagio lo tormentava.

Non si sentiva pronto a prendere una decisione definitiva nei confronti di Veronica, era combattuto come mai gli era capitato.

Decise di dirottare i propri nervosismi in qualcosa di più costruttivo e si avvicinò alla dama, facendole scivolare un braccio attorno alla vita. Conosceva le debolezze della donna, e quando fu sicuro di non essere respinto accostò il volto all'orecchio di lei, per sussurrare fra i suoi morbidi ricci con voce suadente.

Non importava molto ciò che le diceva: gli bastava blandirla, raggiungere con le labbra il collo che ella già gli offriva, pronta a cedere al suo desiderio. Jared comprese che la donna era lì per questo, e non ne faceva nemmeno troppo mistero: bastarono poche attenzioni ben calibrate perché la mano di lei, ormai priva di timidezze, arrivasse a eccitare le sue parti intime con impazienza.

La lasciò fare, anche lei conosceva bene i suoi punti deboli e sapeva come muoversi, come toccarlo, come accendere i suoi sensi senza concedergli troppo.

Quel dannato abito sarebbe stato impossibile da sfilare, pensò irritato Jared, ma non c'era poi bisogno di farlo: gli sarebbe piaciuto avere una visione del corpo statuario di Veronica, ma non ne aveva necessità. Mentre lei gli offriva la bocca, la mano del giovane sollevò la stoffa della sottana fino a toccare la pelle nuda delle cosce della donna, morbide e calde, che si mossero sotto alle sue dita come a invitarlo a una ancor maggiore intimità.

«Victoria...» sussurrò in preda alla passione. Un gelo gli calò sull'animo, prima ancora che la sua compagna, in preda ad altrettanto desiderio, si accorgesse dell'errore. Spalancò gli occhi, si immobilizzò. Un attimo dopo avvertì la donna irrigidirsi sotto alla sua mano, che egli ritrasse mentre lei, rapida e offesa, si scostava bruscamente dal suo tocco, affrettandosi a ricomporsi, per poi balzare in piedi.

Veronica si aspettava da lui delle scuse, qualche parola, anche solo che facesse il gesto di alzarsi e di andarle appresso, ma Jared rimase seduto, come imbambolato, incapace di spiegare a se stesso quell'uscita.

La sua compagna, però, ebbe un tempo di ripresa molto più rapido del suo e si volse a guardarlo dall'alto in basso, con gli occhi a mandorla socchiusi in due fessure lampeggianti d'ira. Jared sapeva per esperienza che una donna offesa nel suo amor proprio poteva diventare la peggior sventura, e si preparò a ricevere i giusti strali della sua rabbia.

«Come... com'è possibile?»

Jared la guardò con aria interrogativa. Si era atteso una sfuriata, conoscendo il carattere acceso di lei, e invece, dopo la prima parola pronunciata con furore, il resto della domanda era stato quasi... divertito.

Veronica incrociò le braccia e lo scrutò con attenzione.

«Sono desolatissimo. Non so che cosa mi sia successo» borbottò Jared.

«Io lo so, invece!» esclamò la donna. «Povero Jared. Ti compatisco».

Il giovane, stanco di quelle parole sibilline, si alzò a sua volta. «Francamente non ti capisco» replicò secco. Dell'atmosfera romantica di poco prima non era rimasto più nulla, se non la sensazione sgradevole che tutto fosse sbagliato.

12

Veronica riprese la propria stola e la drappeggiò sulle spalle con gesti lenti.

«Appunto: per questo ti compatisco.» Si sistemò i capelli, già pronta per uscire da quella stanza. «Uno come te non può amare, può solo prendere: questa sarà la tua rovina. Stai attento a quello che fai, forse per una volta hai una cosa buona fra le mani e la butterai via».

Avvolgendosi meglio nello scialle fece per uscire, ma egli la trattenne, sempre più arrabbiato. «Che cosa vuoi dire, accidenti?»

Lei gli sorrise con una punta di tristezza. «Non hai bisogno che ti risponda. Addio, mio caro».

Con un movimento deciso si liberò e se ne andò, senza più degnarlo di una parola e lasciandolo smarrito e arrabbiato. Per sfogare la frustrazione non trovò nulla di meglio che tirare un pugno alla spalliera del divano, ma ottenne solo una fitta lancinante alla mano che gli ricordò di non essere ancora tornato in salute. Di non essere più quello di prima.

Incapace di stare fermo, lasciò il salotto chiudendo con un tonfo le porte della stanza alle proprie spalle. Aveva capito benissimo ciò che Veronica aveva voluto dire. Anche lei pensava, sbagliandosi, che lui fosse innamorato di Victoria.

Camminando rapido passò davanti alla governante che, attonita, aveva visto dapprima uscire la signora e poi aveva osservato Jared, attraverso la porta aperta, durante il suo sfogo infantile. Il giovane si fermò davanti alla donna, giusto per scoccarle un'occhiataccia che voleva dire di non impicciarsi, e poi filò nella biblioteca. Il suo impulso era quello di uscire di casa per sbollire, ma sapeva di essere troppo sconvolto e impresentabile: se avesse incontrato qualche conoscente sarebbe stato un disastro. Era talmente agitato che non lasciò neppure tempo alla domestica di aprire bocca. Con la coda dell'occhio vide che Mrs. Barry aveva alzato una mano verso di lui, come per richiamarlo, ma l'aveva ignorata, scacciandola con un gesto infastidito.

Le pareti non gli erano mai parse così opprimenti, le stanze tanto umide, buie e prive d'aria. Era come se dappertutto si respirasse il profumo di Victoria.

«Strega!» ringhiò. Una dannata strega! Che poteva aspettarsi da una ragazza con quei capelli di fuoco, con quella faccia da folletto? Victoria, quella creaturina indisponente, non avrebbe sfigurato accanto a Puck in "Sogno di una notte di mezza estate", intenta a fare danni e dispetti ai poveri mortali.

«Jared...»

Per un attimo Jared pensò di avere delle allucinazioni uditive, ma una seconda voce, più anziana e imperativa, proveniente proprio dalla sua poltrona, lo costrinse a voltarsi col cuore in gola.

«Mr. Lennox!»

Non riusciva a credere ai propri occhi: nella sua amata biblioteca, spaparanzata sulla sua poltrona preferita, sedeva una signora di mezza età. Elegante, con un improbabile abito da viaggio dai colori sgargianti e dall'espressione indignata, la signora lo seguiva con lo sguardo senza muovere un solo muscolo, dandogli quasi l'impressione di essere un inquietante dipinto secentesco. Accanto all'arcigna sconosciuta sostava Victoria, in piedi, con una mano guantata posata sullo schienale e l'aria smarrita di chi non si capacita di ciò che sta vedendo. Jared spostò lo sguardo dalle due donne alla governante, che dal vano della porta gli faceva cenni che, in altre occasioni, avrebbe trovato oltremodo buffi.

Si immobilizzò. Guardò Victoria. Guardò la signora. Guardò la governante.

Si rese conto del proprio stato. Non solo aveva lasciato la giacca nel salotto, presentandosi in biblioteca in maniche di camicia, ma quest'ultima era scivolata per metà fuori dalle braghe, pendendo tutta da una parte, e lo scollo, attraverso il quale Veronica aveva infilato le mani per accarezzarlo, era aperto di traverso sul petto, mostrandone una buona porzione.

«Scusatemi» disse con un inchino formale e, ben conscio dell'indecorosità del proprio abbigliamento, lasciò la stanza cercando di mantenere un atteggiamento dignitoso, sperando di sopperire con quello alla scandalosa tenuta. Gli occhi della misteriosa signora lo seguirono, carichi di antipatia e animosità, finché non fu fuori dalla loro portata, ma non una parola gli fu rivolta né da lei né da Victoria, quest'ultima troppo smarrita per riuscire, con tutta evidenza, a parlare.

Senza nemmeno capire che cosa stava facendo, si trascinò la porta alle spalle, chiudendole in biblioteca.

«Che cosa ci fanno qui?» sussurrò a Mrs. Barry.

«Sono arrivate poco dopo di voi. Che cosa potevo fare?» mormorò a sua volta la povera domestica, che si tormentava le mani. «Non avete nemmeno sentito il campanello?»

«Certo che no!» Era riuscito ad alzare la voce anche sussurrando. Un dubbio terribile lo assalì. Quanto avevano visto? Quanto avevano *sentito*? Almeno, quando aveva raggiunto Veronica, aveva chiuso la porta del salotto, altrimenti dall'ingresso quanto vi accadeva sarebbe stato perfettamente visibile. A quell'idea Jared sbiancò.

Gli uscì una parola molto volgare, che fece sobbalzare la governante.

«Che cosa avete detto? Che cosa sanno?» la incalzò. «Sbrigatevi, ché devo andare da loro!»

«Ho detto che eravate impegnato per *affari*. La signorina ci ha creduto, ma la signora...» Mrs. Barry scosse la testa bianca, con l'aria di chi, sotto sotto, faceva il tifo per il nemico.

Una seconda parola colorita gli sfuggì dalle labbra e, prima di rientrare, diede uno sguardo alla propria immagine. La specchiera luigi XV del disimpegno, fra volute dorate, gli mostrò un uomo spettinato, scollacciato, indecente: il libertino incallito qual era.

Affari. Nemmeno Victoria a quel punto poteva aver dubbi sul genere di affari avesse appena trattato.

Cercò di ricomporsi come poteva, mentre Mrs. Barry accorreva da lui con panciotto e giacca, per dargli almeno una seconda chance di rispettabilità.

Quando rientrò in biblioteca non era proprio un fiore, ma presentabile sì.

Le trovò esattamente dove le aveva lasciate: l'anziana, antipatica signora seduta come una regina offesa e la giovane signorina accanto a lei in piedi.

Victoria indossava un abito da viaggio di uno spento verde oliva, sul quale portava un giacchino corto, dello stesso colore. La chioma fiammeggiante era sacrificata in una cuffietta giallo pallido, lo stesso triste colore dei ricami sulla gonna. Seriosa, compunta, col visino affaticato e adombrato dai dubbi che, con ragione, nutriva verso di lui, sembrava la copia sbiadita della donna che se ne era appena andata.

Jared era combattuto fra la tensione per l'incidente, la stizza per la visita inaspettata, la vergogna per lo stato in cui era stato trovato e un sentimento che con tutte le sue forze tentava di sedare: con maggior onestà verso se stesso, l'avrebbe chiamato *gioia di rivedere lei*.

«Perdonatemi, ma non vi aspettavo.» La miglior tattica che gli era venuta in mente era quella: nessuna spiegazione, nessuna colpa. Era in casa sua e quella era una visita non annunciata, non spettava a lui scusarsi per un bel nulla.

Inoltre, sulla sua amata poltrona ora sedeva una sconosciuta con la faccia da limone spremuto. Guardò con maggiore curiosità la signora. Non era la madre di Victoria, che conosceva di vista ed aveva un aspetto pacifico e allegro.

La dama lo guardò con altrettanta animosa curiosità. Non si piacevano, era chiaro. E l'opinione di lei gli era del tutto indifferente.

«Ti ho scritto due volte, ma non mi hai mai risposto» commentò Victoria, senza muoversi dalle spalle della donna.

«Impossibile: ho ricevuto una tua lettera solo stamani e non ho ancora avuto il piacere di leggerla».

«Sei a Londra da dieci giorni e non mi hai più dato tue notizie!» protestò la giovane, ma il tono accorato fu immediatamente fermato da un gesto della più anziana, che sollevò l'indice con fare perentorio e la zittì.

«Credo che mia nipote abbia cercato di informarvi senza successo: vi aggiorno io.» La signora si alzò dalla poltrona e fu come se attorno a lei l'aria si gelasse. Era alta e piuttosto magra, il tipo di donna che non avrebbe sfigurato a capo di un esercito, in armatura e assetto di guerra.

Per quanto il suo abbigliamento fosse estroso, a Jared non ne sfuggì l'estrema raffinatezza. Lo lasciava perplesso, o meglio intimorito, la torreggiante composizione di piume sul suo copricapo.

Il primo pensiero del giovane fu che le piume avessero, indosso a quella donna, la loro originaria funzione: spaventare i rivali, mettere in fuga i nemici, aggiungere al fisico la prestanza che mancava. Sarebbe stato un osso duro, sì.

Gli si avvicinò con passo misurato, come a studiarlo. Quegli occhietti erano pungenti come spilli.

«Victoria, tesoro, dovresti provvedere a presentarci» ordinò alla giovane, che solo allora ebbe un fremito e si affrettò a obbedire.

«Mia zia, Lady Weird. Sarà lei a...»

«Grazie» la interruppe subito l'altra. Victoria era esclusa dalla discussione, era evidente. E in parte anche lui, perché non gli fu dato modo di replicare. «Sarò io a fare da chaperon a mia nipote a Londra e nella vostra dimora campagnola» spiegò, e Jared avvertì tutto il significato offensivo che aveva voluto inserire nella parola *campagnola*. Il giovane si rabbuiò ancor di più.

La dama fece una pausa, per spostare lo sguardo da lui alla stanza.

«Credo di dovervi parlare a quattr'occhi, giovanotto. La vostra governante potrebbe mostrare a Victoria la casa, se non avete altre donne nascoste in giro».

Questa volta Jared sentì il proprio viso avvampare per la rabbia e l'imbarazzo.

«Non ho nulla da nascondere a Victoria, e questa fra breve sarà casa sua, ma non è così che intendo farle prendere confidenza con la dimora».

«In tal caso, salutate la vostra fidanzata, che mi attenderà in carrozza: sono parecchio stanca per il viaggio e vorrei arrivare a casa prima possibile. Ma non prima di aver scambiato con voi due parole da sola a solo».

Jared rinunciò a quello scontro non dichiarato e suonò. Victoria dimostrò una remissività che non le conosceva e che gli parve inesplicabile: non riconosceva la giovane ninfa che lo aveva salutato a Killmore Court, dieci giorni prima in quella ragazza muta e dagli occhi bassi che aveva di fronte.

Mentre egli stesso, reso docile dal senso di colpa, obbediva alla matrona e chiedeva alla governante di accompagnare Victoria alla porta, fu lo sguardo che la ragazza gli scoccò a fargli capire: ferito, addolorato, deluso, gli comunicò tutta la sofferenza che egli le aveva arrecato col suo silenzio nei lunghi giorni che erano stati lontani, con quella accoglienza imbarazzante, con il suo comportamento immorale.

Victoria aveva tutte le ragioni e Jared si sentì un verme. Aveva abbandonato, uno dopo l'altro, tutti i buoni propositi nei suoi confronti. Si era fatto cogliere in flagrante con un'altra donna e Vic aveva capito tutto, quanto sua zia.

Jared si sentì perduto.

«Bene, mio caro giovanotto...» La voce di Lady Weird gli rammentò che non solo alla fidanzata doveva rendere conto della propria pessima condotta. «Da dove volete cominciare?»

Jared la guardò perplesso. «Ho scelta?»

La dama sorrise, ma solo con le labbra sottili e circondate da rughe, mentre recuperava il bastone da passeggio che aveva lasciato accanto alla poltrona. «No, in effetti. Cominceremo dal fondo, ossia da quello che abbiamo trovato *qui*».

Un leggero colpetto del bastone sul pavimento di legno sottolineò l'ultima, calcata parola.

Jared prese un respiro profondo e annuì.

«Il discorso è breve, visto che ho la magnifica impressione che noi due ci capiremo sempre al volo. È di una semplicità unica, anche: *non accadrà più*. In un senso così ampio che soltanto voi e io ne possiamo comprendere la portata. Giusto?»

«Certamente».

Che cosa poteva dire? Che era già stata sua intenzione lasciarsi alle spalle il passato da libertino? Che aveva tutta l'intenzione di onorare Victoria? Che... che... che... tutte quelle decisioni giuste che aveva preso a Killmore Court non erano arrivate nemmeno alle porte di Londra ed egli sapeva di non essere giustificabile. Ma era in tempo a raddrizzare il sentiero.

«Molto bene. E ora facciamo insieme un piccolo passo indietro. Non ho mai approvato come mia sorella ha condotto le sue figlie. Ho sempre pensato che la piccola Vic fosse vittima di una profonda ingiustizia.» Prese a passeggiare per la stanza, prendendo con libertà dagli scaffali alcuni libri, che esaminava mentre parlava e poi riponeva a caso da un'altra parte.

«Non mi sono mai intromessa: sono una donna senza figli, non credevo di avere diritto di consigliare la madre di ben quattro ragazze. Ora, però, le cose sono cambiate, perché mia sorella ha mandato *me* a seguire gli interessi di mia nipote. Altra piccola ingiustizia: Mrs. Arden ritiene di non aver tempo da dedicare al matrimonio di Victoria, poiché deve seguire il debutto di una delle ragazze e la convalescenza dell'altra. In buona sostanza, mio caro ragazzo, della piccola Vic se ne lavano tutti, molto spesso, le mani. Ora è affare nostro: mio e vostro».

Qualcosa agitò il petto di Jared. conosceva bene la situazione di Victoria. Era stata, ed era, la sua. E di nuovo fu preso dal forte desiderio di mutare le sorti di lei, così come gli era capitato a Killmore Court, quando aveva per caso ascoltato un dialogo fra Victoria e Harriet, da cui era emerso tutto il disinteresse della famiglia per quella figlia rea di essere incapace di stare alle regole. Di essere diversa dalle altre.

Nonostante l'antipatia istintiva verso Lady Weird e i suoi modi da comandante, la guardò con curiosità. Possibile che almeno lei fosse dalla parte di Victoria?

Ma la dama ricambiò lo sguardo con palese odio. «Io vi impedirò di farle del male, Mr. Lennox. Vi costringerò a rompere il fidanzamento, se solo mi verrà il minimo dubbio sulla vostra condotta. So molte cose di voi. Nessuna che mi piaccia».

«Posso immaginare».

La faccia arcigna si fece ancora più seria. Le rughe si approfondirono fino a formare solchi scuri su tutto il viso, che ricordarono a Jared certe rappresentazioni degli indiani d'America, in assetto di guerra.

«Non prendetemi per stupida. Quando siamo arrivate qui la casa era invasa dal profumo di una donna, dolciastro e penetrante. Voi eravate chiuso con qualcuno nel vostro salotto, dove la vostra governante si è rifiutata di farci entrare, in preda a un imbarazzo senza pari. E vi siete presentato in una condizione...» si interruppe per ringhiare sdegnata. Un altro colpetto iroso del bastone.

«Non siete state annunciate, non credevo di trovare qui...» cominciò a protestare il giovane, subito interrotto da Lady Weird con un gesto della mano che quasi lo fece arretrare.

«Non avete scusanti!» scandì glaciale.

«Avete ragione.» Da dove gli fosse uscito quel tono contrito, e da dove quella profonda mortificazione, non lo sapeva. Era partito dall'idea di combattere per i propri diritti e ora avrebbe solo voluto tornare indietro nel tempo, cacciare fuori casa Veronica e le sue seduzioni e correre incontro a Victoria.

Non sopportava l'idea di essere lui a ferire quella ragazza. Avrebbe preso a pugni il muro. La donna lo fissò con attenzione per un lungo istante.

«Così va meglio» commentò. Perentoria, gli fece cenno di sedersi e Jared, rimproverandosi per la propria arrendevolezza, si trovò a ubbidire. Gli pareva di essere tornato bambino, quando la sua governante tedesca lo rimproverava per qualche marachella. E, per quanto potesse sembrare incredibile, cominciò a divertirsi, soprattutto quando, cosa ancora più incredibile, sospettò che anche che Lady Weird si stesse a sua volta divertendo. La seguì con gli occhi, mentre tutta soddisfatta tornava ad accomodarsi sulla poltrona migliore.

«Ho un'ultima cosa da chiarire a quattr'occhi con voi» disse grave. «Sono disposta a darvi una sola possibilità. Al contrario di mia sorella Arden, io non temo scandali: se qualcosa andrà storto, porterò con me Victoria in Europa, e vi lascerò a raccogliere i cocci. Sta a voi decidere se volete sfruttare questa occasione e cercare di meritarvi la mia ragazza, oppure se preferite scivolare nel fango che state impastando con le vostre mani».

Jared rimase in silenzio. «Tenete molto a vostra nipote» considerò dopo un po', incapace di dare corpo a qualunque altro dei pensieri che gli tormentavano la mente.

Lady Weird si accomodò meglio sulla poltrona, per parlargli con tono quasi salottiero. «La preferita delle mie nipoti. Le altre sembrano miniature di mia sorella Arden e le trovo noiose. Victoria, invece, ha ereditato i tratti irlandesi della famiglia. Se fosse vissuta, credo che mia sorella Sophia sarebbe stata come lei.» Per un attimo un sorriso triste le balenò sul volto. «Morì a dodici anni. Era una piccola peste rossa di capelli e piena di lentiggini. La adoravo».

«Sono dispiaciuto» replicò Jared con partecipazione. «Era la maggiore?»

«Io ero la maggiore delle tre. Ma il passato è passato e soprattutto non vi riguarda» concluse di nuovo gelida e presente. «Bene, non mi resta che decidere come portare avanti gli interessi di Vic: sto valutando la possibilità di mettere a tacere ogni scandalo con un suo debutto. In fondo, ancora non sono state fatte le pubblicazioni. Ritengo di essere ancora in tempo a trovarle un marito migliore di voi. E non ci vuole molto, in effetti».

Lady Weird lo squadrò con aria intenzionale. Poi si alzò con calma e regalità.

«E ora, ne ho abbastanza. Voglio uscire da questa casa: è troppo fredda, troppo umida e troppo buia. Dovreste pensare a una zona un po' più elegante e con case più sane. Questo quartiere è terribilmente dozzinale».

Con il suo passetto placido si riaccostò alla libreria, fece scorrere l'indice sulle coste dei volumi e prese un libro.

«Almeno avete una biblioteca interessante. Ho cercato invano questa edizione per mesi».

«Prendetelo pure» borbottò Jared fra i denti e la dama soddisfatta se ne appropriò.

Poco dopo salì anche lei sulla carrozza. Jared riuscì solo a vedere di sfuggita Victoria e a cogliere sul suo viso i segni inequivocabili della stanchezza e della tensione, prima che la signora, imperiosa e innervosita, comandasse al cocchiere di partire.

La giovane, in effetti, era arrivata allo stremo della sopportazione. I dieci giorni che aveva trascorso a Killmore senza Jared erano stati un incubo. Le lettere che erano arrivate e partite erano state, una dopo l'altra, la drammatica conferma di quanto ai suoi genitori non interessasse affatto la sua sorte. Harriet aveva fatto il possibile per indorare la pillola, ma l'imperdonabile noncuranza che gli Arden avevano dimostrato rasentava lo scandaloso: se non fosse stato per l'intervento della zia, sarebbe toccato ai Killmore occuparsi di tutto, perché a quanto pareva, la famiglia Arden *non aveva tempo*.

E Jared, col suo silenzio protratto, non dimostrava un maggior interesse.

La buona sorte di Victoria, o forse la sua sventura, era stata la visita di Lady Weird agli Arden, proprio in contemporanea all'arrivo della notizia sul fidanzamento.

La donna, indignata per le decisioni della sorella e del cognato, aveva lasciato quasi seduta stante la loro casa per recarsi a Killmore Court, con in mano le missive dei due che delegavano a lei ogni incombenza, e il desiderio di risolvere a modo suo l'intera questione.

Victoria desiderava davvero sposare quell'orribile uomo? Non c'era modo per dissuaderla? Si era tentato tutto? Aveva un corredo? Aveva fissato una data? Era già stato dato annuncio ufficiale? Erano fatte le pubblicazioni? E i giornali?

In meno di ventiquattro ore, Victoria si era trovata su una carrozza diretta a Londra, accanto a una zia determinata a raddrizzare ogni sentiero storto, spianare ogni colle e deviare ogni fiume. A cominciare dal Tamigi.

La casa di Lady Weird era a pochi passi da dove erano partite, in una palazzina quasi identica a quella di Jared, solo in apparenza più spaziosa. Era proprio la casa d'angolo, forse la più elegante della via.

Appena scese dal veicolo, Lady Weird prese a lamentarsi copiosamente per la mancanza di prontezza della servitù.

La donna, che non era stata domata da quelle poche ore di viaggio né dal colloquio con Mr. Lennox, appena superata la soglia entrò in piena attività: ordinò il pranzo, incurante del terrore nello sguardo della servitù che non era affatto pronta al ritorno della padrona.

Victoria lo capì anche dal fatto che i divani e gli altri mobili erano ancora coperti da teli bianchi, segno che la dama non si era presa la briga di mandare un biglietto per annunciare il loro arrivo.

Di fronte alla casa in pieno disarmo, però, Lady Weird non fece una piega: si limitò a fare un cenno alla cameriera che le aveva seguite nel salotto e si fece liberare un divano Chippendale dalla vistosa fantasia floreale, su cui si adagiò con soddisfazione.

Victoria pensò fra sé che mai come in quel momento le pareva adeguato il nomignolo che lei e le sue sorelle le avevano affibbiato fin da piccole. Lady Weird, che, per una concessione del tutto speciale, per loro era sempre stata confidenzialmente zia Irene, era diventata *zia Erinni* a causa del suo focoso carattere. E in effetti, niente e nessuno sfuggiva alla sua furia quando si arrabbiava, e alla sua energia quando si mobilitava per qualche impresa.

Mentre la servitù si affannava correndo ovunque per aprire la casa, generando un trambusto degno di uno scenario di guerra, la gentildonna dettava ordini a Victoria, rimasta in piedi in assenza di un posto dove sedersi, visto che la zia si era accomodata su tutta la lunghezza del divano e ogni altro arredo era ancora coperto.

«Temo che per un debutto sia tardi. Al più tardi dopodomani ci sarà l'annuncio del fidanzamento sul giornale».

Quando avesse provveduto a mandare l'annuncio, era un mistero. «Mi aspetto che Mr. Lennox ci mandi entro l'ora del tè un invito per domani: dovrà dissuadermi dal farti debuttare e mi imporrà di organizzare piuttosto una festa per il vostro fidanzamento. Ma prima, mia cara, dobbiamo pensare al tuo guardaroba e al tuo corredo. Con una dote da trentamila sterline devi presentarti meglio di così».

«Non ho trentamila sterline, zia» rispose paziente Vic.

«Le hai. Insomma, le avrai. Ho deciso di contribuire io alla tua sorte. La prima della famiglia, dopo di me, a fare un matrimonio imprudente. Meriti ogni possibilità di mantenerti da sola, nel caso tuo marito si rivelasse un bruto».

La ragazza ripensò al pacioso zio, Lord Francis Weird, e la parola *imprudente* le parve del tutto fuori luogo. Era inutile contraddire la zia, o controbattere, o anche solo esprimere perplessità, perciò rimase zitta. Sapeva che a volte la zia confondeva un po' le carte perché la realtà le stava stretta e le piaceva interpretarla a modo suo.

Sua madre aveva sempre avuto un rapporto ambivalente con la sorella maggiore: se Victoria avesse dovuto dare un giudizio, avrebbe potuto dire che la signora Arden la sopportava solo perché alla moglie di un Barone non si poteva chiudere la porta in faccia, ma se non l'avesse rispettata per quel buon matrimonio e la conseguente ricchezza, non avrebbe mai accettato così supinamente le stramberie della dama.

Invece, zia Erinni, da quando era rimasta vedova ed erede di Lord Francis, aveva preso a frequentare casa Arden con una certa spaventosa regolarità: delle sue lunghe visite la tenevano aggiornata, mentre era in collegio, le lettere delle sorelle minori, che a lei giungevano piene di particolari inconsapevolmente umoristici. Quelle lettere avevano reso zia Erinni, ai suoi occhi, una specie di mito vivente. Ora, viverci insieme e dipendere da lei per un periodo, però, era tutta un'altra faccenda.

D'un tratto quelle considerazioni furono strappate via dalla sua mente quando realizzò l'ultima affermazione di Lady Weird: sua zia avrebbe contribuito alla dote?

La donna sogghignò, quando si avvide che la nipote aveva compreso il senso del suo discorso.

Nel frattempo, la cameriera dall'aria spiritata era tornata e aveva estirpato fulminea dagli altri divanetti le coperture, bofonchiando qualcosa del tipo *egoscioina* che forse doveva essere «prego signorina» ma che era stato portato via con la stessa foga delle tele.

Finalmente Vic poté sedersi e simulare una compostezza di sentimenti e pensieri, che restando in piedi, non le riusciva di fingere.

«È ovvio che ogni penny che avrai da me sarà solo *tuo*. Non voglio che quel damerino arraffi i soldi che mio marito si è guadagnato onestamente al gioco».

Ecco, quella era una cosa che la ragazza non sapeva e, ancora una volta, la sua espressione risultò trasparente, perché Lady Weird socchiuse gli occhi per studiarla.

«Non fare quella faccia. Non sarai una di quelle sciocche che pensano che i titoli nobiliari signifìchino per forza il possesso di grandi fortune».

Victoria riuscì solo a fare cenno di no con la testa.

13

Il biglietto, posato su un vassoio d'argento, le fu consegnato mentre prendevano il tè.

La faccia di zia Irene assunse l'espressione di un gatto davanti al quale fosse stato deposto un filetto di pesce. Victoria prese il piccolo plico e ruppe il sigillo di ceralacca che lo chiudeva.

Un secondo biglietto era stato consegnato a sua zia, che lo aveva aperto, letto e accantonato nel tempo che lei aveva impiegato ad allungare la mano per impossessarsi di quello indirizzato a Miss Victoria Arden.

«Mia cara Vic, ti ho scritto prima possibile, e appena avrò terminato questa mia ne vergherò anche una diretta alla tua formidabile zia, per scusarmi di nuovo riguardo allo stato in cui avete trovato me e la mia casa. Non sono degno della tua mano, ma mi auguro con tutto il cuore che vorrai concedermi una possibilità per meritare e guadagnare il tuo affetto. Ritengo necessario che ci vediamo quanto prima, per poter discutere insieme del nostro futuro: nell'immediato per parlare della vostra visita a Hidden Brook, e a lungo termine per quanto riguarda l'organizzazione del matrimonio. L'idea di un tuo debutto, vista la nostra situazione, mi pare inappropriata. Dovremo dissuadere tua zia da questo intento. Piuttosto sono propenso a organizzare un ricevimento per annunciare il nostro fidanzamento. Se domani sera vorrete perciò onorarmi della vostra presenza per un pranzo informale, vi sarò infinitamente obbligato».

Victoria sollevò gli occhi dalla lettera e incontrò quelli di sua zia Irene, accesi da una luce allegra. «Che ti dicevo? Come previsto, vuole evitare un tuo debutto e mettere subito i paletti intorno alla sua proprietà. Buon segno, se il giovanotto ti interessa. Immagino che la tua lettera contenga lo stesso messaggio, anche se mi pare molto prolissa. Nella mia lettera per me c'era solo un invito a cena per domani e la richiesta di non fare altri passi fino a quando non avremo potuto concertarli insieme».

Victoria avrebbe voluto terminare la lettura della propria corrispondenza, ma Lady Weird monopolizzò la sua attenzione. Per il giorno successivo non avrebbero fatto in tempo ad avere il guardaroba nuovo, ma c'era speranza di trovare nei suoi bagagli qualcosa che potesse andare?

La giovane sorrise, pensando fugacemente che Jared l'aveva vista forse più spesso in camicia da notte che in abito da sera, ma annuì.

Non aveva abiti alla moda londinese, ma un paio di vestiti potevano essere considerati eleganti. Tutti quegli anni in collegio avevano ridotto il suo guardaroba a molti abiti da giorno, pratici e lineari, e a due soli abiti da pomeriggio, che erano serviti in rare occasioni.

Dalle compagne londinesi Victoria aveva assorbito il mito di Bond Street e non vedeva l'ora di tuffarsi fra le vie della città per negozi: ci rimase malissimo quando fu messa al corrente dalla zia che ogni capo sarebbe stato confezionato dalla sua sarta di fiducia e che non sarebbe stato necessario mettere piede fuori casa.

Nastri, cappelli, guanti e tutti gli altri accessori sarebbero stati scelti dopo, perciò fino a che questa madame Giselle non avesse portato a termine i vestiti, Lady Weird non vedeva motivo di affaticarsi in giro. La sarta francese, che a detta della zia aveva vestito a Parigi gran parte delle signore che avevano *perso la testa durante la Rivoluzione*, fu chiamata per il mattino successivo. Victoria, perciò, con un certo rammarico dovette accantonare l'emozionante progetto di visita alla città.

Fu solo quando riuscì a ritirarsi per la notte che Victoria poté finalmente leggere la parte della lettera che le mancava.

«Ti scrivo del tutto sinceramente, mia cara Victoria, che farò tutto quanto sarà in mio potere per farmi perdonare. Non posso, però, che desiderare ardentemente il momento in cui potrò averti con me a Hidden Brook, dove ci sarà concesso, spero, di ricominciare daccapo e dove non desidero altro che farti sentire a casa. Tuo ecc».

La giovane prese la lettera e la portò al petto.

Era sincero?

Trovarlo in quelle condizioni, al momento del suo arrivo, le aveva fatto male.

Aveva intuito che in casa ci fosse una donna, o ci fosse stata da poco, e che tutte le speranze che Jared le aveva dato si erano sgretolate di fronte al pensiero che la sua vita a Londra fosse ripresa senza cambiamenti.

Passeggiando per l'elegante camera, resa ovattata dalla profusione di tappeti e tendaggi di pesante broccato, Victoria si rese conto che una piccola parte di lei, o anche qualcosa di più, aveva sperato nel lieto fine delle fiabe: aveva sperato che Jared volesse davvero cambiare per lei e con lei. Si sarebbe realizzato quel sogno, o era meglio rinunciarvi prima che diventasse fonte di sofferenza?

Alcuni giorni dopo, Jared passeggiava nervosamente nel suo studio. Più spesso di quanto volesse, l'occhio gli cadeva sullo spazio nella libreria lasciato vuoto dal libro che Lady Weird aveva sgraffignato.

Con sua immensa sorpresa, la dama aveva rimandato l'invito a pranzo, adducendo improrogabili impegni fino alla fine della settimana.

Come quella donna avesse organizzato le giornate non riusciva a immaginarlo, ma non gli era rimasto che accettare la data da lei proposta.

Il fatidico giorno era arrivato, e Jared vi era giunto nel più profondo stato di pentimento e macerazione.

Aveva fatto impazzire Mrs. Barry modificando il menù di continuo, dapprima temendo di non presentare alle ospiti pietanze abbastanza eleganti, poi temendo che lo fossero troppo; poi paventò che gli alimenti scelti fossero difficili da reperire freschi e ne scelse altri; infine aumentò e diminuì il numero delle portate finché la governante, esasperata, non lo sollevò dal compito di prendere decisioni che non era in grado di gestire.

Al motto «saprò ben io cosa conviene servire a due gentildonne di buon gusto» Mrs. Barry esautorò definitivamente il padrone.

Privato anche di questo diversivo, Jared ebbe solo molto tempo per ripensare alla propria condotta e a tutti gli errori finora compiuti.

Aveva ridotto le proprie uscite a quelle per affari, aveva schivato ogni amico e conoscente che cercasse di estorcergli qualche informazione sulla sua vita privata, soprattutto quando aveva scoperto che i principali giornali londinesi avevano dato notizia del fidanzamento.

Fino a quel momento, il legame fra lui e Victoria non aveva ancora assunto una connotazione pubblica: la sua infermità prima, e quella follia ribelle che lo aveva colto dopo, gli avevano impedito di fare i passi necessari per dare ufficialità al fidanzamento nel *ton* londinese.

Il carteggio con Mr. Arden, riguardante le questioni economiche, era stato per lui di scarso interesse e aveva accettato le condizioni senza battere ciglio. Nessuno dei due aveva manifestato desiderio di un incontro e Jared, con la scusa dell'infermità, aveva mandato Maters a svolgere le incombenze necessarie presso Ashford.

In un primo momento aveva detto a se stesso che per le pubblicazioni c'era tempo a sufficienza: una volta giunto a Hidden Brook avrebbe chiesto al pastore del piccolo beneficio interno alla tenuta. Per quanto riguardava Victoria, erano affari della sua famiglia.

Non aveva trovato motivo di chiedere licenze particolari, visto che dalle mura di Killmore Court non era uscita alcuna voce di scandalo riguardo alle strane vicende che vi si erano svolte: tutti erano stati bravissimi a far passare il fidanzamento come una naturale conseguenza dell'unione delle due famiglie, già collaudata nelle persone di Harriet e Roger.

Jared, fino a che non si era ritrovato di fronte Victoria e Lady Weird, era stato colto da una sorta di smania, di ribellione, come se il suo vecchio e odioso io, quello che non poteva far a meno di prendersi tutto ciò che gli aggradava, d'un tratto si fosse sentito intrappolato e prossimo alla morte. Non riusciva a trovare altri termini per spiegarsi quella follia che lo aveva ricondotto sulla sua vecchia e squallida vita: il matrimonio con Vic, anzi lo stesso fidanzamento con lei, avrebbero dovuto porre fine a quell'uomo che era stato. Il libertino Jared Lennox aveva i minuti contati e qualcosa lo aveva fatto scatenare, in modo del tutto inopportuno.

Rivedere lei, però, era stato come un risveglio.

Jared, mentre aspettava nervosamente l'arrivo delle due ospiti per il tanto atteso pranzo in cui avrebbero discusso del loro futuro, tornò con la mente a quando, seduto in carrozza col suo segretario, aveva avuto, nello stesso modo, l'impressione di risvegliarsi da un sogno. Gli era parso, allora, che i giorni a Killmore Court fossero stati poco più di un incubo frutto della febbre e dell'indisposizione. Che il legame che aveva sentito con Victoria fosse frutto della stessa malattia e quindi altrettanto inesistente, falso, ingannevole. Solo immaginazione.

Adesso aveva di nuovo quella sensazione, ma riguardava, al contrario, tutta la sua vita.

Quale era stato il sogno? Qual era la realtà?

Aveva l'impressione che Victoria fosse l'unica persona reale, l'unico sguardo limpido nella folla torbida d'ipocrisia e di falsità di cui si era circondato fino a quel momento.

Non aveva veri amici. Non poteva contare sulla propria famiglia.

Quando si era trovato in difficoltà, l'unica persona a cui si era potuto rivolgere era un fratello che lo detestava. Forse avere una moglie, avere accanto una donna come Victoria, avrebbe dato un senso diverso alla sua vita e Jared si accorse di desiderarlo, per quanto il sentimento più forte, di fronte al cambiamento che lo attendeva, fosse la paura.

Jared non ebbe tempo di fare ulteriori speculazioni perché un deciso scampanellare interruppe ogni considerazione.

Sistemò il nodo della cravatta candida, elaborato nel miglior stile alla moda, lisciò la morbida giacca d'un grigio scuro, illuminata da due file di bottoni dorati e dal panciotto in tinta avorio, e si affrettò a ricevere le signore.

Lady Weird, in un primo lunghissimo istante, occupò tutta la sua attenzione e la sua vista. Non era possibile altrimenti, a causa del turbante piumato che sfoggiava: le tinte erano quelle accese delle sete indiane, e le piume erano così abbondanti da rendere difficoltoso il passaggio attraverso le porte. La casa, all'improvviso, gli sembrò più piccola.

Anche gli abiti erano di sgargianti sete esotiche: il blu pavone dominava nel corpetto, mentre un acceso rosso sulla lunga gonna in stile impero. A decretare la definitiva trasformazione della signora in un pavone era il ricamo che si rincorreva lungo tutta la veste, brillanti piume dorate che arrivavano dall'orlo almeno fino al ginocchio.

L'unica parola che venne in mente a Jared fu *orrore*. Cercò di non far trapelare la propria opinione, inchinandosi compitamente e nascondendo, nell'inchino, il proprio sguardo perplesso. Scorgere Victoria alle sue spalle, ancora nascosta da tutto quel baluginare di colori, gli fu impossibile.

Lady Weird fece un grazioso cenno del capo come saluto, e per un attimo tutto fu un ondeggiare frusciante, che ricordò a Jared certe tempeste in mare.

Finalmente Victoria apparve, quando la dama e il suo piumaggio si mossero dalla porta lasciando libera la visuale.

Il giovane ci mise un attimo a riconoscere la fidanzata. La Victoria che ricordava era stata sostituita da una giovane donna, elegante e all'ultima moda.

Dell'educanda, della fanciulla arrembante di Killmore Court, tutta capelli e camicia da notte, e della ragazzina in abiti da viaggio e dall'espressione ferita non restava molto, se non i tratti del volto.

Quei pochi giorni avevano trasformato la piccola Vic in una fascinosa debuttante londinese, anzi, osservò Jared spiazzato, in qualcosa di più: le debuttanti gli erano sempre parse tutte uguali, una schiera di bamboline agghindate, dalle vesti pastello e dalle acconciature improbabili, vuote di espressione e povere nel dialogo.

La ragazza che gli era appena comparsa davanti era *diversa*.

Diversa dalla sua Victoria e dalle altre giovani.

Altera, elegante, raffinata, Victoria per un attimo lo spiazzò, lasciandolo senza parole.

Lady Weird, quando intercettò l'espressione di lui, emise un suono che poteva essere un ghigno o uno sbuffo, che doveva significare soddisfazione, ma che ebbe l'effetto di farlo riprendere al volo.

Non voleva dare a quell'arpia la soddisfazione di mostrare qualsivoglia debolezza.

Nel salutare Victoria, però, non poté evitare di manifestare ancora ammirazione e lo sguardo che le lanciò dovette essere molto eloquente, perché la giovane abbassò gli occhi imbarazzata.

Forse non era a suo agio in quelle vesti tanto alla moda, ma se così era non lo dava a vedere. Il suo incedere e ogni suo gesto erano quelli sicuri e fluidi di una vera gentildonna e Jared, esperto nel giudicare il mondo femminile, non poté non notarlo.

Jared a quel punto si sforzò di intavolare una conversazione, ricordando a se stesso di essere l'uomo di mondo che era, e non un ragazzino sotto esame. Era abituato a ricevere, gli argomenti di conversazione non gli erano mai mancati e Lady Weird non era la prima nobildonna con cui aveva a che fare, anche se forse era quella più irritante che avesse conosciuto.

Mentre aspettavano che Mrs. Barry li avvertisse di raggiungere la sala da pranzo, il povero Jared tentò più volte di coinvolgere la signora con gli argomenti più disparati e sicuri, dal tempo ai conoscenti comuni.

Seduta nel mezzo del divano, con l'aria di una docente arcigna nel pieno di un esame, lo fissava con ostilità, senza rispondere se non con monosillabi a ogni tentativo di conversazione. La sua attenzione era tutta gelo e tutta per lui, con un atteggiamento felino che gli fece pensare d'esser di fronte a una belva e di essere lui il pasto principale.

La sofisticata, algida Victoria non era di alcun aiuto. In piedi accanto alla zia, come l'ultima volta che si erano visti, non proferiva verbo.

La tensione era palpabile e Jared cominciava a non poterne più. Inoltre quella stupida della cuoca non si decideva a sollevarlo dall'impiccio facendo annunciare il pranzo.

«Oh, che diamine!» sbottò infine, dopo il decimo tentativo infruttuoso di coinvolgere le due in un dialogo qualunque. La dama rasentava la maleducazione e la giovane pareva instupidita.

«Qualche problema, giovanotto?» Lady Weird socchiuse gli occhi. E da pavone che sembrava divenne, in tutto e per tutto, una leonessa.

Jared accarezzò l'idea di sfidarla, una volta per tutte e apertamente. Poi crollò sul divanetto di fronte ai quattro occhi che lo fissavano.

«Avete vinto voi, signora. Mi avete messo ancora una volta profondamente a disagio. Ditemi solo se devo aspettarmi perennemente da parte vostra questa ostilità».

«Nessuna ostilità. Aspettavo solo che la smetteste di dire sciocchezze.» Si guardò intorno annoiata. «Non arriveranno altri ospiti, immagino».

Jared scosse la testa. Era di nuovo ammutolito.

«Non è fine da parte vostra: un altro gentiluomo sarebbe stato appropriato, ma visto che abbiamo parecchie cose da discutere ci passerò sopra».

Il povero Mr. Lennox comprese che con Lady Weird poteva solo giocare a carte scoperte. Buone o cattive, le cose andavano dette subito, dette chiare e dette con cognizione.

«Benissimo. Appurato che i giornali hanno già dato notizia del fidanzamento, l'idea di un debutto di Victoria è ormai fuori discussione».

La dama sorrise. «Forse. Con buona probabilità».

Jared lo prese come un sì. «Immagino che per ora non abbiate avuto modo di organizzare una presentazione a corte. Rimanderemo a dopo le nozze, affidandoci all'influenza di Roger, se Victoria lo desidererà. Credo più urgente e necessaria, però, una piccola festa per presentare Victoria in società e per rendere pubblico il fidanzamento. Purtroppo non ho né madre né sorelle che si occupino dei particolari, quindi dovrete parlarne con me».

La nobildonna annuì. Lentamente, man mano che Jared parlava, le sottili labbra si stiravano in una piega soddisfatta.

«Spero sarete ragionevole e lascerete a me ogni incombenza: so per esperienza che voi uomini siete restii a sentir parlare di preparativi» commentò serafica la signora.

Jared inutilmente, rivolse uno sguardo a Victoria, che si ostinava a tenere gli occhi bassi e a tacere. Cominciava a essere preoccupato.

«Ad Ashford aspettano solo una mia missiva: visto che nulla in questa situazione sta seguendo le normali strade del decoro ho voluto prendermi il tempo di valutare personalmente la questione, come entrambi sapete. Ma Victoria, sebbene non ne comprenda i motivi, ha manifestato il desiderio di procedere con i preparativi per le nozze».

Jared non dubitava che fosse stata Lady Weird a contattare i giornali, avendo appurato che per la nipote tutto sommato quel matrimonio non fosse così male. Non poté trattenere un mezzo sorriso di trionfo, ma si guardò bene dal rendere la donna partecipe delle proprie osservazioni.

Se una cosa aveva capito, era che per spuntarla con Lady Weird l'unico mezzo era lasciarla vincere, o darle l'impressione di averlo fatto.

Quando fu annunciato il pranzo, però, arrivò il peggio.

La dama aveva intenzione di organizzare il più grande avvenimento mondano che Londra avesse mai visto. Più che una festa di fidanzamento sarebbe stato l'evento più grandioso che il *ton* potesse immaginare. Avrebbero dovuto organizzarlo a Vauxall per star dietro ai progetti immani della gentildonna.

Jared si sentiva soffocare. Pur essendo un uomo di mondo, non aveva mai avuto particolare simpatia per l'alta società. Il tipo di evento che Lady Weird proponeva era esattamente quello che aveva sempre fuggito come la peste, anche perché, con la fama che si era guadagnato, sapeva di non essere intonato al tipo di persone che Lady Weird avrebbe invitato.

Accarezzò l'idea di una fuga romantica a Gretna Green, per scappare da quel disastro.

Victoria, mentre sua zia snocciolava nomi e titoli, teneva lo sguardo fisso al proprio piatto, sempre silenziosa, e Jared sentiva montare la rabbia anche per quell'ostentato disinteresse.

«No!» sbottò infine, quando la Baronessa cominciò a lagnarsi del fatto che il tempo prima del matrimonio non era sufficiente per organizzare il tutto: nemmeno avessero fissato la data per la settimana successiva.

«Vi concedo invitati nel numero che riterrete possibile stipare in questa casa, non uno di più».

A quelle parole, anche Victoria sollevò gli occhi e Jared si sarebbe persino messo a battere le mani e ballare, se fosse servito per smuoverla dal distaccato disinteresse che manifestava persino con quello sguardo. Si trattenne e continuò, cercando di mantenere la calma. «Festeggeremo il fidanzamento con una cena privata, con intimi e selezionati amici».

Lady Weird si immobilizzò e Jared ricordò la regola: per vincere doveva far vincere lei e quella mossa impulsiva non era stata buona.

«Vi ricordo» scandì a sua volta la signora, «che siete fratello e attualmente erede di un Visconte. E Victoria è nipote di un Barone. Se questo non bastasse, che la vostra *reputazione* lo richiede. Voglio che mia nipote sia tutelata in tutti i modi possibili dai pettegolezzi».

Jared sospirò, di fronte allo sguardo eloquente della donna. *Sincerità*, si disse. Per quanto faticosa fosse.

«Penso che l'ostentazione sarebbe più controproducente della discrezione. Io non piaccio a quella gente più di quanto non piaccia a voi, milady. Seguire la vostra direttiva non sarebbe bene per Victoria. Ma un gruppo ristretto, selezionato accuratamente, darà il rilievo giusto all'evento. Per tutti gli altri, dovrete darci tempo».

Lady Weird strinse le labbra e gli occhi in sottilissime fessure, come se la faccia si fosse accartocciata improvvisamente.

Dopo un tempo indefinito, durante il quale il più chiassoso nella stanza fu il camino acceso, la signora annuì e riprese a mangiare. «Dovremo smuovere Lord e Lady Pallidi da Killmore Court» osservò quasi fra sé.

Jared per poco non innaffiò la tovaglia col vino che stava bevendo.

Victoria, a sua volta, sgranò gli occhi e trattenne a stento una risata.

«Come se non sapessi che tu e le tue sorelle mi chiamate zia Erinni!» borbottò la dama con sussiego. «E voi due pregate di non scoprire i soprannomi che vi ho affibbiato».

Il resto della serata fu un monologo a cui Jared e Victoria parteciparono soltanto a monosillabi e con movimenti del capo, mentre Lady Erinni, come anche Jared prese a chiamarla fra sé, organizzava da vera despota la loro festa di fidanzamento.

Almeno, i monologhi della donna permisero a Jared di osservare la giovane fidanzata, provando l'urgenza sempre più impellente di parlare con lei.

L'occasione arrivò, incredibilmente, proprio grazie a Lady Weird, che dopo il pasto, non appena arrivò ad accaparrarsi il divano del salotto, parve entrare in una sorta di stato di meditazione che si dimostrò l'anticamera di un pisolino.

Ci volle un po' perché Jared riuscisse ad attirare l'attenzione di Victoria, seduta accanto alla matrona e tutta assorta nei suoi pensieri.

«Victoria, vorrei mostrarvi una porcellana, mi interessa la vostra opinione» inventò lì per lì, chiedendosi intanto dove trovare una porcellana nel salotto. Molti dei ninnoli li aveva trovati nella casa al momento dell'acquisto e non si poteva certo dire interessato a quel tipo di oggetti. Victoria ubbidiente si alzò e lo seguì nell'angolo della stanza, in cui Jared, afferrando da una credenzina il primo oggetto che gli arrivò a tiro, lo passò a lei che lo osservò perplessa.

«Mi pare una porcellana italiana. Ma lo saprai meglio di me» disse.

Jared guardò la statuetta, una delicatissima dama con abiti settecenteschi. Decisamente non era di suo gusto.

«Può essere.» Si accostò alla ragazza, dopo un'occhiata alla signora che ciondolava il capo. Victoria teneva la statuetta fra le mani ed egli avvolse le sottili dita con le sue, facendola sussultare. «Dimmi come stai» le chiese.

Victoria, dopo un attimo di confusione, sollevò gli occhi verso i suoi. La stanza illuminata dalla luce dorata del tramonto, offriva in quell'angolo una lieve penombra che rendeva la giovane bellissima e misteriosa.

Non gli sfuggì il rossore che le pervase il viso.

«Sto molto bene, grazie. Oggi è il primo giorno che esco da casa della zia: non ha voluto mettere piede fuori fino a che il mio corredo non è stato pronto. Sono giorni che la casa sembra un mercato, fra sarte e modiste. La zia è... vecchio stampo e non ama andare per negozi».

«Ti porterò a vedere la città quando vorrai».

Victoria abbassò gli occhi. «Vorrei solo che tutto questo finisse. L'unica cosa che desidero è andare a Hidden Brook».

C'era qualcosa che la turbava e Jared non riusciva a comprendere che cosa. Ma a ogni tentativo di scoprirlo lei rispondeva sfuggente.

Poteva essere solo la prospettiva della festa di fidanzamento a renderla così preoccupata? Che altro poteva averla turbata così tanto? Jared non riusciva a capire.

Erano nel cuore della Stagione, qualunque altra giovane sarebbe stata più che felice di trovarsi a Londra e di dover fare vita pubblica in quel periodo.

«Jared...» cominciò incerta Victoria, ma cambiò idea e non proseguì.

C'era qualcosa che la giovane non voleva dirgli. Non ci voleva un esperto di donne per capirlo, ma Jared non riuscì a scucirle nulla.

Un lieve ronzio proveniente dal divano indicava che l'anziana zia si era appisolata a dovere.

Jared suggerì a Victoria di passare nel piccolo giardino che affiancava la casa e a cui si accedeva direttamente anche dal salotto. Dopo un poco di resistenza, la giovane acconsentì a uscire qualche minuto.

Gli sembrava così sciocco che quella ragazza, con la quale entro breve tempo avrebbe diviso il letto, ora si comportasse con tanta timidezza.

Dov'era finita l'intraprendente ragazzina che lo aveva conquistato?

Jared si irrigidì, proprio mentre appoggiava sulle spalle di lei, alla chetichella, lo scialle azzurro.

Quella di essere conquistato da lei era una scoperta sconvolgente.

Era disposto ad ammettere di provare per Victoria gratitudine, una certa affinità, di ammirare la sua intraprendenza, ma da qui a dirsi conquistato c'era un abisso e il suo vecchio io si ribellava con violenza a quell'ipotesi.

Mentre silenziosamente scivolavano fuori, il giovane si affrettò a ridimensionare i propri entusiasmi. Victoria gli piaceva, lo attraeva, ma niente di più. Era anche troppo.

Certo, teneva a lei: destava in lui un istinto di protezione, ma quale gentiluomo non avrebbe provato gli stessi sentimenti verso una giovane così poco apprezzata dai suoi cari?

Solo perché ti specchi in lei, gli suggerì una vocina interiore che Jared soffocò all'istante.

Quando la testa prendeva queste strade pericolose, il giovanotto utilizzava il metodo infallibile di concentrarsi su qualcosa di *diverso*, ma in quella occasione l'effetto fu peggiore: concentrarsi sulle grazie della giovane donna che aveva accanto era più che deleterio, specie avendo la coscienza di essersi ritagliato quei tanto sospirati minuti di solitudine con lei e sapendo, come poco prima aveva rammentato a se stesso, che di lì a poco sarebbe stata sua.

Il risultato fu che, appena all'aperto, sottrasse bruscamente il braccio che le aveva offerto, per mostrarle con goffaggine una statuetta che adornava il giardino. Si trattava di una copia romana di una statua greca e il piccolo pezzo di marmo gli era costato una fortuna.

Ammirare la statua era una buona scusa per l'essere usciti e per restare comunque a pochi passi dalla porta, in modo da poter sentire i movimenti di Lady Weird e rientrare all'occorrenza.

In quei giorni, si era immaginato più e più volte che cosa avrebbe detto a Victoria se ne avesse avuto l'occasione. Si era detto che il tempo non sarebbe bastato per dirsi tutto ciò che dovevano.

Adesso che l'occasione c'era, Jared era ammutolito per colpa di quegli assurdi pensieri romantici, che mai in vita sua lo avevano sfiorato e che ora, con suo sommo orrore, si affacciavano con prepotenza alla sua mente.

La giovane donna si voltava in continuazione, tenendo d'occhio l'anziana parente visibile attraverso la porta: era a disagio quanto e più di lui, tanto che Jared era quasi propenso a farla rientrare, tuttavia la serata era tiepida, ormai l'estate era alle porte e anche a Londra il clima si era fatto mite, invogliava a restare fuori. In lontananza si avvertivano i rumori della città, carrozze, voci, suoni indistinti che superavano le mura della casa.

«Hai una splendida casa» disse Victoria, con il tono che avrebbe usato con un estraneo.

«Potrai fare tutte le migliorie che desideri.» Si schiarì la voce, innervosito. «Abbiamo poco tempo, Vic, non possiamo perderlo parlando di sciocchezze».

Lei strinse le labbra e distolse lo sguardo.

Jared d'improvviso sentì la morte nel cuore. Sapeva di non poter essere altri che lui la causa di tutta quella tristezza.

In un certo senso, anzi in più di uno, egli aveva tradito lei e tutte le sue aspettative. Non era così ingenua da non aver capito e, ad avvalorare i sospetti che la giovane poteva aver nutrito, c'era anche la mancata risposta alle lettere che lei aveva spedito e che Jared non aveva ricevuto. Egli stesso avrebbe faticato a credere che quel lungo silenzio dipendesse da altro che da disinteresse.

Che cosa poteva dirle, ancora? Le aveva già fatto troppe promesse che non aveva mantenuto. Era inutile farne altre.

«Mi dispiace. Non ti merito, Vic» le disse atono. «Dimmi ora, in tutta sincerità: hai cambiato idea? Vuoi evitare il matrimonio? Se così desideri, basta dirlo e faremo saltare tutto. Tua zia non aspetta altro. Ti porterà a Parigi, o a Firenze, e quando sarai tornata sarà tutto passato. Io posso reggere lo scandalo, sai bene che è così».

Gli occhi di lei si riempirono di lacrime e quello Jared non se l'era aspettato. Avrebbe, d'istinto, teso una mano per prendere una delle sue, ma sapeva di essere la causa di quel pianto e desistette.

Victoria, però, non scoppiò in un pianto dirotto. Battendo le palpebre riassorbì le lacrime e si ricompose.

Era combattuta, Jared lo comprese vedendola improvvisamente incapace di stare ferma. La seguì, mentre lei a piccoli passi si addentrava nel giardino. L'attesa di una risposta gli parve interminabile.

«Non voglio sposare un uomo che non mi vuole» sussurrò infine lei.

C'era così tanto dolore in quel mormorio che Jared si odiò profondamente. In due passi le fu davanti.

«Victoria...» il vecchio Jared, il libertino impenitente, si spaventò per la violenza dell'emozione che in quel momento lo scuoteva. Se avesse seguito l'istinto sarebbe arrivato a inginocchiarsi, ma si dominò. Che cosa poteva dirle? Le prese una mano, un buon equilibrio fra i moti affettivi che provava e la zavorra che gli pesava sul cuore.

«Non c'è nulla che vada per il verso giusto, vero?» scherzò tristemente. «Abbiamo sbagliato completamente l'ordine delle cose. Non ricordo nemmeno di averti chiesta in moglie. Credo che sarebbe ora di farlo.» E nel dire queste parole, Jared ebbe la sensazione di non riuscire a respirare. Paura, emozione, e qualcosa che non seppe definire, lo sommersero.

«Non ho preparato un discorso, ma...»

Vic sottrasse la sua mano. «Non prendermi in giro, Jared!» esclamò piccata.

«Sono serissimo».

Victoria socchiuse le labbra, ma ancora una volta non disse nulla, visibilmente tormentata da qualcosa.

«Non voglio questa farsa!» riprese accorata.

«Nemmeno io» ammise lui. «Ma credo... di volere il nostro matrimonio. Non sentirti obbligata per questo. So di essere stato imperdonabile, avresti ogni motivo per voler chiudere questa stupida faccenda e lasciarmi da solo a sistemare i danni che ho fatto».

Questa volta Victoria sussultò e Jared notò il lampo che le attraversò lo sguardo.

«Credo di volerti, Victoria, più di quanto non sia capace di dirti. Sarebbe più semplice se volessi sedurti per una notte, saprei che cosa dire e che cosa fare per convincerti, ma stiamo parlando di tutta la vita e non so chi di noi sia più spaventato. Io certamente lo sono. E onorato, se vorrai offrirmi la tua mano».

Jared terminò a fatica l'ultima frase, gli mancava la voce. Proprio a lui, che aveva sempre fatto vanto di come gli venisse facile usare toni seduttivi.

Quando lei sussurrò un sì, quasi inudibile, gli parve di non essere mai stato così sollevato in vita sua. Prese la mano che la giovane gli porgeva, quasi un anticipo di quanto sarebbe accaduto di lì a poche settimane in chiesa.

Victoria gli rivolse un tremulo sorriso, rispondendo a quello che probabilmente gli illuminava il volto, per quanto si sforzasse di non sentirsi troppo felice.

Impacciata, la giovane donna gli si avvicinò e lo colse alla sprovvista con un bacio sulla guancia, fugace e timido come quello di una bambina, che però gli permise di aspirare, per un attimo, il suo già noto profumo. Le impedì di allontanarsi.

Questa volta aveva entrambe le braccia per trattenerla: con uno le avvolse la vita, mentre lasciò scivolare l'altra mano sulla nuca di lei, trovandone la tiepida pelle sotto i riccioli che sfuggivano all'elaborata acconciatura.

Gli piaceva che fosse alta quasi quanto lui, gli piaceva sentire contro di sé quel corpo sottile e flessuoso, che si modellava così bene contro il suo.

Il desiderio lo travolse subito, ma sperò che lei non se ne avvedesse. Non voleva altro che suggellare quel momento con un bacio, un piccolo, innocente anticipo di quello che avrebbero condiviso, ma nel fare questo proposito sapeva di mentire a se stesso, conscio di quanto la vicinanza di Victoria accendesse i suoi sensi.

Forse ella era inconsapevole di essere tanto seduttiva. La sua non era una bellezza classica, ma Jared si accorse di provare nostalgia per la fiamma dei suoi capelli, desiderò poterli liberare dai nastri e far scorrere le dita in quell'oro fuso.

Sarebbe stata sua, realizzò con esultanza. Sua come mai nessuna era stata.

Ed egli le sarebbe appartenuto allo stesso modo.

Desiderava assaporare le sue labbra come non mai.

«Mr. Lennox! Decoro! Decoro!» gracchiò una voce dalla porta del salotto.

Victoria fece un balzo indietro, rossa in viso e piena di vergogna.

Lady Weird si doveva essere svegliata, ma erano entrambi troppo presi per far caso ai suoi movimenti, e li aveva colti in flagrante. O quasi, sospirò Jared deluso.

Il suono del bastone da passeggio, un tamburellare che divenne frusciante sulla ghiaia del sentierino, accompagnò i suoi passi battaglieri fino alla coppia.

«Per noi è arrivato il momento di congedarci, Mr. Lennox» disse afferrando il braccio di lui con un sorrisetto. Era energica in modo sorprendente, notò Jared, letteralmente trascinato via.

«Spero che abbiate sfruttato a dovere l'occasione. Mia nipote è sciupata e niente, come un bacio ben assestato, aiuta le ragazze della sua età a rifiorire».

«Ma zia...!» protestò la ragazza in questione, che li seguiva a un passo di distanza.

«Purtroppo siete stata molto tempestiva, milady. Troppo, perché potessi innaffiare a dovere il fiore in questione».

Lady Weird sbuffò. «La vostra fama è dunque immeritata? Credevo che sarei stata costretta a tenervi d'occhio fino alle nozze, ma a quanto pare dovrò *dormire* più di quanto non mi aggradi. Che gioventù!»

14

Victoria nei giorni seguenti, nonostante non fosse stata innaffiata a dovere dai baci prescritti dalla zia, ebbe modo di riprendere colore e vivacità.

Mentre procedevano i preparativi per la festa di fidanzamento, la giovane donna fu presa da un vortice di uscite ed eventi così serrato da andare oltre le sue aspettative.

Lady Weird non poteva ammettere, ora che la nipote aveva un guardaroba adeguato, che si perdesse tempo, e mobilitò tutte le sue conoscenze affinché la giovane fosse ricevuta insieme a lei in tutti i salotti di riguardo, anche quelli in cui il suo fidanzato non era ben accetto.

Victoria scoprì con esattezza quanto fosse famigerato Jared negli ambienti frequentati dalla zia: non che le venisse detto esplicitamente qualcosa di offensivo, ma dagli sguardi, dai sussurri, da certe velate allusioni le arrivò la netta dimensione dei pettegolezzi che lo riguardavano e che ora sfioravano anche lei, per quanto il patrocinio di Lady Weird la tenesse al riparo dal peggio.

Quei pettegolezzi, però, non erano nulla rispetto al peso che da vari giorni gravava sul cuore della giovane donna.

Quando aveva rivisto Jared a Londra, Victoria era reduce da un periodo sfibrante, durante il quale il protratto silenzio di lui le aveva fatto pensare di essere stata accantonata.

Aveva, in quei lunghi giorni a Killmore Court, cercato di ripetere a se stessa di non aver motivo di sentirsi delusa: dopo tutto, non aveva forse assicurato a Jared di essere perfettamente cosciente del ruolo marginale che avrebbe avuto nella sua vita? Tuttavia per un poco si era illusa che il giovane intendesse cambiare per lei e questo aveva mosso il suo cuoricino, che in seguito era rimasto schiacciato da una realtà ben diversa, delineata dal silenzio di Jared seguito alla sua partenza e a tutte le sue missive.

Era giunta a Londra con l'ultimo barlume di speranza, ma quel loro incontro, con la casa piena di profumo femminile e lui in *deshabillé* aveva spento quell'ultimo lumicino. Nonostante tutto, il suo stupido cuore aveva ripreso a sperare grazie alla lettera di lui, piena di pentimento e di buoni propositi.

Gli aveva creduto, rimproverandosi ogni giorno per quella debolezza.

I giorni successivi all'arrivo a Londra erano stati pesanti, ma non era stata solo la girandola di sarte e modiste a renderle le giornate faticose. Il vero peso sul suo cuore era giunto da un altro incontro, di cui non aveva voluto far parola con Jared e neppure con zia Erinni.

Fra una prova e l'altra, una mattina le era stato recapitato un biglietto pieno di parole accorate, nel quale le veniva chiesto un abboccamento.

C'era stato un altro incontro.

Alla zia, Victoria aveva dovuto mentire per non darle spiegazioni che sarebbero state penose e difficili: si era inventata lì per lì che una delle insegnanti del collegio desiderava tanto rivederla.

Forse Lady Weird aveva sospettato qualcosa, alla vista della signora elegante che si era presentata a casa loro e con cui Vic si era ritirata in un salottino. Ma se aveva sospettato, non poteva essere arrivata a una verità tanto inconcepibile, ossia che una delle amanti di Jared avesse avuto l'ardire di presentarsi alla loro porta.

Mrs. Warren era parsa differente da quando era piombata a Killmore Court: non più agitata, ma dimessa e seria tanto da stupire Victoria, dichiarò accorata di essere giunta a quell'incontro dopo giorni di indecisione e tormento.

A detta sua, avrebbe voluto risparmiare a Victoria una visita così imbarazzante ed era stata incerta fino all'ultimo, ma poi, alla fine, aveva vinto il suo desiderio di far del bene a una giovane che si era dimostrata tanto buona con lei: Victoria doveva sapere che genere di uomo avesse scelto. Aveva il diritto di essere preparata e Mrs. Warren, per ricompensarla della gentilezza che la ragazza aveva dimostrato, si era presa carico dell'ingrato compito.

Victoria non aveva potuto fare a meno di sbirciare l'abito della donna, per comprendere se fra le morbide pieghe si notasse la curva dovuta a una gravidanza. I mai sopiti dubbi erano tornati a tormentarla con prepotenza.

Mrs. Warren aveva osservato a lungo la ragazza e con soddisfazione si era carezzata il ventre. Non aveva detto nulla, ma il suo discorso aveva preso una piega drammatica. Sul suo matrimonio gravava l'ombra del divorzio: scandalo dietro scandalo. Dopo il suo tentativo di fuga con Jared, Mr. Warren non aveva più voluto saperne di lei.

Le asserzioni si erano fatte via via più esplicite, e la causa di tutti i guai della signora erano stati attribuiti a Jared. Il libertino, il seduttore che passava con leggerezza da una donna a un'altra, soddisfatto solo della conquista e mai capace di prendersi responsabilità. Un simulatore nato, il cui fascino dipendeva in gran parte da una sincerità apparente e calcolata. Un uomo pericoloso, crudele, senza morale alcuna e pronto a mentire spudoratamente pur di mantenere un'apparenza di rispettabilità quando gli faceva comodo.

Victoria dapprima aveva cercato di non credere a quelle accuse pesanti come macigni, pentita di aver accordato quell'incontro alla donna, ma poi, frase dopo frase, anche la barriera di fiducia che la giovane aveva accordato al fidanzato aveva cominciato a creparsi, lasciando passare attraverso le fessure il tarlo del dubbio.

Victoria aveva ascoltato, sapendo quanto fosse inutile cercare di controbattere in qualche modo, e con grande sangue freddo aveva retto per tutto il colloquio senza dar segno di essere colpita da tutte quelle accuse. Si era limitata a ringraziare Mrs. Warren per la premura nel metterla al corrente e l'aveva salutata con cortesia.

Tutto quello che era venuto dopo era stato devastante. Da un lato si era pentita di non aver difeso Jared (ma come difenderlo, quando aveva ancora davanti agli occhi lo stato in cui si era presentato? Quando aveva ancora nella mente il profumo della donna con cui per poco non era stato sorpreso?) e dall'altro sentiva di essere lei quella che doveva essere difesa, consolata, rassicurata.

Poteva voler non credere a quelle accuse, ma non poteva evitare di sentirsene contaminata.

Parlare con Lady Weird era impensabile: non avrebbe cercato di appurare a verità, ma avrebbe semplicemente costretto Victoria a rompere il fidanzamento, mentre la giovane continuava, contro ogni logica, a volere quel matrimonio.

Il perché non lo capiva nemmeno lei. Per quanto gettassero fango su di lui, non riusciva a non provare per Jared quello strano miscuglio di sentimenti. Simpatia, solidarietà, una sorta di comprensione. C'era una parte di lei, ostinata e risoluta, che aveva scelto di parteggiare a oltranza per quel giovane.

Credeva al quadro dipinto da Mrs. Warren? Sì, non poteva essere altrimenti. E no, non poteva essere vero.

Da quel terribile colloquio, la ragazza non aveva più avuto pace, costantemente combattuta fra la logica che le diceva di dar retta a Mrs. Warren e di fuggire da Jared e da tutte le sue complicazioni, e il proprio sentire, dominato da un istinto inspiegabile che le suggeriva di fidarsi di lui.

Il dolore grande e segreto di Victoria era uno solo: Jared aveva usato lei come tutte le altre? Anzi, la stava usando in modo ancora più subdolo, accettando che ella gli restituisse rispettabilità per poter perseguire una condotta ancora peggiore? Ma non gli aveva forse lei stessa offerto questa possibilità su un piatto d'argento, mostrandosi pure consapevole di quanto comportasse?

Fra un campionario di stoffe e una prova degli abiti da giorno, fra un tè con la zia e la stesura svogliata di una lettera per le sorelle, Victoria ebbe il tempo di pensare tutto e il contrario di tutto, di tormentarsi e di arrabbiarsi con se stessa, con Jared, con la Warren, con il mondo. E con nessuno.

Con un percorso mentale simile alle spalle, non c'era stato da stupirsi se alla cena di Jared la giovane fosse arrivata coi nervi a fior di pelle, fino a apparire silenziosa e cupa, incapace di sviscerare con Jared i dubbi che la attanagliavano e le rovinavano la vita.

Fra tutti, quello che le avvelenava maggiormente l'animo era il sospetto che davvero Mrs. Warren aspettasse un figlio da Jared, e che egli negasse la loro relazione per liberarsi dallo scandalo che ne sarebbe scaturito.

Non le sarebbe stato possibile, neppure con più tempo a disposizione con uno stato d'animo meno agitato, parlarne con lui. Per quanto fosse una ragazza di vedute moderne, non aveva abbastanza confidenza con lui per poter affrontare liberamente un argomento così delicato: in ogni caso, se Jared fosse stato davvero il simulatore che la signora aveva descritto, non sarebbe arrivata alla verità nemmeno chiedendo direttamente.

Alla fine, Victoria era arrivata alla conclusione che la vera domanda fosse una sola: era disposta comunque a sposare Jared, pur di fronte a tutti quei dubbi?

E la risposta che si trovava, invariabilmente, a dare era sì, ma Victoria decise che la sincerità verso se stessa doveva fermarsi lì, e che era meglio non cercare di capire il perché di tutta quella sua determinazione.

Il pranzo a casa di Jared inaugurò per la giovane l'inizio della sua anomala, ma non per questo meno vorticosa, Stagione. Gli impegni presi dalla zia furono tanti e tali che da quel momento in poi Vic ebbe pochissimo tempo da dedicare alle proprie elucubrazioni e questo le fu di grande aiuto.

Era una ragazza di spirito: una volta guidata nel modo giusto, valorizzata con affetto e attenzione, l'educanda ribelle si trasformò in un baleno in una donna interessante e ricca di fascino.

Con le voci che l'avevano preceduta a Londra, d'altra parte, sarebbe stata interessante per il *ton* anche se si fosse dimostrata una madonnina infilzata.

Non era forse la cognata di Lord Killmore? Quella scacciata dai migliori collegi (in realtà era stato solo uno, ma *la calunnia è un venticello*) per le sue indicibili malefatte? E non si era forse legata, nonostante l'opposizione dei Killmore, a uno dei più noti libertini della città? Bastava aggiungere gli ultimi due ingredienti, il patrimonio di lui e quella che si vociferava essere la dote di lei grazie all'intervento di Lady Weird, e ci si può immaginare quanto fosse attesa Victoria in società.

Lei e Jared avevano fornito per settimane una fonte di chiacchiere inesauribile, e il fatto poi che Lady Weird, stimata e temuta nobildonna, avesse preso a cuore la faccenda, aveva reso tutto ancora più interessante.

Nei giorni che seguirono, Victoria ebbe modo di vedere Jared solo in rare occasioni: fin dall'inizio egli aveva messo in chiaro che non avrebbe frequentato maggiormente il *ton* solo per mostrarsi accanto a loro. Aveva un giro d'amicizie diverso e anche quelle compagnie non lo interessavano più, perciò preferiva ridurre al minimo le proprie frequentazioni.

Victoria si trovò all'improvviso proiettata nel mondo delle debuttanti, pur senza essere una di loro. Le altre ragazze della sua età, o poco più anziane, la guardavano con curiosità, alcune persino con acrimonia. Da Lady Merritt, una pettegolissima amica della zia, venne a sapere che alcune delle fanciulle avevano invano cercato, in più occasioni, di ottenere il posto di Mrs. Lennox che a breve sarebbe stato suo: era più che logico che la fidanzata di Jared, conosciuto sì come libertino, ma anche come ottimo partito, attirasse l'attenzione e l'invidia di parecchie signore e signorine.

E questo le spiegava in parte perché Jared volesse star lontano da quegli sguardi opprimenti.

Se sulle donne Victoria aveva un effetto negativo per via della sua posizione, sugli uomini ne otteneva di ben diversi e grazie alle sue doti.

Le era sempre stato fatto notare che il suo era un tipo di bellezza diverso, non alla moda. I suoi capelli rossi erano sempre stati definiti troppo chiassosi, il suo fisico longilineo troppo magro per essere piacente, ma il suo ingresso nei salotti e nelle sale da ballo fu comunque accompagnato dal successo. Chi non era conquistato dalla sua bellezza lo era dal suo spirito.

Lady Weird osservò, sera dopo sera, la nipote trionfare in società grazie alla sua simpatia, alla sua cultura non celata da ipocriti pudori, e persino alla sua incapacità, talvolta, di stare alle regole. Incredibilmente, tutto ciò che in famiglia l'aveva resa poco gradita, per quegli estranei esigenti e selettivi era invece fonte di apprezzamento.

I giovanotti le ronzavano intorno come api: se fosse stata una debuttante sarebbe diventata la stella della stagione.

La giovane assaporò per la prima volta l'ebbrezza della notorietà, l'emozione di sentirsi desiderata e questo le regalò anche quella sicurezza che le mancava e che la rese ancora più amabile agli occhi di tutti.

In breve, Victoria Arden fu accolta dal *ton* e approvata.

Jared si affiancò a lei e alla zia soltanto per un paio di uscite a teatro e a concerti.

L'improvvisa notorietà della fidanzata parve stupirlo, ma piacevolmente. Sembrava fiero di lei, e faceva di tutto per valorizzarla ulteriormente.

Victoria, da parte sua, si sentiva quasi ubriaca, per tutto quel vorticare fra balli e inviti.

Durante il giorno la zia riceveva solo nel pomeriggio, considerando le ore piccole nemico naturale del suo aspetto fino all'ora di pranzo. Jared scrisse varie volte a Vic, ma riuscì a incontrarla solo in mezzo alle folle di nuovi amici di lei.

La festa di fidanzamento era stata fissata di lì a due settimane, il tempo sufficiente per permettere ai famosi "selezionati invitati" di liberarsi da ogni precedente impegno. La curiosità e l'attesa per l'evento organizzato da Lady Weird per la nipote erano alle stelle, tanto più che la gentildonna da vari anni non apriva più la propria casa agli ospiti.

Ovviamente Lord e Lady Killmore furono i primi a garantire la loro presenza, visto che cominciava a farsi notare, invece, la mancanza di altri parenti intorno alla giovane fidanzatina.

I giorni volarono per Victoria, fino a farle quasi dimenticare la sgradevole conversazione con Mrs. Warren e le remore che aveva nutrito, dopo quell'incontro, verso il fidanzato. A dire il vero, Victoria aveva cominciato persino a perdere di vista il motivo per cui si trovava a Londra: i tanti divertimenti e la scarsa presenza di Jared al suo fianco avevano reso il fidanzamento quasi un evento lontano, immerso nella nebbia, offuscato dalle luci tremule delle candele ai balli, dai giri di danza con cavalieri sempre nuovi e diversi, dallo sfoggio di abiti e cappellini. E, in effetti anche dalla presenza del tutto inaspettata di corteggiatori che lusingavano parecchio il suo amor proprio.

Fra tutti, particolarmente insistente, era comparso un giovanotto di sua antica conoscenza, Mr. Fraser, vicino di casa dei suoi genitori ad Ashford. Erano parecchi anni che non lo vedeva e quando si era presentato Victoria aveva a fatica riconosciuto nello slanciato dandy il ragazzo grassoccio che ricordava.

Mr. Fraser si era premurato, fin dal loro primo incontro a uno dei balli, di rinverdire la loro antica conoscenza, sotto agli occhi compiaciuti di Lady Weird e in assenza di Jared, che aveva disertato ogni singolo ballo a cui era stato invitato.

Con la scusa di trasmettere notizie fresche della famiglia di Victoria, si era intrattenuto con le signore a lungo, abbastanza per guadagnarsi a tavola un posto vicino a Victoria e un invito al ricevimento in suo onore.

Il giorno dopo, il suo biglietto da visita era fra quelli lasciati in mattinata per Lady Weird e Miss Arden, col preannuncio di una visita nel pomeriggio.

A Victoria Arthur Fraser non era mai piaciuto particolarmente, ma doveva ammettere che la loro conoscenza risaliva agli anni in cui erano entrambi ragazzini, quando il solo interesse di lui era allevare lumache, e che da allora non aveva avuto molte occasioni di conoscerlo meglio.

Zia Irene, poi, ne era stata subito entusiasta, in un modo che metteva in ulteriore risalto la freddezza verso Jared.

Quel pomeriggio, perciò, fu oltremodo imbarazzante per la giovane donna, quando si trovò fra il fidanzato e il nuovo ammiratore, e zia Erinni fu più affettuosa con quest'ultimo.

Jared, alla fine, aveva lasciato la casa con un certo anticipo e con l'aria piuttosto contrariata.

Da quel pomeriggio, Vic aveva visto Mr. Fraser più spesso di lui e con sempre minor piacere.

Arrivò anche il fatidico giorno del ricevimento.

Victoria cominciò quella giornata coi nervi a fior di pelle.

Dalla mattina presto la casa fu invasa da un vivace fermento. Lady Weird voleva apparire noncurante, ma l'agitazione sua era palese quanto quella di maggiordomo e governante, i quali comparivano a turno per le domande più disparate con una frequenza esasperante.

Victoria, per parte sua, fu presa d'assalto dalla cameriera personale di sua zia, che aveva ricevuto l'incarico di agghindarla per l'occasione e le fece passare le ore più penose della sua esistenza, a furia di tirate di capelli e di lamentele: quei ricci erano troppo fitti, la chioma indomabile, non sarebbe mai riuscita a ottenere l'acconciatura à la page che madame aveva ordinato.

Il risultato finale, al contrario di quanto Victoria si era attesa dopo tante ore di supplizio, era una pettinatura di una sobrietà disarmante, che pareva copiata da una statua greca. La difficoltà di plasmare i ricci ribelli in quella foggia sarebbe stato il segreto fra le due donne.

Semplice era anche il vestito che l'eccentrica Giselle, la sarta della zia, aveva confezionato per lei: dalla moda più recente di Parigi aveva preso ispirazione per una veste di mussola così impalpabile che se sotto non vi fossero state varie sottovesti non ci sarebbe stato più nulla da indovinare.

Era stata scelto per lei un color avorio, con piccoli decori in giallo zafferano. A Victoria non piaceva particolarmente avere l'aspetto di una scultura di marmo, ma la zia aveva approvato l'effetto dell'insieme e la giovane donna era stata spedita all'ingresso, in attesa che arrivassero gli ospiti.

Era stato ingaggiato per allietare la serata un quartetto di archi, che in quel momento stava accordando gli strumenti nel salotto più grande, liberato da ogni arredo, dove sarebbero state aperte le danze.

I primi ad arrivare furono i Killmore. Da qualche giorno si erano trasferiti in città per stare accanto a Victoria e Jared in quell'occasione. La loro casa in Berkeley Square era usata da Roger come *pied-à-terre* quando doveva presenziare alle sedute in Parlamento, ma Harriet preferiva attendere il suo ritorno in campagna e non si spostava quasi mai da Killmore Court, perciò la presenza di entrambi in città di per sé costituiva un piccolo evento.

Nel giro di poco tempo davanti alla porta della dimora sfilarono le carrozze degli ospiti, da cui scendevano dame con abiti talmente preziosi che Victoria aveva quasi paura di sgualcirli, quando le signore si avvicinavano per salutarla.

Jared si presentò quasi in ritardo, facendo imbestialire Lady Weird che lo aspettava almeno dall'ora di colazione e gli aveva mandato ripetuti biglietti per ordinargli di arrivare presto.

Vic, all'ingresso del salone, ne avvertì la presenza ancora prima di vederlo. Un brivido, un fremito inspiegabile la scosse e, mentre sollevava il capo dall'ennesima riverenza all'ennesima gentildonna dai mille cognomi, ebbe l'impressione che un nodo le stringesse la gola.

In fondo alla scalinata che conduceva al primo piano, nella penombra del tramonto, Jared la stava osservando, chissà da quanto tempo.

Solo quando lei si avvide della sua presenza il giovane gentiluomo si fece avanti. Impeccabile, con passo placido e un sorriso malandrino raggiunse la fidanzata, che si scoperse incapace di proferire verbo.

Aveva scelto marsina e pantaloni scuri, in contrasto con il panciotto di seta damascata bianca. La cravatta nivea, annodata all'ultima moda, era fermata da un piccolo gioiello in oro e brillanti, un punto di luce che rendeva l'insieme ancora più raffinato.

Si inchinò a lei e a Lady Weird con vera classe. Zia Erinni con altrettanta classe lo insultò per il ritardo.

Victoria si mosse impacciata, facendo scivolare di traverso lo scialle di seta chiara che portava sulle spalle. Jared non perse l'occasione per aiutarla a rimetterlo a posto e sfiorarle il braccio nudo con una carezza rapida che la fece rabbrividire di emozione.

La zia osservandoli con aria impassibile intimò alla giovane donna di farsi accompagnare da lui nel salotto, cosa che avrebbe dovuto fare già da tempo.

Ormai gli ospiti che mancavano erano ben pochi e sarebbe arrivata anche lei di lì a poco.

Jared le offrì il braccio e a lei parve di non riuscire a respirare.

Che cosa le stava succedendo?

Jared si muoveva molto lentamente e Victoria si adeguò.

«Sei magnifica questa sera» le sussurrò.

Il tono con cui le aveva detto quelle parole era talmente confidenziale, così seducente che Victoria sentì il calore salirle al viso. «Non riesco a credere che...»

Ma quell'attimo di intimità fu interrotto bruscamente da Lord Killmore, che dall'altro lato del salone li aveva visti e si era affrettato ad andar loro incontro.

15

Roger Killmore era compiaciuto. Compiaciuto di come Lady Weird aveva organizzato il ricevimento, compiaciuto di essere presente, compiaciuto degli altri invitati così altolocati, compiaciuto della trasformazione di Victoria in quei giorni.

L'occhiata gelida che rivolse a Jared, invece, mostrò quanto disapprovasse il suo comportamento presente e passato. Un attimo dopo, Harriet, anche lei raggiante e splendida in un ricco abito in seta bianca e giallo paglierino, arrivò per trascinare la sorella da una terza signora.

«Avresti dovuto stare di più accanto a Victoria, in questi giorni! E arrivare dopo gli ospiti è stato imperdonabile» disse a mezza voce Roger a Jared, in modo che solo lui sentisse.

«Non sono arrivato tardi» replicò serafico Jared. «Al contrario, sono rimasto a osservare per un pezzo gli ospiti che entravano, dalla strada».

Roger lanciò uno sguardo a Victoria, accanto a sua moglie, in mezzo a un piccolo capannello di donne, nel quale spiccava un solo giovanotto.

«Mr. Fraser sa come piacere alle signore. Harriet è rimasta piacevolmente colpita dal suo cambiamento».

Jared dopo una rapida occhiata distolse lo sguardo. «Un damerino senza consistenza».

Roger sorrise e si lisciò i già lucidi baffi. «Al contrario, è molto *consistente*: una tenuta da settemila sterline l'anno e vari interessi nella marina mercantile».

«Stai cercando di dirmi qualcosa?» sbottò l'altro, subito sorridendo a una signora che si era voltata sentendo il suono aspro della sua voce.

Roger sospinse il fratello verso la finestra vicino all'orchestra, dove nessuno poteva sentirli.

«Sto cercando di metterti in guardia. Mi è sembrato di capire che a Victoria ci tieni e ne hai tutte le ragioni: è diventata una vera signora e io stesso non credevo che potesse in così poco tempo diventare così raffinata ed educata. Ma proprio per questo...»

Jared, che già si trascinava da giorni un costante malumore proprio a causa dell'*inconsistente damerino*, si rabbuiò.

«Ora la merito ancora meno?» replicò a denti stretti.

Roger lo squadrò. «Proprio per questo» riprese secco «ha attirato l'attenzione di parecchi gentiluomini. È vero che siete ormai ufficialmente impegnati, ma fa' attenzione. *Lei* può ancora cambiare idea, se riceverà sufficienti attenzioni. E se ha un po' di cervello, lo farà».

Jared guardò con occhi diversi la scena che aveva di fronte. Fraser rideva di gusto in mezzo a quelle signore, magari proprio per qualcosa che Victoria aveva detto.

Si era accorto che Lady Weird aveva mobilitato ogni conoscenza possibile per introdurre la nipote in società e sfruttare quel breve soggiorno a Londra per farla accogliere dalla buona società.

Aveva compreso gli intenti della donna, anche se gli era parso perfino troppo macchinoso: Victoria era una ragazza sola, che non poteva contare sulla famiglia o su amicizie. Se egli si fosse dimostrato un bruto, come tutti si aspettavano, a quanto pareva, almeno avrebbe avuto intorno l'appoggio del *ton*, che le avrebbe aperto tutte le porte possibili.

Non aveva pensato che la vecchia dama perseguisse ancora l'intento di liberarsi di lui e di trovare un altro pretendente alla ragazza.

Fraser, che già gli stava antipatico, gli divenne odioso, perché un conto era ammirare Victoria, e un conto era mettersi in lizza per lei col beneplacito della famiglia.

«Vedo che hai capito» aggiunse Roger seguendo la stessa direzione del suo sguardo. Jared ricevette, non senza meravigliarsi, una pacca sulla spalla dal fratello. «Avere accanto la donna giusta è un dono da non lasciarsi sfuggire. Se hai deciso, sii uomo».

Il giovane Visconte si allontanò con passo flemmatico, lasciandolo in preda a una certa ansia.

Aveva dunque sbagliato di nuovo, a lasciare sola Victoria in quelle settimane. Non se l'era sentita di affiancarsi a lei in mezzo a tutta quella gente che lo disprezzava, a ragione o a torto, e che aveva sempre evitato.

Da tempo, infatti, le sue frequentazioni erano quelle meno nobili e più leggere, la piccola nobiltà e i ricchi borghesi che si muovevano ai margini dell'alta società. Non amava il gioco, né l'ostentazione, perciò era escluso dalla maggior parte delle amicizie che contavano. Non era abbastanza titolato per essere comunque considerato e aveva una reputazione che lo escludeva dagli ambienti in cui Lady Weird aveva voluto introdurre la nipote.

Se fosse stato più scaltro o meno orgoglioso, si sarebbe dovuto aggregare alla dama con disinvoltura e fare sue quelle compagnie. Invece, sia per timore d'essere sgradito, sia per paura di mettere in imbarazzo Vic, si era tenuto in disparte, apparendo solo in quelle occasioni in cui si sentiva sicuro.

Ancora una volta desiderò ardentemente caricare la fidanzata su una carrozza, quella notte stessa, subito, e portarla a Hidden Brook.

Sognava quel posto come se fosse stato l'Eden. Come se laggiù gli fosse concesso di ritrovare l'innocenza primigenia, come se laggiù avesse potuto divenire un puro Adamo e lei, la donna che amava, la sua innocente e limpida Eva.

E fu quel pensiero che gli diede per la prima volta la coscienza di essere innamorato di lei.

Non riuscì a reagire. Guardava Victoria, quella che ora somigliava a una dea greca immortalata da Fidia, e vi sovrappose il ricordo di lei, magnifica dea pagana, refrigerio delle sue febbri. E forse, si disse, l'aveva già amata da allora. Già da quella notte era stato suo.

Sfuggire a quella verità incredibile non poteva, né voleva più: il suo vecchio io era ormai perduto, il suo nuovo essere soggiogato da quella giovane, incredibile donna che era entrata nella sua vita per un caso e per follia.

La mano gli corse al taschino. La giacca gli restituì al tatto la forma circolare dell'anello che vi custodiva.

L'aveva scelto per lei, una sorta di risarcimento per tutte le sofferenze che le aveva inflitto: uno smeraldo di una tonalità che gli aveva ricordato subito gli occhi di lei.

Era andato a scegliere un anello per le nozze, ed era tornato a casa, dopo aver speso una fortuna per due gioielli, quello che le avrebbe donato come pegno durante la cerimonia e quell'anello, che subito lo aveva colpito.

Se lo portava nel taschino da vari giorni, e non aveva mai trovato l'occasione di regalarlo a Victoria. Di quel passo, avrebbe dovuto passarlo a Fraser, che ne avrebbe fatto uso al posto suo.

Un moto di rabbia gli diede la determinazione che mancava; quindi, prima che l'invadente giovanotto si assicurasse anche le danze migliori, a onta della festa di fidanzamento, si avvicinò al gruppetto, e affiancò la fidanzata.

Appena le fu accanto la sentì sussultare. Jared si rese conto che la giovane, quanto lui avvertiva quella strana, incredibile energia che intercorreva fra loro quando erano insieme. Se fosse stata sua moglie, se fosse stata già sua, si sarebbe arrischiato a sfiorarla per cogliere in lei i segni dell'attrazione che correva fra loro, ma il galateo imponeva che fra loro non vi fossero contatti nessun genere.

Gli sarebbe bastato avere una mano di lei fra le sue, pensò assorto.

«Credo, mia cara, che si possa dare il via alle danze. Tua zia sta facendo cenni, laggiù.» Con aria trionfante, Jared aveva attirato l'attenzione della giovane, soccorso dagli eventi: in effetti, Lady Weird si stava avvicinando già pronta a rimproverarli.

Visto che erano i festeggiati, toccava a loro aprire le danze e i tempi stringevano.

Le coppie di ballerini non erano molte, soltanto cinque, perciò lo spazio risultò più che sufficiente per tutti.

Jared provava una specie di esultanza a portare via Victoria da sotto agli occhi del damerino, finalmente autorizzato, o quasi, a far passare la mano sulla schiena di lei, per condurla verso il centro della sala dove i danzatori si sarebbero mossi. Fu sufficiente sfiorarla perché ella sollevasse verso di lui uno sguardo smarrito, quasi spaventato, carico di interrogativi: era vero che bastava quel poco anche a lei per essere turbata, esultò fra sé il giovane. Avrebbe voluto impossessarsi subito di quella bocca socchiusa e rosata, ma già Victoria si era allontanata, ed era di fronte a lui, composta e seria, per non perdere l'avvio della danza.

Non era mai stato amante del ballo, ma in quell'occasione, in cui gli veniva concesso un raro attimo di intimità con lei, ne benedisse l'invenzione.

Le due danze che poté condividere con lei gli parvero durare un battito di ciglia. Scambiarono solo poche battute, Jared era troppo immerso nei propri pensieri per riuscire a renderla partecipe.

Temeva di spaventarla con la nuova euforia che lo coglieva pensando a loro due insieme, ai progetti che voleva condividere con lei.

Ma come spiegarsi, come dirle di quei sentimenti? Gli sembrava impossibile.

Due giorni dopo, così aveva stabilito Lady Erinni, sarebbero partiti in carovana per Hidden Brook e, dopo aver visto come la gioventù londinese ruotava intorno a Vic, Jared non vedeva l'ora.

Terminati i primi due balli, Victoria fu assorbita dalla zia che la condusse a parlare con urgenza con una sua carissima amica. Jared non era palesemente invitato a seguirle, per cui, non interessato ad altri balli, cercò di trovarsi qualcuno con cui parlare in attesa di riavere per sé Victoria.

La sala era divenuta soffocante, nonostante le finestre aperte sulla sera londinese. C'erano ancora quattro coppie intente a danzare un'*allemande*, mentre tutt'intorno si erano formati capannelli di grandi amici intenti in privatissime conversazioni.

Come sempre si sentì un pesce fuor d'acqua.

Come avrebbe potuto dare a Victoria quel mondo, che sembrava piacerle immensamente, quando lui ne era ogni giorno più disgustato?

Jared lasciò la stanza, sapendo che al piano di sotto era stato aperto l'accesso al giardino. In confronto a quello, il suo, che già si poteva considerare un lusso nel centro di Londra, si sarebbe definito un fazzoletto di terra.

C'era un vialetto a forma di X al cui centro campeggiava una piccola fontana in marmo, circondata da quattro aiuole triangolari, delimitate da siepi così ben regolate di sembrare soffici cuscini. Per quei vialetti Jared allungò i suoi passi.

Probabilmente a breve sarebbe stata servita la cena, che se non altro lo avrebbe costretto a tavola accanto a Lady Weird come ospite d'onore: ormai aveva imparato a gestire la signora e non faceva più caso, se non con un certo divertimento, alle sue cattiverie gratuite e alle sue sparate da smargiassa.

Le finestre di tutte le stanze che davano sul giardino erano aperte e illuminate. Jared riconobbe la sala da musica del primo piano e uno dei salotti del piano terra, quello che fungeva anche da biblioteca e nel quale la gentildonna riceveva gli amici più intimi.

Quest'ultimo non aveva accesi diretti al giardino, ma solo un'ampia e ariosa finestra.

Mentre il giovane passeggiava fra i vialetti, si avvide con stupore d'avere nella tasca esterna un biglietto. Non ricordava di avercelo messo, né gli veniva in mente alcuno che avrebbe potuto lasciarlo. C'era stato un momento, per la verità, in cui si era trovato schiacciato in mezzo a una piccola folla, ma non ricordava né volti né particolari che potevano aiutarlo a comprendere la provenienza.

Jared aprì il foglio, piegato meticolosamente fino a divenire un cubetto di carta, e si domandò come avesse fatto a non accorgersi di averlo ricevuto.

Incuriosito, si avvicinò alla prima finestra illuminata, quella della biblioteca, per leggere in una grafia confusa un avvertimento. Secondo il misterioso "amico", Victoria aveva un'intesa con un altro gentiluomo. Non vi era scritto molto, poche righe per metterlo in guardia dallo sposare una donna dall'apparenza angelica ma dagli intenti torbidi. Una ragazza nel cui passato si trovavano macchie indelebili, gravi al punto da averla fatta scacciare dal collegio.

Jared era già sul punto di appallottolare il foglio, quasi sicuro che si trattasse di un'idea di Roger, per quanto non fosse nel suo stile uno scherzo di così pessimo gusto, quando avvertì del movimento nella saletta a pochi passi da lui.

Victoria, mentre il fidanzato rimuginava i casi suoi nel giardinetto della zia, scoprendo misteriosi biglietti nei propri averi, si trovava in seria difficoltà nel salone.

Sebbene fosse la stella della serata, il suo carnet era stato preso d'assalto meno del solito. Forse per un tacito riguardo a Jared, che aveva rivolto truci occhiate a ogni gentiluomo che si era avvicinato alla ragazza, o forse perché lei stessa sembrava meno disposta del solito a dar retta ad altri che al fidanzato, si era trovata a lasciare le danze quasi subito, dopo i due balli con

Jared e uno con Mr. Fraser, che non aveva colto i suoi segnali di insofferenza.

Il giovanotto si era sì avvicinato molto a lei, in quelle settimane, ma per motivi che solo lui, Harriet e la povera zia Erinni, costretta a presenziare a ogni visita del giovane, sapevano.

Fraser, infatti, come già avevano accennato le due sorelle in un dialogo qualche tempo prima, aveva solo un interesse nella mente: la propria fattoria.

Il suo amore per le scienze agrarie era smisurato. La sua stalla contava i migliori bovini della contea e forse di tutta l'Inghilterra. Vacche da carne così grasse da impressionare, vacche da latte così ben pasciute da permettere persino la creazione di un caseificio fiorente nella proprietà; da poco, il nuovo orgoglio di Mr. Fraser era divenuto il magnifico, opulento gregge di pecore recentemente fatto arrivare non senza un'ingente spesa, dalla Scozia, per un'ardita impresa commerciale.

Se pensate che la mia descrizione delle sue attività sia esagerata e noiosa, è solo perché non avete ascoltato, a uno qualsiasi dei ricevimenti, le lunghe dissertazioni di lui che Victoria, come amica d'infanzia e come vicina di casa, si era dovuta sorbire.

Se Jared avesse soltanto prestato orecchio ai dialoghi fitti fitti fra lui e la fanciulla, si sarebbe facilmente messo il cuore in pace, deponendo per sempre ogni gelosia. Invece, ostinandosi a guardare da lontano fingendo di non essere geloso, si era perso la noia mortale delle loro conversazioni a base di mucche, foraggio, lana e formaggio.

Non che tali argomenti fossero privi di reale interesse: tutt'altro. Ma per una giovinetta cresciuta a classici e romanzi, a ricami e spartiti, le malattie che minacciavano le greggi inglesi erano davvero di scarsa attrattiva.

Quella sera, per non creare pericolosi precedenti, Mr. Fraser si era prodigato come al solito nell'intrattenere la ragazza con le proprie attività. D'altra parte, era arrivato a Londra per affari, era per puro caso che si era imbattuto nelle sue conoscenze di Ashford: era quasi un segno del destino aver trovato orecchi così pronti a condividere i suoi interessi di campagna. Proprio lui, poi, che lasciava così di rado la tenuta! Aveva considerato Victoria prima, e Harriet dopo, quasi un'ancora di salvezza, un'appendice della sua amata casa lontano da essa. Poco importava che non vedesse nessuna delle due da quando entrambe portavano le treccine (per Victoria non era in effetti passato molto tempo): le due giovani donne gli facevano pensare ad Ashford; Ashford gli faceva pensare alle mucche e le mucche gli facevano pensare... alle mucche.

E di mucche parlò con Victoria anche quella sera. Ne parlò appena la vide; ne parlò durante il ballo. Ne parlò quando la giovane, cercando una via di fuga o almeno un diversivo, cercò rifugio in altri conoscenti.

Mr. Fraser era inarrestabile, e quando parlava della sua fattoria impiegava tutto l'ardore di cui era capace.

Victoria, che cominciava a soffrire del fatto che Jared se ne stesse così in disparte anche nell'unica serata che avrebbero potuto e dovuto trascorrere vicini, aveva cercato ogni scusa per distrarre Fraser. Gli aveva presentato, sperando di liberarsene, un certo Baronetto grande amico di sua zia, noto a sua volta nel giro d'amicizie per i suoi numerosi interessi nell'agraria, in particolare nell'allevamento. O almeno così le era parso...

Disgraziatamente, aveva avuto ragione e si era trovata fra i due gentiluomini che parlavano di pecore, greggi, armenti, lana e tosatura, lingue blu e altri orrori delle malattie ovine.

Il Baronetto era un vero pozzo di scienza e sciorinava elenchi di morbi disgustosi con la facilità con cui altri avrebbero parlato di cani e del tempo. Il giovane Fraser era del tutto incantato dalla nuova conoscenza e pendeva dalle sue labbra.

Tutto sembrava presagire che Victoria sarebbe riuscita a lasciarli alla loro conversazione, quando i due, forti della loro neonata alleanza, avevano preso in mezzo la poverina ed erano partiti per una vera e propria crociata: convincere Victoria a proporre a Jared l'allevamento ovino nella sua tenuta, considerandolo di gran lunga l'investimento migliore per un gentiluomo.

La giovane, per metterli a tacere e tentare di defilarsi, promise che avrebbe preso seriamente in considerazione la cosa, e che ne avrebbe parlato al più presto con il fidanzato, ma per dieci minuti buoni si era sorbita tutti i vantaggi delle pecore e del loro allevamento. Fraser era così rapito dall'idea di diffondere l'allevamento ovino nelle contee del Sud che si spinse persino a proporre a Vic di vendere loro, una volta sposati, alcuni dei suoi preziosissimi capi scozzesi.

Era una proposta generosissima, un'offerta a cui non si poteva dire di no: Victoria tergiversò ma alla fine fu costretta a impegnarsi e ad assicurare che ne avrebbe parlato con Jared prestissimo.

Il Baronetto, poi, si dimostrò essere una vera calamità: aveva addirittura all'attivo vari opuscoli sull'allevamento ovino. Il dramma si scatenò quando l'anziano signore fece sapere al giovane allevatore che Lady Weird era stata omaggiata di tutta la collezione di manuali e che proprio in *quella* casa, in *quel* momento, nella biblioteca a pochi passi da loro, si trovava un pozzo inesauribile di informazioni preziosissime per le nuove attività della tenuta di Ashford.

Victoria fu invitata a procurare i suddetti manuali, e supplicata di farlo al più presto, poiché Mr. Fraser la mattina dopo sarebbe ripartito per Ashford e, una volta indottrinato sul contenuto degli stessi, si era accorto di non poter più vivere senza vederli. Lady Weird, che pochi passi più in là supervisionava la sala, colse il discorso e, probabilmente per liberarsi dei libri (di cui francamente in casa sua si poteva fare a meno) insistette per donarli al giovanotto.

Recalcitrante, ma pungolata su più fronti, Victoria fu costretta a cedere e a recarsi al piano inferiore, per reperire i volumetti.

Pur non essendoci molti libri, nel salottino la giovane ci mise un po' a identificare le opere richieste, anche perché le indicazioni della zia erano state del tutto nebulose.

La stanza era nata, secondo le intenzioni di chi l'aveva costruita, come una biblioteca, e una pregiata boiserie occupava la parete cieca, pronta a contenere decine e decine di libri. Ma, a parte quei pochi volumi che Lady Weird aveva ritenuto di suo gusto, sugli scaffali per lo più campeggiavano ninnoli di ogni genere. Solo alcuni ripiani erano stati occupati da libri e vi erano stati inseriti nel più assoluto caos: in mezzo a quella confusione dovevano trovarsi i tre volumetti richiesti da Mr. Fraser, ma avrebbero potuto essere ovunque, accanto a Shakespeare, come al Galileo, come a... Victoria arrossì, trovando un romanzo che aveva fatto furore il collegio e che le era parso così sconcio da desistere nella lettura dopo poche pagine.

Mentre passava in rassegna i titoli delle varie opere, Victoria si sentiva sollevata di ritrovarsi per un poco da sola. Essere così al centro dell'attenzione era snervante e Mr. Fraser in particolare era stato, quella sera, soffocante: una piccola tregua le giungeva davvero gradita.

Intenta com'era nella sua ricerca, quando sentì aprire la porta della stanza che si era chiusa alle spalle, sussultò, e sussultò di nuovo quando si avvide che a entrare era Mr. Fraser, che evidentemente l'aveva seguita.

«Mia cara Victoria, non potevo aspettare!» le disse accorato, avvicinandosi a lei e cominciando a cercare a sua volta nello scaffale i libri, senza i quali pareva non poter più vivere. «Solo voi potete comprendere quanto questa cosa mi stia a cuore».

«Certo...» replicò lei cercando di essere cortese. Non le piaceva molto l'idea di trovarsi da sola con lui, ma sapeva che quando Fraser si metteva in testa qualcosa, specie riguardo la sua tenuta e le sue pecore, era inarrestabile.

«Non c'è nulla a cui tenga di più! Questo mio viaggio a Londra non ha fatto altro che confermare quella che, come avete capito, è per me una passione sconfinata.» Prese dallo scaffale un libercolo, che doveva essere uno della serie "pecore del Baronetto", perché Victoria intravide un'illustrazione raffigurante un gregge.

Che cosa poteva rispondergli? «Questa vostra passione vi fa onore...» replicò per restare neutra e sperando di non istigarlo a nuove dissertazioni.

«E fa onore a voi aver preso in considerazione la mia proposta. Comprendo che non sarà facile parlarne al vostro fidanzato, ma se sarà necessario avrete tutto il mio appoggio».

Victoria si sentì morire, al pensiero che quel giovanotto asfissiante approfittasse dell'occasione per ricominciare a parlare del gregge che a tutti i costi doveva essere portato a Hidden Brook. E ancora peggio, che accarezzasse l'idea di importunare anche Jared con le pecore e i montoni.

«Oh, credo che Jared capirà... ma sarà meglio che me ne occupi io, quando ne avrò occasione in campagna».

«Certo, rispetto la vostra decisione: sono questioni delicate e vanno affrontate al momento giusto. Ma Mr. Lennox è un uomo di mondo, sa come vanno le cose: capirà che quella che gli offrirete sarà un'ottima occasione anche per lui».

Victoria trattenne un sorrisetto, pensando a se stessa, durante una passeggiata nella bella campagna di Hidden Brook, mentre indicava a Jared un prato dicendo «là faremo pascolare le nostre pecore nuove!»

Mr. Fraser colse l'ironia sul viso di lei e riprese, ancora più accorato, chiudendo di scatto il volumetto. «Voi non mi avete preso sul serio! Dopo che in tutti questi giorni non ho fatto altro che aprirvi il cuore, e condividere con voi le mie conoscenze più importanti, cose che solo i più moderni allevatori sanno!»

«Vi ho preso sul serio!» protestò Victoria. «Ma comprendete anche voi che questo non è il momento migliore per questo tipo di faccende. È la mia festa di fidanzamento!»

Mr. Fraser si inchinò leggermente. «Perdonatemi. Tendo a lasciarmi trasportare troppo dall'entusiasmo. Io...» le passò fra le mani il volumetto e cominciò a servirsi degli altri dallo scaffale. Victoria sgranò gli occhi. «Non vedo l'ora che veniate ad Ashford. Non ho mai trovato nessuna donna che, come voi, abbia saputo comprendere. Desidero mostrarvi le mie stalle, le mie greggi, gli ovili... credo che solo allora potrete capire appieno il mio orgoglio».

«Accadrà molto presto, signore» rispose lei, sulle cui braccia egli aveva caricato i libri del Baronetto. Probabilmente dopo Hidden Brook sarebbe dovuta rientrare a casa, anche solo per prendere le proprie cose da far giungere alla nuova abitazione di sposa. La prospettiva di rivedere Fraser era terrorizzante.

«Credo che ora dobbiate andare. Non è stato molto galante seguirmi qui, se Jared mi avesse cercato...» gli fece notare seccata lei, cosciente del fatto che stare da sola con lui in quella stanza, per quanto con la porta aperta e la servitù si affaccendasse subito fuori non fosse il massimo del decoro.

«Perdonatemi ancora, signorina Arden. Dimentico così facilmente le buone maniere...»

Per forza, pensò acida lei, non gli servivano per far conversazione con le mucche, con le quali passava il suo tempo.

Il giovanotto se ne andò, tutto felice del bottino in libri con cui avrebbe lasciato la casa e Londra.

Jared, che era ancora nel giardino, si era trovato accanto alla finestra proprio quando i due, a breve distanza l'una dall'altro, erano entrati. Ed era rimasto fuori, accanto alla finestra del salottino, per quasi tutto il tempo della conversazione. Le pesanti tende, che avevano impedito a lui di vedere che cosa accadesse all'interno, impedivano anche ai due nella stanza di accorgersi della sua presenza.

«Mia cara Victoria, non potevo aspettare!» aveva detto la voce maschile, che subito Jared aveva identificato come quella di Fraser. «Solo voi potete comprendere quanto questa cosa mi stia a cuore».

La voce che aveva risposto, quand'anche ci fossero stati dubbi, era quella della "sua" Victoria. «Certo...»

Il giovane, nascosto nel giardino, aveva cercato di dominare la gelosia che si era subito fatta strada in lui, specie alla luce di quel maledetto biglietto trovato nella tasca, che ora cominciava ad avere una nuova, sinistra prospettiva.

«Non c'è nulla a cui tenga di più! Questo mio viaggio a Londra non ha fatto altro che confermare quella che, come avete capito, è per me una passione sconfinata».

Erano parole inequivocabili, e Jared aveva sperato ardentemente di sentir risuonare uno schiaffo e dei passi affrettati, invece la voce di lei, dolce come sempre, aveva replicato «Questa vostra passione vi fa onore...»

«E fa onore a voi aver preso in considerazione la mia proposta. Comprendo che non sarà facile parlarne al vostro fidanzato, ma se sarà necessario avrete tutto il mio appoggio».

Jared si sentì morire. Non era difficile capire di cosa stessero parlando.

«Oh, credo che Jared capirà... ma sarà meglio che me ne occupi io, quando ne avrò occasione in campagna».

«Certo, rispetto la vostra decisione: sono questioni delicate e vanno affrontate al momento giusto. Ma Mr. Lennox è un uomo di mondo, sa come vanno le cose: capirà che quella che gli offrirete sarà un'ottima occasione anche per lui».

Jared si allontanò, distrutto. Dunque Victoria avrebbe atteso di essere a Hidden Brook e poi avrebbe rotto il fidanzamento, già pronta a essere accolta ad Ashford dall'innamorato segreto.

Prese il biglietto che aveva appallottolato e lo rilesse. Chi poteva aver compreso ciò che lui ignorava? Avrebbe potuto essere chiunque, persino lo stesso Fraser per facilitare il compito a Vic. Ma anche Lady Weird, con la sua mente contorta, avrebbe potuto ordire una simile idea.

Ancora una volta, Jared sentì il gelo calargli sull'animo. Si era illuso, si era lasciato andare e aveva sbagliato: per uomini come lui non poteva esserci redenzione, né amore. Per Vic avere trovato un diverso ammiratore era solo stata una fortuna, qualcosa che egli, amandola, non poteva che augurarle. Amandola, non avrebbe mai dovuto sperare di passare con lei la vita. Perché ora dell'amore sapeva una cosa non si era mai immaginato fosse possibile: lei sarebbe sempre stata più importante di tutto. Persino della propria felicità.

16

La campagna non le era mai parsa così bella come durante il viaggio verso Hidden Brook.

Le pareva di non aver mai visto prati così verdi, alberi così frondosi, campagne così ben curate, villaggi così pittoreschi.

Non aveva mai visto un cavaliere in sella così sicuro ed elegante quanto Jared, che affiancava la carrozza in cui Victoria e sua zia si stavano recando alla tenuta nel Surrey.

Aveva desiderato quel viaggio più di quanto non avesse voluto vedere Londra e l'entusiasmo con cui aveva affrontato i preparativi aveva offuscato temporaneamente la sensazione che Jared, per un motivo che le rimaneva oscuro, ce l'avesse con lei.

Dalla festa di fidanzamento le era parso di nuovo allontanarsi e prendere le distanze, ma non riusciva a capire perché.

Aveva deciso di scacciare quella sgradevole sensazione, cercando di convincersi che si trattasse della normale tensione dovuta al dover frequentare, seppur per poco, un ambiente che non gli piaceva.

A Hidden Brook, si ripeteva Victoria, avrebbe conosciuto davvero l'uomo che stava per sposare. Con la scusa di osservare un panorama che le era nuovo, Vic, per una parte del viaggio, aveva tenuto d'occhio il giovane. Egli era rimasto quasi sempre a fianco della carrozza, spronando di tanto in tanto il cavallo a un galoppo nervoso.

Il cappello ombreggiava il viso sudato e dall'aria tesa, ma Vic era sicura che non una volta lo sguardo di lui si fosse spinto a cercare il suo fra le tende che la riparavano.

Che cosa gli fosse accaduto, lei non riusciva a figurarselo, ma per quanto volesse evitare congetture, la sua mente aveva già architettato una buona serie di spiegazioni.

In molte di queste, era presente il nome di Mrs. Warren.

Come chiedergli qualcosa per liberarsi del proprio tormentoso dubbio? Come affrontare un argomento sconveniente come la gravidanza di quella donna? Nemmeno se fosse stata sua moglie da anni sarebbe riuscita a parlargli di quell'argomento così imbarazzante e spinoso. Era riuscita a dominarsi e a non pensarci più di tanto, ma il perdurare del cattivo umore di Jared le faceva costruire congetture sempre più catastrofiche, facilitate dal viaggio, che non le offriva grandi diversivi.

Zia Erinni, invece, sfoggiava il miglior umore di sempre.

La dama aveva deciso che sarebbero rimasti un paio di settimane nel Surrey, poi intendeva rientrare con la nipote per organizzare a Londra le nozze, senza ombra di dubbio in St. George in Hanover square, per il primo sabato possibile.

Il progetto era già stabilito, a prescindere delle preferenze degli sposi: non di mattina presto, perché *lei* non sarebbe stata presentabile; solo con pochi invitati, soprattutto temendo che i signori Arden trovassero altre scuse per non farsi vedere; un piccolo, signorile, esotico e originale rinfresco a casa sua e poi gli sposi sarebbero andati per i fatti loro.

Victoria aveva sentito la zia ripetere allo sfinimento le proprie idee per l'organizzazione, ma non aveva ancora avuto modo di condividere con Jared le informazioni.

Forse avrebbe dovuto scrivergli di questo? Forse la freddezza di lui era dovuta al fatto che i contatti fra loro, dopo la festa, fossero stati quasi nulli? In quei due giorni era riuscita a malapena a mandargli qualche riga, incapace di essere meno formale per l'imbarazzo che provava all'idea che presto avrebbe avuto tanto tempo da trascorrere con lui. Incredibilmente, Victoria si sentiva emozionata quasi quanto quella prima notte in cui si era infilata alla chetichella nella stanza di Jared.

Semplicemente, il solo pensiero che forse, fra i boschi della tenuta, egli avrebbe colto l'occasione per baciarla, le faceva rimescolare tanto il sangue da provocarle capogiri.

Mentre la ragazza passava da una contemplazione all'altra, da un pensiero all'altro, da una gioia a un tormento, la zia intonava monocorde il suo funebre lamento per il troppo caldo nella carrozza.

Si sventolava pigramente con il ventaglio, per cui le piume, immancabili sul suo cappello, ondeggiavano scomposte, in parte agitate dal movimento del veicolo e in parte mosse dall'aria. Una visuale da mal di mare, che la ragazza cercava di schivare evitando di puntare gli occhi sulla zia.

Victoria aveva sperato che la donna si appisolasse; invece, fu lei ad avere la meglio: fra dondolio, preoccupazioni e brontolii, fu Victoria a scivolare in un sonno agitato, che durò fino alla prima sosta, durante la quale zia Erinni riuscì a mangiare così tanto pasticcio di carne da lasciare perplessi tutti.

Il formidabile appetito fu accompagnato da un altrettanto formidabile sete, placata con la birra chiara, specialità servita alla posta cavalli.

Quando Vic mosse un timido appunto agli eccessi di quel pantagruelico pasto, la signora fu del tutto concorde. «Proprio vero, in viaggio è meglio non eccedere col vino, cara» aveva confermato.

Fra le stranezze e le piccole manie dell'anziana donna e i silenzi rancorosi di Jared, a Victoria occorsero tutto il suo sangue freddo e il suo grande desiderio di arrivare a Hidden Brook per non crollare in uno stato d'ansia durante quelle interminabili ore di viaggio, fra strade polverose e calura insopportabile.

Solo nei lunghi tratti fra i boschi l'afa dava alle donne un poco di tregua. Fra le fronde la carrozza procedeva più a fatica, rallentata dal dissesto della via, ma almeno l'ombra dava sollievo.

«Sempre che non ci attacchino dei briganti» brontolava Lady Weird. «Ma non preoccuparti, cara: sono armata e sono in grado di difendere entrambe!»

Victoria era più preoccupata al pensiero che zia Erinni avesse con sé un'arma, ma se conosceva la donna, non poteva dubitare che in effetti fosse capace di usarla.

C'era solo da sperare, a quel punto, che Jared non la facesse arrabbiare.

Il viaggio, che era iniziato alle prime luci dell'alba, sarebbe durato almeno fino a sera: dipendeva tutto dalla resistenza di Lady Weird e dalle soste richieste.

Alla seconda sosta, però, Jared si congedò dalle signore. Riteneva inutile stancare il cavallo trattenendolo a un passo lento, quando avrebbe potuto agevolmente precederle alla tenuta e preparare il loro arrivo.

Victoria era un po' delusa, ma cercò di non darlo troppo a vedere. Non sapeva bene nemmeno lei che cosa aveva sperato: che la prendesse con sé sul suo cavallo e la portasse via come nelle fiabe?

La giovane aveva guardato con riverente terrore, da lontano, il purosangue nero che Jared montava. Da una certa distanza era bellissimo, lucido, scattante, ma non gli si sarebbe avvicinata per nulla al mondo. Il suo nome, Black Devil, si adattava con precisione all'idea che si era fatta di quell'animale, dagli scatti imprevedibili e dall'indole irrequieta. La metteva parecchio in soggezione e non poteva che ammirare la capacità di Jared di dominarlo con dolce fermezza.

Il giovane lasciò la piccola locanda di sosta dopo essersi rapidamente rifocillato, in meno della metà del tempo che Lady Weird impiegò per il suo metodico e lento pasto da viaggio.

Victoria si era trovata così costretta a un rapido, formale saluto, incastrata a tavola dalla zia.

A Hidden Brook, si ripeté per l'ennesima volta, sarebbe stato tutto diverso. Ma intanto, Jared se ne era andato, senza nemmeno degnarla di un sorriso.

Il resto del viaggio fu ancora più noioso.

Le campagne, ora che non c'era più l'elegante figura di Jared fuori dal finestrino, erano meno splendenti, i campi meno interessanti. I prati uno sfilare di sfumature di verde, i boschi lunghe teorie di tronchi e rami e foglie.

Zia Erinni si appisolò. Si ridestò.

Un'altra sosta, qualche passo sulla ghiaia polverosa di un cortiletto anonimo.

Victoria si sentiva a pezzi. Non che la carrozza fosse scomoda: era il suo animo a essere turbato come mai le era successo. Aveva l'impressione che qualcosa di oscuro si delineasse all'orizzonte. Una vaga, incontrastabile inquietudine da ore la attanagliava, da quando Jared le aveva salutate. Sempre più freddo. Sempre più distante.

La ragazza si sentiva stanca, ma non solo per il continuo ondeggiare del veicolo: era sfibrata dell'atteggiamento incomprensibile e lunatico del fidanzato.

Il movimento della carrozza nell'ultimo tratto del viaggio, con un sole basso già quasi nascosto fra gli alberi, le confuse le idee in testa come se fossero stati grani di riso e d'orzo chiusi in una scatola.

Avevano passato anche la cittadina di Farnham e da un po' stavano viaggiando di nuovo in aperta campagna, quando il sentiero si fece più stretto.

Era ormai prossimo il tramonto quando, dalle recinzioni, Victoria si avvide che stavano finalmente entrando in una proprietà e, animata dalla curiosità, scostò le tendine per vedere meglio.

La carrozza procedeva su un sentiero ghiaioso, ora circondato da una vegetazione abbastanza rada, dietro alla quale si potevano intravedere ampie distese erbose, probabilmente campi coltivati.

Hidden Brook le comparve davanti quasi cogliendola di sorpresa, dopo una serie di curve fra gli alberi che circondavano la casa.

Non avevano incontrato un cancello o dei muri, ma a quanto pareva a delimitare la proprietà era il boschetto, una volta superato il quale, il sentiero che conduceva alla casa si allargava e correva per qualche centinaio di metri fra due ampie ali smeraldine di prato, racchiuse nell'abbraccio rassicurante degli alberi.

I prati non erano in piano, ma piuttosto davano l'idea di essere posati su lievi declivi che movimentavano il terreno senza mai divenir colline, alzando e abbassando la terra come ondeggianti respiri.

Cespugli ben curati davano ulteriore movimento al parco, accogliendo le visitatrici con il vivace aroma della lavanda e delle rose in piena fioritura.

La casa, a causa delle curve nel sentiero, non era stata visibile da subito, ma comparve quasi all'ultimo, nascosta fra gli alberi del viale e dalle siepi che la proteggevano.

Adagiata quasi in una conca e circondata da antiche querce, Hidden Brook era diversa da qualunque fantasia Victoria avesse osato creare nella sua mente.

Aveva pensato alla casa di Jared, così lussuosa e moderna, a Killmore Court, quasi una piccola reggia, e le aveva unite, immaginando la dimora del giovane come un maniero alla moda, una di quelle case dalle linee un po' austere e dai richiami classicheggianti, magari con colonnati e rovine fasulle disseminate ovunque. Hidden Brook non era così.

La casa dava di primo acchito l'idea che chi l'avesse costruita avesse più volte cambiato idea, aggiungendo o spostando i pezzi della dimora come certi giochi dei bimbi: i tetti non seguivano una linea unica, ma si avvicendavano e accavallavano, simili alle cime aguzze dei monti, sormontando ciascuno un blocco diverso della casa. La struttura principale era attorniata, infatti, da altre più piccole, disposte senza un apparente ordine, un susseguirsi di muri intonacati, travi di massiccio legno, finestrelle allineate. Su un lato saliva un rampicante, coprendo di verde quasi fino al tetto uno di questi blocchi, lasciandone libere solo le finestre dei due piani.

Dal cortile in cui si stavano fermando non era dato vedere nulla delle strutture sul retro della casa, ma Victoria immaginò che l'altro lato avesse un aspetto simile.

La giovane donna sentiva il cuore battere all'impazzata. Si era ripromessa che avrebbe amato Hidden Brook, ma quella casa soprattutto la meravigliava, priva di ogni orpello a eccezione della sua irregolarità. Poteva essere benissimo la scena di una commedia di Shakespeare; poteva essere l'eremo isolato di un burbero gentiluomo di campagna, ma un giovane esuberante come Jared non riusciva a immaginarselo in un ambiente così isolato, in una dimora dall'aspetto rustico e antiquato. Era, in effetti, abbastanza vicina alla città, per lui che si spostava a cavallo, ma rimaneva comunque isolata per varie miglia dai centri abitati più vicini.

Lady Weird si ridestò dal suo ultimo pisolino poco prima che la carrozza si fermasse nel cortile antistante all'ingresso.

Con una mano guantata scostò la tenda e guardò fuori. «Oh!» esclamò con aria ammirata. «Una deliziosa casa elisabettiana. E quanto è curata, sembra nuova! Una scelta interessante, non trovi?»

Vic non fece in tempo a rispondere, perché il lacchè arrivò ad aprire il portello, proprio nel mentre in cui Jared, accompagnato da due persone, usciva dalla porta della costruzione.

La giovane fece il possibile per scendere con grazia dalla carrozza, ma era intorpidita dall'immobilità e per poco non ruzzolò a terra, solo per non accettare l'aiuto offerto dal servo e mostrare sicurezza e agilità.

Jared era ancora impolverato dal viaggio, ma Victoria notò soprattutto quanto il volto di lui fosse disteso e soddisfatto: stentava a riconoscere in lui il dandy che aveva trovato in città.

Incuriosita, osservò i due che lo accompagnavano e con i quali Jared pareva divertirsi un mondo. Era una coppia di mezza età, lei piccoletta e tarchiata, con una cuffia enorme e candida, lui, che un tempo doveva essere stato molto alto, era magro e un poco curvo. La giovane si rese conto con un tuffo al cuore che la risata di Jared, che le giungeva nitida, aveva un'allegria che non gli conosceva.

Il lacchè della zia, alle sue spalle, stava faticosamente arrancando per estrarre l'anziana dama dalla carrozza. Vic sapeva benissimo quanto zia Erinni fosse in realtà agile – una volta l'aveva vista fare un balzo incredibile, credendo d'aver visto un topo – ma si divertiva a far agitare il poveretto.

Ignorare gli strilli e gli sbuffi provenienti dal veicolo non era facile, ma Victoria cercava di ricomporsi per salutare il gruppo che veniva loro incontro e fece ogni sforzo per mostrare una tranquillità che le mancava del tutto.

«La mia schiena! Non posso alzarmi!» gracchiava la zia ancora nella carrozza. «Madame, vi prego, sto soffocando!» replicava allarmato il poveretto, probabilmente afferrato con tenacia dalla zia.

Vic con la coda dell'occhio vide Lady Weird avvinghiata al collo dell'uomo, che stava cercando senza risultato di estrarla, tirando e sbuffando.

La ragazza si inchinò a Jared e ricevette da lui un saluto altrettanto formale.

Tutta la luce sembrava sparita dalla sua espressione.

Victoria lo studiò per un breve istante. I raggi obliqui del tramonto rendevano i capelli di lui accesi delle tinte del fuoco, i suoi lineamenti marcati da linee di luce che rendevano la sua bellezza maschile ancor più terribile e insidiosa. Un velo di barba e la mancanza della cravatta gli davano un'aria quasi corsara. Troppo presa da quell'esame, ci mise un attimo a realizzare che egli le aveva chiesto com'era andata la seconda parte del viaggio e la disattenzione le impedì di rispondere con prontezza alla sua domanda.

Borbottò, arrossendo, qualcosa, mentre dietro di lei Lady Weird sgusciava dalla carrozza ringhiando contro l'inetto lacchè.

Quando anche la dama si fu affiancata alla nipote, Jared presentò loro Mrs. E Mr. Cooke, che si occupavano della casa nei ruoli di maggiordomo e governante, e che in sua assenza, disse scherzosamente, «erano i veri padroni della tenuta».

La risata argentina della signora Cooke si interruppe bruscamente e un vago rossore coprì le già rubiconde gote, all'esclamazione di indignata sorpresa di Lady Weird: «Sareste un pessimo proprietario, se così fosse!»

«Qui, milady, non siamo a Londra» replicò gelido Jared. «Spero che la mia ospitalità vi sarà comunque gradita, ma vi avverto che Hidden Brook per me è soprattutto una casa, una famiglia. È una dimora dove riceve rispetto chi rispetta».

Victoria guardò preoccupata verso la zia, che al contrario delle sue aspettative, sorrise e annuì con aria di approvazione. «Deciderò la qualità della vostra ospitalità in base al tè che mi offrirete, mio caro ragazzo».

E poiché il tè era già pronto, ed era accompagnato da un abbondante rinfresco, fra i due la tregua fu stabilita.

Victoria aveva posato i piedi sulla soglia di quella casa in preda a un grande tremore.

Aveva sognato che Jared la conducesse come un turbine a visitare ogni angolo, che le mostrasse ogni segreto della dimora, invece si comportò come se fossero ospiti qualsiasi, conducendo entrambe nel salotto in cui aveva fatto preparare per loro.

Lady Weird lo stava monopolizzando col suo personale racconto del viaggio, più fantasioso che reale, poiché aveva dormito quasi tutto il tempo, quindi Victoria ebbe il tempo di guardarsi intorno felicemente ignorata.

Anche l'interno le dava l'idea di una struttura semplice e antica. Le pareti erano a calce bianca, i soffitti di travi in lucido legno. I pavimenti, pannelli lignei della stessa essenza delle travi, erano quasi ovunque coperti da tappeti dall'aria vissuta; anche il mobilio aveva linee austere, ben diverse da quello che aveva visto nella casa londinese di Jared, piuttosto à la page e raffinato.

Hidden Brook parlava di una vita diversa, di una persona diversa.

Ma, cercò di ricordare a se stessa Victoria, era a Londra che egli viveva più a lungo e, se non aveva capito male, quella tenuta consisteva per lui in un rifugio temporaneo quando la città lo annoiava.

L'interno, nonostante il sole del tramonto penetrasse coi suoi raggi dalle finestrelle, restava piuttosto buio, anche per via dei soffitti bassi, tutti con le scure travi a vista.

Trovarono il salotto, dopo tutta la calura patita nel viaggio, avvolto in una gradevole penombra e quasi freddo, in confronto con l'esterno. Nella stanza, come nel corridoio, il candore delle pareti si alternava alle tinte scure di pannellature lignee che ricoprivano i muri fino a metà altezza, in un gradevole contrasto che rendeva l'insieme più accogliente e intimo.

Anche qui regnava la semplicità di pochi mobili essenziali: due divanetti e due poltrone che sembravano raggomitolati attorno al camino, un tavolino, un paio di credenze. La stanza, per il resto, era disadorna, ma non dava l'impressione di essere né povera né spoglia.

Una poltrona, quella più accosta al camino, mostrava evidenti segni dell'uso ed era accompagnata da un poggiapiedi altrettanto consunto.

Zia Erinni si era accomodata di traverso sul divano più grande e stava già mangiando a quattro palmenti un dolcetto che aveva arraffato dal tavolo, su cui era allestito il ricco buffet.

Mrs. Cooke si stava prodigando a preparare il tè, ma la donna la congedò bruscamente, dicendo che Victoria doveva pur imparare a versare il tè in modo decente.

Vic e la governante si guardarono smarrite. La Cooke, che non conosceva zia Erinni, era rimasta interdetta. Victoria le sorrise e scosse il capo conciliante, come a dirle di pazientare. Quando anche Jared le fece cenno di andare, la donna si congedò.

Vic sostituì la signora nella preparazione, che peraltro sapeva fare benissimo, per lunga pratica appresa in collegio, e lasciò volentieri alla zia il monopolio della conversazione, sfruttando di nuovo l'invadenza della zia per guardarsi intorno e osservare Jared.

«Cos'è, questa? Un'accidenti di casa antica? Sarà umidissima. Perché non mi avete avvisata, Mr. Lennox?» Uno sbuffo e un morso al pasticcino. «Vorrei avere la vista sul giardino e non sulle stalle. Spero che non ci siano galli nelle vicinanze!» Un altro morso portò il pasticcino a miglior vita.

Jared era rimasto in piedi, si era portato dietro alla poltrona consumata e usava la spalliera come appoggio per le braccia, come se fosse affacciato alla scena in cui Lady Weird borbottava e Victoria silenziosa versava il tè.

«Ho provveduto a farvi avere la stanza padronale, Lady Weird. Purtroppo il gallo c'è, visto che la casa è molto vicina alla fattoria».

«Male. Lo sapete che quelle bestie cantano di notte? Nemmeno avessero la vocetta sottile delle civette… Mi auguro lo abbiate educato bene».

«Ottimamente: non canta mai prima delle nove del mattino» scherzò Jared.

Victoria non si capacitava, eppure a quanto pareva, quelle risposte insolenti piacevano moltissimo alla zia, che dopo un po' si mise tranquilla a mangiare dal piatto che la nipote le aveva preparato, con tutti i suoi dolci preferiti.

Victoria osservava Jared, impegnato in quella schermaglia di battute con Lady Weird, e notò quanto fosse divertito. I due la stavano ignorando, quasi fosse stata una cameriera intenta a servirli, ma le andava bene, perché così poteva riempirsi gli occhi del fidanzato senza essere notata.

Non si era resa conto nemmeno della sfacciataggine con cui si era messa a fissarlo, finché egli, forse per la prima volta da quando erano entrate nella stanza, non si era voltato e non l'aveva guardata a sua volta.

Senza l'ombra di un sorriso, per un lungo istante la scrutò negli occhi, come se cercasse in lei risposte a chissà quali sue domande interiori, fino a che Victoria, sentendosi avvampare sotto quell'esame, non chinò il capo affrettandosi a prendere la tazza da porgere alla zia.

Le mani le tremavano, quasi rovesciò il liquido sul piattino, ma riuscì a consegnarlo alla destinataria senza attirare, per fortuna, la sua attenzione.

Jared non attese che lo servisse.

«Faccio da me, grazie» le disse e, dopo essersi versato un goccio di latte nella tazza che già Victoria aveva preparato, ritornò nella postazione dietro alla poltrona.

La giovane non vedeva l'ora di trovarsi nella propria stanza per poter far tacere tutte quelle emozioni e fare ordine nei pensieri. Non sapeva quale avversione Jared provasse per lei, ma era palese che ce l'avesse con lei.

Il suo desiderio di solitudine, però, non poté trovare soddisfazione, perché nella stanza che le era stata assegnata trovò la giovane cameriera che la zia le aveva affiancato intenta a sistemare i suoi abiti, giunti poco prima di loro con la carrozza che le aveva precedute.

La giovinetta era entusiasta della promozione a cameriera personale di Victoria e si prodigava con ogni mezzo per apparire efficiente, e in effetti lo era anche troppo, visto che Vic, da quando era nelle sue mani, non aveva sfoggiato due volte la stessa acconciatura. In quel frangente, però l'entusiasmo di

Halley era fuori luogo e persino irritante: fu congedata, e non senza fatica, solo dopo la promessa di lasciarsi agghindare per la cena con la massima cura.

Sul letto a baldacchino erano stesi alcuni dei suoi abiti, lievi stoffe che Halley aveva probabilmente voluto stendere per evitare che si spiegazzassero troppo nel baule.

Quei vestiti, pensò la giovane donna, parlavano di un mondo diverso da quello di Hidden Brook. Le sete, le mussole trasparenti, non sembravano fatte per quella casa concreta, quasi rustica. Ci si sarebbe vista meglio con un comodo abito in lino, con un bel grembiule, libera di scorrazzare nei prati e di rotolarsi nell'erba nei dolci pendii del parco, coi capelli liberi di giocare col vento.

La stanza che le era stata assegnata era piccola, giusto lo spazio per il letto, un piccolo settimanale, un armadio massiccio e dall'aria vetusta. Una porta conduceva a uno spogliatoio, attrezzato con il tavolino da toeletta e la brocca con il catino.

Il pavimento in legno scricchiolò sotto ai suoi passi, mentre Vic si accostava alla finestra per guardare fuori.

La stanza doveva essere ricavata in una delle guglie del tetto, perché il soffitto era tutto in pendenza, mentre la finestra, in posizione centrale di fronte alla porta, pareva affacciarsi su un altro tetto più in basso.

La stanza dava sul retro della casa, tuttavia Victoria non trovò il solito ordinato giardino, ma un breve prato che si inabissava quasi subito nel boschetto, allargandosi solo verso occidente, dove al manto erboso si sostituiva una sorta di aia e intorno alla quale sorgevano altri edifici che costituivano le stalle e la fattoria.

Hidden Brook era tutta lì, dunque, una grande casa, somigliante a quelle conformazioni di funghi che talvolta si trovano nei boschi, un ammasso di costruzioni irregolari immerse in un prato, a malapena strappato al bosco che sembrava volle avvolgere la casa da un momento all'altro.

Probabilmente il ruscello che dava il nome alla proprietà scorreva in mezzo a quella verzura e Victoria desiderò ardentemente poter sgattaiolare fuori per andare a cercarlo.

Sapeva quanto sarebbe stato inappropriato, maleducato, inadeguato, decidere di uscire così, senza dir nulla a nessuno. Ma forse non era stata maleducata anche zia Erinni, che non aveva fatto altro che insultare quella deliziosa casa, pensandone proprio l'opposto? E Jared, che non aveva degnato la sua fidanzata della minima attenzione, era stato educato?

Victoria, attraverso l'accesso allo spogliatoio, si vide riflessa nello specchio della toeletta, col suo abito da viaggio e i capelli imprigionati in un'acconciatura così stretta da farle quasi dolere il capo.

Entro poco tempo qualcuno sarebbe arrivato per portarle delle candele, Halley si sarebbe presentata per farla cambiare per la notte o per la serata e lei non aveva voglia di nessuna delle due cose: voleva solo uscire a cercare il ruscello prima che il buio le impedisse di farlo.

Strappandosi dalla testa pettinini e forcine, liberò la chioma vermiglia con grandissimo sollievo, afferrò la cuffietta che aveva gettato sulla piccola panca ai piedi del letto e, senza riflettere oltre, si avventurò nei corridoi tortuosi della casa, sperando di non perdersi.

Trovare la scala fu più facile del previsto e l'emozione per quella piccola avventura le rese l'energia che la stanchezza per le lunghe ore in carrozza le aveva rubato. Al piano terra si imbatté però, con grande disappunto, in Mrs. Cooke che si stava spostando con un grosso vassoio in mano, facendola quasi cadere.

Dopo aver ripreso l'equilibrio, la donnetta le sorrise. «Uscite a passeggiare, Miss Arden?» domandò senza alcuno stupore.

Victoria deglutì a vuoto, come quando veniva colta in fallo in collegio, e abbassò lo sguardo.

«Ecco, speravo di fare un giro intorno alla casa, prima che arrivasse il buio...»

«Ma certo!» replicò con tono ilare la signora. «Questo è il momento migliore per uscire, d'estate! Volete che qualcuno vi accompagni?»

Victoria scosse rapida il capo e l'altra le rivolse un cenno d'intesa. «Il sentiero è sempre sicuro, Miss. Queste, poi, sono notti di luna, non c'è da temere nulla».

Victoria, si ritrovò, parecchio sbigottita, fuori dalla casa con tutte le indicazioni per muoversi senza pericolo, come se non ci fosse nulla di strano che una giovane nubile si spostasse in giro per una proprietà che non aveva mai visto, da sola e verso sera.

In un modo o nell'altro, quella somigliava in modo impressionante a una delle sue storiche bravate, quelle che aveva giurato a se stessa di non fare mai più. E con quella nuova coscienza, felice come non era da molto tempo, si avviò verso il boschetto con passo leggero.

Sul retro, il sentiero che si insinuava nel bosco si snodava serpeggiante nel prato, fra i cespugli che lo decoravano.

Con passo svelto, Victoria lo percorse, fino a che non ebbe raggiunto il limitare del bosco, che da vicino le parve subito molto più rado e curato di quanto non le fosse sembrato dalla finestra.

Il sole era molto basso, inondava il sottobosco insinuandosi fra i tronchi degli alberi con i suoi raggi dorati e invitanti: se non si fosse allontanata troppo, avrebbe avuto luce a sufficienza per una breve passeggiata. In ogni caso, come le aveva accennato Mrs. Cooke, il sentiero anche fra gli alberi era ben segnato, non c'era il rischio di perdersi.

Vic lasciò la crocchiante ghiaia del parco e posò con trepidazione i suoi scarpini sul soffice terreno battuto che costituiva la via nella selva.

Il silenzio era rotto solo dai suoni della natura, il cinguettio vivace degli uccelli, lo stormire delle fronde, il rumore secco prodotto dai suoi passi quando passava sopra a rami o foglie secche.

Victoria tendeva l'orecchio, attenta a qualunque suono le indicasse la direzione giusta per il ruscello, e finalmente, dopo qualche minuto trascorso a camminare in piena concentrazione, le arrivò il mormorio dell'acqua.

Accelerò il passo, finché fra i rami non si aprì uno spazio più ampio e, su un letto di pietre chiare, coperte di muschio, non trovò il ruscello che tanto desiderava vedere.

Victoria si fermò, incantata, portando per la vivida emozione le mani al petto.

L'ombra aveva ormai invaso la piccola radura, che seguiva il corso del torrente.

Il corso d'acqua era ridotto, in quella stagione, a un rigagnolo gorgogliante, che saltellava fra i sassi e la vegetazione.

Il terreno, che altrove si era mostrato quasi ovunque polveroso e secco, appariva tutt'intorno come un morbido cuscino coperto di erbe e fiori.

Victoria aveva letto, in varie occasioni, storie sulle fate e si era immaginata i luoghi del loro regno non dissimili da quella festosa radura.

Se fosse rimasta abbastanza a lungo in attesa, chissà, forse si sarebbero mostrate...

E mentre la giovane si disponeva a godersi quel momento di intensa pace, il primo da vario tempo, si rese conto con stupore che Hidden Brook le piaceva, anzi di più, sentiva quasi di appartenerle. Quella casa, quei luoghi le somigliavano. Forse se Jared li amava davvero, un giorno avrebbe potuto amare anche lei.

17

Jared, non appena si era liberato da Lady Weird e dalle incombenze più urgenti, non aveva indugiato e si era recato al torrente, come era solito fare ogni volta che arrivava a Hidden Brook.

C'era un punto che amava particolarmente, un poco discosto dal sentiero, in cui le rocce muscose gli offrivano un comodo sedile, un rifugio appartato e suggestivo, presso il quale soleva recarsi appena arrivato alla tenuta, specie quando aveva preoccupazioni che desiderava allontanare.

Era andato lì anche quella sera, lieto di potersi godere il tramonto fra quelle fronde che gli erano tanto care. Era un rito, per lui, arrivare al torrente verso il tramonto, per godersi gli ultimi raggi infilarsi fra i tronchi e vedere le ombre calare nel boschetto, in un'atmosfera magica che lo aveva sempre fatto sentire partecipe di un incanto.

Era il luogo che avrebbe desiderato far conoscere a Victoria: prima di sapere che per lei quel viaggio significava solo potergli parlare del suo intento di rompere il fidanzamento, aveva sognato tante volte di prenderla per mano e condurla a scoprire i suoi luoghi segreti.

Ora si chiedeva solo quanto tempo avrebbe atteso la ragazza prima di raccontargli tutta la verità.

Aveva pensato, dopo la sera della festa, di affrontarla e di risparmiarle quel viaggio, ma non c'era riuscito. Quando si erano visti il coraggio gli era mancato. Ora, mentre si godeva la frescura della sera imminente immerso nelle ombre del bosco, gli pareva d'aver solo prolungato un'inutile agonia e cercava di convincersi a trovare prima possibile l'occasione giusta per costringerla a vuotare il sacco. Sarebbe stato imbarazzante, ma necessario.

Gli sembrava strano che Lady Weird avesse acconsentito a partire ugualmente, e ancora più strano gli pareva che non fosse al corrente dei progetti della nipote, ma aveva rinunciato da tempo a capire il modo di ragionare di quella donna. A dire il vero, per lui diveniva prevedibile solo ragionando al contrario di ogni logica.

Immerso in questi poco piacevoli pensieri, e piuttosto irritato per come stava andando la sua vita, Jared avvertì con un certo fastidio dei passi avvicinarsi. Non gli piaceva essere disturbato in quel luogo, temeva sempre che se ve lo avessero trovato una volta sarebbero stati in grado di reperirlo sempre e perciò la prima cosa che fece fu ritirarsi nella vegetazione per non essere scorto.

La sorpresa di veder avanzare proprio l'oggetto di tutte le sue preoccupazioni lo meravigliò non poco.

Victoria avanzava guardinga, ma aveva riempito le scarpette di fango e l'orlo della sottana era macchiato di terra e d'erba.

Teneva la cuffietta sgualcita in una mano, facendola penzolare per il nastro, e aveva sciolto i capelli, tornati a essere la nuvola rossa che lo aveva colpito fin dal loro primo incontro.

Maledisse se stesso e tutto ciò che gli passò per la testa in quei primi attimi in cui la giovane comparve alla sua vista.

Impedì al proprio cuore di gioire per la vista di lei. Se la prese col proprio corpo che reagiva contro la sua volontà alla vista della giovane, che sembrava quasi danzare sul greto del torrente per mantenersi in equilibrio.

Cercò di sovrapporre all'immagine di Victoria quella di altre donne, più belle, più sensuali, più disponibili, cercando di allontanare da sé le emozioni causate da quella fanciulla, ma più provava a distogliere l'attenzione da lei più ne notava le movenze, le espressioni, i particolari. Ora un ricciolo che le cadeva sul volto mentre si chinava un poco in avanti, ora la mano affusolata e candida che stringeva i nastri stropicciati.

Era certo che lo avesse seguito, magari proprio allo scopo di liberarsi subito di un peso, dicendogli la verità e rompendo il fidanzamento. La frustrazione che aveva provato a quel pensiero ebbe il sopravvento e lo spinse allo scoperto.

«Che diavolo ci fai qui?» esclamò, uscendo adirato dai cespugli.

Fu troppo brusco. Victoria, che già si trovava in una posizione precaria, emise un gridolino di spavento, cominciò a roteare le braccia per mantenersi in equilibrio, piegando il corpo in un disperato tentativo di restare in piedi. Jared balzò in avanti per afferrarla, ma era troppo distante e la ragazza stramazzò con poca grazia al suolo, cadendo fra i sassi del torrente con un grido di dolore.

Il giovane accorse, incerto se lasciarsi andare all'ilarità suscitata dalla scena o alla preoccupazione per lei, che in effetti era rimasta immobile, seduta a gambe larghe in mezzo all'acqua.

L'immobilità di lei fece prevalere la seconda ipotesi.

«Ti sei fatta male? Riesci ad alzarti?» le domandò, timoroso a toccarla.

In tutta risposta, Victoria sollevò la cuffietta fradicia. E scoppiò in un pianto irrefrenabile.

Jared entrò, per la prima volta in vita sua, nel panico. Si chinò su di lei, terrorizzato.

«Dimmi, posso sollevarti? Muovi le gambe?» Non sapeva nemmeno più che cosa le stava chiedendo, ma continuava a parlare a raffica, sperando di ottenere da lei anche solo una mezza parola per capire che cosa poteva fare.

La prima parola che uscì dalla boccuccia di Vic fu un insulto rivolto a lui, seguito da altre lacrime e poi, all'improvviso, da una risata che si mescolò al pianto.

La ragazza, a quel punto, rifiutando con decisione ogni aiuto offerto da lui, cercò di rimettersi in piedi, ma il rischio di un secondo ruzzolone sulle pietre viscide la obbligò ad appoggiarsi a Jared.

Doveva solo sostenerla e portarla sana e salva sull'erba, si ordinò lui, fingendo di non provare alcun piacere a sentirla fra le braccia, di non aver desiderato e sognato il solletico di quei ricci ribelli sul viso.

Appena Victoria fu su terreno stabile, Jared si allontanò più rapido che poté, per uscire dall'influenza di quella strega dai capelli rossi e delle sue grazie.

Per la verità, nella caduta Victoria era riuscita a bagnare anche la sua chioma rossa e infangarne le punte; il suo abito da viaggio, inoltre, era ridotto a uno straccio, specie nella parte posteriore, che aveva attutito la caduta ma subito l'oltraggio di sassi e muschio.

Vic si guardò sconsolata le mani e anche Jared le osservò. Erano escoriate e arrossate.

Senza pensarci le prese fra le sue per osservare meglio e, estratto il fazzoletto, le ripulì dal terreno che le lordava.

«Come ti è venuto in mente di seguirmi?» le domandò, rabbonito.

Victoria sottrasse le proprie mani e le nascose dietro alla schiena, lanciandogli uno sguardo torvo. «Ma chi ti seguiva?» ringhiò. «Piuttosto: perché hai voluto spaventarmi così?» Jared vide gli occhi di lei riempirsi di nuove lacrime. «Ma che cosa ti ho fatto, si può sapere?» e giù a singhiozzare come mai Jared aveva visto fare.

Non gli rimase che l'unica cosa che avrebbe voluto evitare con tutte le sue forze, prenderla fra le braccia e consolarla come una bimba. Più l'abbracciava, però, più lei piangeva. E più gli mancavano le forze di resistere ai sentimenti per lei.

Si sarebbe messo a piangere anche lui. Quel vuoto che si portava dentro da sempre era stato riempito da lei, dalla sua vitalità, dalla sua allegra follia e ora di fronte a Victoria era divenuto fragile. Avrebbe dato tutto per essere amato da lei, ne aveva bisogno come dell'aria, ma sapeva che ancora di più desiderava vederla felice. E quel pianto gli mostrava quanto invece, ella non lo fosse.

«Puoi dirmi se sei ferita?» le sussurrò, temendo che il nodo che aveva alla gola gli alterasse la voce.

«Ho male in un posto che non nominerei mai davanti a te!» ribatté lei sempre fra i singhiozzi.

Jared sentì le proprie labbra piegarsi in un sorriso. «D'accordo, credo di aver capito lo stesso, vista la dinamica della tua caduta» scherzò, e ottenne l'effetto sperato di calmare un po' quel pianto dirotto.

«Ho freddo» gli sussurrò, affondando il volto nella sua giacca. Se fosse stato un vero gentiluomo l'avrebbe allontanata, si sarebbe tolto la marsina e l'avrebbe data a lei, invece ignorò il richiamo del galateo e seguì quello del cuore, che lo portò ad avvolgerla in un abbraccio più stretto. Victoria tremava, ma fra le sue braccia si quietò.

Forse quel damerino di Ashford avrebbe avuto l'algida Victoria, regina dei salotti e dei balli, pensò con una punta d'amarezza Jared, ma non avrebbe mai conosciuto quella ragazza selvaggia. Quella pazzerella che viveva di bravate e di generosità, di passione pura e di slanci sarebbe stata solo sua, come lo era in quel momento. Non riusciva a pensare che sarebbe stata mai di nessun altro. Nessuno l'avrebbe compresa quanto lui.

«Victoria, debbo riportarti indietro, hai bisogno di cure» le disse con la morte nel cuore. Quell'attimo era finito, era tutto ciò che avrebbe avuto.

Sentì contro il proprio petto la testa di lei accennare un "no". Non gli rimase che posare la guancia sul capo ricciuto, aspettando rassegnato l'onda dell'attrazione, che sarebbe stato costretto a mascherare.

Jared chiuse gli occhi, scoprendo un nuovo significato di dolore, che non credeva di poter mai provare.

«Ti rendo la tua libertà, Victoria.» La voce gli uscì in un filo, senza tono e senza espressione.

La sentì fremere, poi, come si era atteso, ella si allontanò da lui, ma invece del gioioso stupore che si aspettato di vederle in viso, trovò solo un dolore pari a quello che aveva provato dicendole quelle parole.

«Io... davvero non capisco».

I buoni propositi che aveva stabilito, di aspettare i tempi di lei, di lasciarle decidere come e quando comunicargli le sue decisioni erano crollati: era un'agonia insopportabile averla vicino. Si sentiva anche troppo generoso a lasciarla libera di volare fra le braccia di un altro.

Se quello era l'amore, era mille volte meglio essere senza cuore, com'era vissuto fino a che quella ragazzina non era piombata nella sua vita.

«Avrei dovuto dirtelo prima di partire. So che vuoi rompere il fidanzamento e per me va bene».

Victoria, nella penombra sempre più scura, rabbrividì visibilmente. Era pallida e Jared temette che stesse peggio di quanto non gli sembrasse. «Torniamo a casa, ne parleremo con calma quando ti sarai ripresa dalla caduta».

«Sì, magari davanti a una tazza di tè!» esclamò alterata. «Preferisco qui, grazie, almeno sarò libera di insultarti a mio agio».

«Perché dovresti insultarmi?» Jared pensò d'aver capito. «Potrete fermarvi comunque quanto volete, tu e tua zia, mi rendo conto che il viaggio vi ha stancate e...» quel tono conciliante era ben lungi da ciò che provava e infatti non resse la farsa. «Che devo fare di più, insomma? Non ti sembro abbastanza grato per le premure che hai avuto per me? Vuoi altri ringraziamenti? Mi pareva di aver già dimostrato ampiamente la mia riconoscenza! Ora lasciami per lo meno provare un poco di irritazione per l'ennesimo cambiamento del mio stato!»

Victoria si portò le mani ai fianchi. Gocciolante di fango, con gli abiti tutti macchiati, gli parve buffissima, ma la tensione era tanta che questa volta da ridere non gli venne proprio.

«Tu arrabbiato? Mi avevano avvertito che sei spietato, ma non credevo arrivassi a tanto. Rompi il fidanzamento e ti arrabbi con me. Nemmeno fossimo arrivati a questo per colpa mia!» La rabbia svanì ancora prima che le ultime parole le uscissero e tornò il pianto, che lei nascose dietro alle mani sporche e ferite.

Jared non capiva più niente. «Io non voglio rompere» puntualizzò a fatica, troppo preso dalle lacrime di lei per riuscire a fissare un pensiero. «Sto lasciando te libera di farlo. So che tu...»

Vic scosse la testa senza rispondere e Jared comprese che la ragazza era arrivata al limite: il viaggio, la caduta... era stato un errore parlarle in quel momento. A sua discolpa, poteva solo dire che perderla era un dolore troppo grande per volerlo sopportare ancora a lungo, in quella tortura fatta di attese senza certezze.

Solo dopo qualche attimo, però, cominciò a rendersi conto che le reazioni di lei non corrispondevano per nulla a quelle di una persona sollevata.

Il dubbio d'aver preso una cantonata, per la prima volta, si fece strada in lui.

«Victoria, ho capito male? Tu... vuoi sposarmi?»

«Smettila!» singhiozzò lei ancora più forte.

Jared prese coraggio e le scostò le mani per vederla in viso. Ora la faccia di lei era striata dalle lacrime e macchiata della terra che si era trasferita dai palmi. Era orribile, e a lui parve di non aver mai visto una donna più bella, perché finalmente aveva capito che stava piangendo per lui.

«Possibile che tu voglia me? Parlami come se fossi una tua amica, tua sorella, una persona capace di capirti e non parlare a quest'uomo stupido che non ne fa una giusta: davvero vuoi sposare Jared Lennox?»

«Sì».

Se un uomo poteva arrivare a toccare la felicità, quello fu Jared quando la udì mormorare la sua risposta.

Incurante di ogni altra cose venuta prima e dopo quel sì, l'abbracciò con trasporto e le baciò il viso, la fronte, le labbra, finché Victoria, inviperita, non si dimenò da quelle effusioni e, appena riuscì, lo respinse puntando i palmi contro di lui: un movimento, a giudicare dalla smorfia che fece, più doloroso che deciso.

«Smettila! Sarò pure una ragazzina stupida, ma non puoi prenderti gioco di me in questo modo!» si ribellò.

Jared, superata la momentanea euforia, si rese conto che a entrambi serviva un chiarimento e, con una certa riluttanza, le raccontò d'aver origliato la sua discussione con Mr. Fraser e, così, venne a sapere d'aver trascorso gli ultimi due giorni in preda alla gelosia verso un gregge di pecore.

Cercò di rammentare quello che aveva sentito quella sera e gli parve impossibile che i due nel salotto avessero inteso solo discutere di allevamento ovino.

«Mr. Fraser non fa altro che parlare delle sue pecore, Jared. Sul serio hai creduto che mi stesse proponendo di sposarlo?» Victoria, incredula, si era appoggiata al suo braccio, mentre egli, a malincuore, l'accompagnava verso casa. L'imbrunire avanzava e lei era in condizioni troppo pietose per poterla trattenere ancora nella radura. Eppure entrambi, con un passo molto più lento del normale, sembravano restii al ritorno.

Jared le accennò al biglietto ricevuto, che lo aveva indotto a travisare ciò che aveva udito, ma subito tentò di cambiare argomento. Per quanto ne avesse parlato con modi faceti, ora che ci ripensava, la questione cominciava a preoccuparlo. Chi poteva avergli dato quel biglietto? E chi aveva interesse a separarli?

Era ancora più lieto d'aver lasciato Londra e di essere al sicuro da tutti quegli sguardi che sentiva d'aver addosso in città. Ed era ancor più felice che Victoria fosse altrettanto al sicuro.

Quando furono quasi fuori dal boschetto, Victoria si fermò.

«Come faccio a presentarmi in questo stato? Cosa penseranno?»

«Penseranno che sei stata incauta a camminare così vicino al torrente. Vic, qui non c'è il *ton* e non c'è la tua famiglia: nessuno ti giudicherà male per una cosa del genere».

Sentì la ragazza sospirare appena e gemere, allungando una mano verso il fondoschiena. Doveva avere dei bei lividi, con la caduta che aveva fatto su quei sassi.

«Se fossi già tuo marito mi occuperei io stesso delle tue ferite» le disse malizioso, mentre il pensiero di sollevarle le gonne e ispezionare le parti contuse gli accendeva inevitabilmente tutti i sensi.

«Non te lo permetterei mai!» si scandalizzò lei.

Jared non resistette, c'era una parte del vecchio "sé" che a fatica aveva represso e che Victoria aveva il potere di tenere sempre anche troppo viva.

Le ombre della sera e gli ultimi alberi li nascondevano alla vista della casa, nella quale già si erano accese le prime luci. Forte di quella intimità, si volse verso la ragazza e l'avvolse in un abbraccio.

«Mi permetterai questo e altro» le sussurrò con la voce vibrante di passione. In un primo momento la sentì irrigidirsi, ma bastò un attimo e Victoria si arrese alla sua stretta.

Ancora una volta, il corpo della giovane aderiva al suo, morbido e perfetto, l'abito ancora umido faceva avvertire il tepore della sua pelle e la curva dei fianchi con maggior precisione. In silenzio, nella penombra, la scrutò a lungo, indugiando sul viso, sugli occhi, sulle labbra. Attese di sentire il respiro accelerare, e solo allora scese a sfiorare la pelle con le labbra. Se prima si era lasciato prendere dall'euforia, questa volta era determinato a esplorare ogni emozione di lei. Con un tocco leggero le baciò di nuovo la fronte, gli occhi, scendendo piano lungo il volto.

Per quanto desiderasse ardentemente guadagnare le sue labbra, ignorò la profferta di lei, che si protendeva altrettanto desiderosa di un bacio, ed esultò quando, dopo che egli le ebbe appena sfiorate, la sentì esalare un sospiro frustrato. Guadagnò il collo della ragazza, caldo e pulsante e finalmente dischiuse le labbra per assaporarne la candida pelle.

Vi era in lei una passionalità che gli toglieva il fiato. Victoria gli cinse il collo, come se non riuscisse più a mantenersi in equilibrio. Jared sapeva che avrebbe potuto averla anche lì, subito. Se avesse sollevato le gonne rovinate dalla caduta avrebbe trovato una femminilità pronta per accoglierlo.

Non voleva farle questo. Per quanto bruciasse, per quanto bruciassero entrambi, c'era ancora troppo da dire, da condividere prima di farla sua. Voleva Victoria, ma la voleva tutta, e voleva che lei lo avesse allo stesso modo.

Tornò alle labbra di lei e di prese quel bacio che da tempo lo attendeva e nel quale si lasciò annegare.

Aveva dichiarato il proprio falso amore a molte donne, troppe.

Ora, di fronte a lei, si sentiva come un bambino incapace di proferire verbo, incapace di dichiarare quell'amore che per lui era tutto.

Forse Victoria non l'avrebbe respinto, ma con che coraggio avrebbe potuto dirle che l'amava, dopo tutto il male che le aveva fatto?

Non poteva. Le parole, senza fatti, sarebbero state foglie nel vento e Jared desiderava con tutto se stesso che fossero, per loro, radici. O questo o nulla. Sentiva che la giovane donna provava per lui intensa attrazione, ma quando mai era accaduto diversamente? Vic, inesperta e innocente com'era, era caduta come tante nella rete del suo fascino. Ma avrebbe mai potuto amare davvero un uomo indegno come lui?

Jared si sentiva già immensamente fortunato all'idea che ancora desiderasse sposarlo, ma da qui a pensare d'essere ricambiato ci passava una bella differenza.

Victoria aveva bisogno di protezione e lui gliel'avrebbe offerta; aveva bisogno di essere amata e lui era pronto a farlo; aveva bisogno di essere apprezzata e nessuno più di lui ne era in grado. Forse col tempo anche lei avrebbe dischiuso il suo cuore.

Dirle quelle semplici parole che avrebbero reso semplice anche il loro rapporto non gli riuscì.

Dopo il lungo, intenso bacio nessuno dei due ebbe la forza di parlare, finché Jared, facendosi quasi violenza, le propose in modo confuso di rientrare, ma Vic, dopo pochi passi, vacillò, costringendolo a prenderla in braccio per ricondurla a casa.

«Morirò di vergogna!» protestò debolmente lei, aggrappata alla sua spalla.

«Un'ottima morte».

La verità era che gli piaceva sostenere quel lieve peso, sentire le braccia di lei strette attorno al collo, ma quando furono nei pressi della casa e la signora Cooke si precipitò fuori con una lampada, in preda all'agitazione, Victoria gli intimò di deporla a terra.

«Sto bene!» ripeté più volte, a tutte le domande sconclusionate della buona signora. «Che cosa era successo, come si era ridotta in quello stato, serviva un dottore, era ferita... Jared fu lasciato indietro, mentre la governante si prendeva cura della giovane contusa.

Si sedette su una panca di pietra sul retro della casa, osservando il prato illuminato da una lattea luce lunare, che a tutto dava un aspetto quieto e un po' tetro.

Dopo un certo tempo fu affiancato da Mr. Cooke, mandato dalla moglie per aggiornarlo sullo stato di salute della signorina. Se la sarebbe cavata senza medico, grazie alle cure della *sua bravissima Alice*, ma doveva aver fatto una gran brutta caduta, a giudicare dai lividi. Ora Miss Arden era stata ripulita e messa a letto, mentre la signora *spaventosa* (certo Lady Weird), lo stava aspettando per dirgliene quattro sul modo in cui sua nipote era ridotta.

«Che donna acida, signore!» commentò l'uomo, mentre Jared si rassegnava a rientrare, «Non vi invidio proprio... anche se per una sposa come la vostra vale la pena anche tirarsi addosso qualche parente fastidioso!»

Jared lo sapeva. E molto bene.

La sua lunga, ma tutto sommato fruttuosa giornata sembrava destinata a concludersi in compagnia dell'anziana Baronessa che, spaparanzata sul divano, lo aspettava sorbendo una tazza di tè.

«Sedete!» gli intimò appena lo vide nell'arco della porta, indicandogli perentoria la poltrona che egli preferiva.

Jared se la prese comoda e, dopo aver adocchiato dove la signora aveva fatto portare il tè, si accostò al tavolino per servirsi.

«Ora datemi la vostra versione, ché quella di mia nipote l'ho già avuta».

Jared spiegò stringatamente l'accaduto, troppo di buon umore per aver voglia di polemizzare con l'irritante generalessa.

Lady Weird emise un sibilo rabbioso. «Victoria sta benone: dovrà stare attenta al suo *derrière* per qualche giorno, zoppicherà un po' ma si rimetterà in sesto. Intendo capire piuttosto che cosa è accaduto nel resto del tempo che siete stati soli. Per favore senza particolari! A lei brillavano troppo gli occhi e dal vostro viso non sparisce quel sorrisetto. Lo conosco, sapete? Siamo stati giovani anche io e il Barone!» esclamò in crescendo, sottolineando le ultime parole con un colpetto sul pavimento del bastone da passeggio, che teneva sempre accanto a sé pur camminando benissimo.

«Madame, l'onore di vostra nipote è intatto, ve l'assicuro».

«Ma che razza di libertino siete, si può sapere? Victoria non vi piace? Oppure, ditemi... la vostra fama è solo frutto di insensato discredito?»

Jared scoppiò a ridere di vero gusto. Quella donna cominciava a piacergli.

«No, signora, ma temo che questi argomenti non siano adatti alle orecchie di una signora come voi».

«Rispondete!» ringhiò lei, poi depose con delicatezza la tazza sul tavolino.

Jared si era nel frattempo servito del tè e si andò ad accomodare sulla poltrona.

«Ebbene: volete sapere la verità? Sono così sciocco da non poter approfittare della mia futura moglie. Non ho avuto mai molti scrupoli con le mogli degli altri, è vero, ma ho troppo rispetto per Victoria per...»

«Dunque non vi piace» insistette lei imperterrita.

«Dannazione, no! Ho detto questo?» esclamò Jared, con una punta di esasperazione. Ma cosa voleva da lui quella donna? E se fosse stata lei e mettere il biglietto nella sua tasca, anche solo per vedere come avrebbe reagito?

«Rispetto, figliolo, vuol dire tutto e nulla. Per come la vedo io, può voler dire che la mia Vic verrà trattata come una buona, onorata sorella mentre suo marito se ne andrà a cercare, appunto, le mogli di altri. E non lo augurerei nemmeno a Lady Oddens, quella strega!»

Jared poggiò la tazza accanto al cammino, con malagrazia.

«Rispetto vuol dire rispetto, Lady Weird».

La donna si agitò sul divano, facendolo scricchiolare. «*Rispetto*» gli fece il verso. «Non state parlando con suo padre, ma con *me*!»

Jared balzò in piedi offeso. «E voi state parlando con *me*, madame!»

«Appunto: un libertino impenitente, che appena arrivato a Londra dopo essersi fidanzato ha ripreso a frequentare chissà quante donne! Non è lecito pensare che abbiate trattato anche la vostra fidanzata come le altre? Ma a quanto pare è peggio, perché nemmeno la considerate al livello di quelle donnacce che vi accolgono nelle loro camere!»

«Io la amo!» esclamò rabbioso Jared, e se Lady Weird fosse stato un uomo l'avrebbe volentieri sfidata a duello per tutto quello che aveva detto. Ma la signora, dopo quella sua esclamazione così veemente, si aprì in un ampio sorriso e gli tese le mani.

«Bravo ragazzo! Ora una domanda più facile: Victoria lo sa?»

Jared ignorò le mani tese della dama e tornò a sedersi, spossato. «No. Non credo che lo abbia capito».

«Male. Alle ragazze bisogna dirle queste cose, specie se poco avvezze ai complimenti.» L'anziana signora si soffermò un poco a osservare Jared, che si era incupito e immerso nei suoi pensieri, e il silenzio regnò nella stanza per un certo tempo, finché la pendola del salotto non batté un rintocco.

«Volete farmi credere che non siete capace di fare una semplice dichiarazione? Suvvia, Mr. Lennox, vi ha già accettato credendovi un essere abbietto, sarà felice di sapere che avete un cuore.» La dama si sporse in avanti, con aria indagatrice. «Non avrete paura, per caso?»

Jared mai più avrebbe pensato di trovarsi in quella scomoda situazione, costretto nell'angolo da una vecchia signora, intenta a lavorarlo ai fianchi per estorcergli confessioni sentimentali. Lui, che della propria mancanza di sentimenti aveva fatto un vanto, ora se ne stava in quel salotto, tremebondo e conscio che ogni futura felicità sarebbe dipesa da una ragazzina dalla quale il suo cuore non riusciva a separarsi.

Guardò torvo la dama, deciso a non proseguire oltre quell'imbarazzante discussione.

Si alzò dalla poltrona, con più energia di quanto l'azione richiedesse. «Madame, perdonatemi, ma non ho altro da dirvi. Credo di avervi rassicurata a sufficienza sulle mie intenzioni verso Victoria».

Detto questo, fece per congedarsi, ma la mano ossuta della signora afferrò la sua impedendogli di andare. Una morsa di ferro degna di un vigoroso bracciante.

«Jared!» disse, per contrasto, con una inconsueta gentilezza. «Potrebbe stupirvi scoprire che cosa ne pensa Victoria. Vi è mai passato per la testa che anche lei vi ami?»

Un nodo tornò a stringergli la gola e si liberò dalla mano della signora. Un sorriso amaro gli affiorò sulle labbra. «Amare uno come me? Sarebbe pazza. È già pazza a credere che il nostro matrimonio abbia una possibilità, a volerlo nonostante sappia chi sono. No, Victoria non mi ama, forse è affascinata, forse è incosciente, ma innamorata no. Dio non voglia che le accada!» e con queste parole, brusche e cariche di dolore, se ne andò, lasciando Lady Weird interdetta.

18

La mattina successiva Victoria fu svegliata da una serie di rumori a cui non era abituata. Dapprima il silenzio della notte fu spezzato dal cinguettio degli uccelli e dal canto del gallo, poi fu il turno di risate provenienti dall'esterno, e infine di passi non proprio leggeri sull'impiantito di legno del corridoio.

La casa di sua zia era sempre silenziosa fino a tarda mattinata e per un attimo ebbe l'impressione di essere di nuovo in collegio, soprattutto per via dei passi affrettati, così simili a quelli delle sue compagne quando facevano tardi per le lezioni e cercavano di correre, pur non dandone l'impressione poiché era vietato.

Il gallo, come aveva predetto zia Erinni, aveva cominciato a farsi sentire molto prima che la luce rischiarasse il cielo, e i primi cinguettii lo avevano persino preceduto, ma Vic, che aveva passato una notte tormentata da vari dolorini, aveva accolto quasi con sollievo quei primi segni di risveglio.

L'indolenzimento dopo la caduta era andato via via peggiorando, come le aveva anticipato Mrs. Cooke. «Domattina sarà dura sedersi!» le aveva pronosticato. E la giovane non dubitava che fosse vero. Anche la caviglia, che in un primo momento non le aveva provocato quasi dolore, nella notte si era gonfiata un po' e ora le doleva parecchio.

Halley, la sua cameriera, era rimasta molto colpita dall'incidente e aveva cercato di prodigarsi in tutti i modi, ma c'era ben poco da fare, vista la natura delle contusioni.

Victoria aveva passato la notte a ripensare non alla caduta, ma a ciò che era seguito. Non finiva di meravigliarsi al pensiero che Jared avesse pensato a una relazione segreta fra lei e Mr. Fraser.

Arthur Fraser! Solo l'idea la faceva sorridere. Il pensiero, invece, dei baci di Jared, le faceva ben altro effetto, ed era forse stato più quello degli ematomi a tenerla sveglia nella notte.

Quando Halley rispose alla sua chiamata, si meravigliò che la *sua signorina,* dopo una giornata come la precedente, fosse già determinata ad alzarsi, ma Victoria era impaziente di rivedere Jared e di parlare con lui e non si lasciò convincere a restare a letto.

La delusione venne quando, aprendo le finestre, la giornata si presentò bigia e quasi autunnale. Tutto quel cinguettare le aveva fatto immaginare una mattinata radiosa, e invece minacciava pioggia e l'aria si era rinfrescata parecchio.

La domestica insisteva per portarle la colazione in camera, ma Victoria fu irremovibile, così come fu irremovibile sul fatto di sbrigarsi in un'acconciatura comoda invece che in una delle sue rocambolesche imprese per domare la chioma.

Nel giro di poco tempo fu pronta e scalpitante, nel limite concesso da tutti i suoi lividi e tumefazioni. Un abitino da giorno di lino a fiori, un morbido chignon e fu tutto.

Un po' appoggiandosi a Halley, un po' alle pareti, poi al corrimano della scala, Victoria arrivò, fiera di sé e della propria determinazione, alla sala della colazione, dove sperava con tutta se stessa di trovare Jared.

La sala era una stanza oblunga, con un ampio e disadorno camino: poco più di una cavità nel muro rivestita di pietra bianca, nel quale era stato acceso un fuoco per via della giornata uggiosa.

Un lungo tavolo di legno, con enormi piedi da leone, occupava il centro della stanza, e a capotavola, dalla parte opposta all'ingresso, Vic vide, non senza provare un tuffo al cuore, Jared. Era impegnato, con suo disappunto, in una conversazione con un altro giovane, che la ragazza riconobbe come il suo segretario, Maters, se non ricordava male, il quale le rivolse un'occhiata curiosa quando la vide arrivare.

Jared si alzò in piedi e le andò incontro. Victoria si chiese quando avrebbe smesso di entrare in confusione ogni volta che lo vedeva.

Stranamente, anche lui le sembrava agitato, come se non sapesse che cosa dire, o fare. E quel suo atteggiamento imbarazzato le parve ancora più disorientante di quando si comportava con naturalezza. Subito egli, però si riprese e le domandò con un certo tono formale notizie sulla sua salute.

Gli mostrò, su sua richiesta, i palmi delle mani, che erano in condizioni assai migliori di quanto, a suo dire, egli si sarebbe aspettato. Le chiese se desiderava altri cuscini sulla sedia, cosa che ella, avvampando, dovette accettare.

Maters doveva già essere al corrente dell'accaduto perché non fece una piega.

Il giovanotto era stato esortato a mangiare con loro, ma declinò l'invito, adducendo diversi impegni da portare a termine, e li lasciò soli a tavola, con una sorridente Mrs. Cooke che andava e veniva, lieta che la sua paziente fosse già guarita al punto di mangiare seduta. Lei, disse, non ci avrebbe puntato un penny visto com'era la... situazione.

Victoria, sempre più rossa in viso, si era pentita di aver scelto di presentarsi, ma quando Jared, incurante della presenza della governante, allungò una mano sul tavolo per prendere la sua, tutte le sue remore svanirono in un istante.

«Stai veramente bene?» le domandò quasi sottovoce. C'era qualcosa di diverso in lui, ma Vic non riusciva a capire cosa. Era una luce nel suo sguardo, una piega diversa nel suo sorriso. Forse lo aveva visto così solo una volta, la sera del ballo. Prima che Mr. Fraser, inopportuno, rovinasse tutto con le sue pecore.

«Sai cavalcare, mia cara?» le chiese con tono formale, mentre la Cooke le versava una fumante tazza di caffè da un bricco d'argento. Victoria avvampò ancora di più.

«Sì, ma non... posso».

Jared si mise a ridere. «Non oggi, certo. Ma ti chiedo se saresti in grado di fare il giro della tenuta a cavallo insieme a me, appena ti sarai ristabilita, o se sarò costretto a portarti con un calesse, cosa che detesto».

«Victoria sa cavalcare come tutte le signore bene educate, non è vero?»

L'idillio era già finito, perché Lady Weird, che mai si era fatta vedere fuori dalle sue stanze prima di mezzogiorno, quella mattina aveva anticipato l'ottavo rintocco della pendola e stava avanzando piano nella sala, posando mollemente il suo bastone sul lucido legno.

«Sono una discreta amazzone».

«E non andrete certo in giro su quei trabiccoli che usano i giovani alla moda! Quei carrozzini a due posti... indecenti!»

«No, madame, non porterò Victoria in giro col Phaeton: non ne posseggo nemmeno uno. Vorrei invece condurla a cavallo. Accompagnati, ovviamente, in modo che vi sia un aiuto nei paraggi se la signorina cadesse in altri torrenti».

Lady Weird si servì di una quantità di cibo impressionante. «Ottimo. Vi accompagnerei io stessa, se non avessi affatto voglia di una noiosa gita attraverso queste terre piatte e sempre uguali. La mia tenuta in Cornovaglia è molto più suggestiva, in fatto di panorami, lo vedrete anche voi quando verrete a trovarmi».

«Certamente.» Jared pareva divertirsi un mondo. «Per l'occasione, mi procurerò un Phaeton».

«Ottima idea, ragazzo mio!» replicò entusiasta la zia.

Victoria aveva l'impressione di assistere al dialogo fra due matti. Che in effetti andarono avanti a contraddirsi a vicenda per tutto il pasto, con crescente soddisfazione di entrambi.

Jared al termine della schermaglia con la zia, si offrì di mostrare a tutte e due le signore la casa e gli immediati dintorni, se Victoria se la sentiva di camminare un poco. Lady Weird declinò, adducendo acciacchi che non aveva mai avuto, e Victoria, con la caviglia mal messa, stava per fare altrettanto quando si ritrovò fra le mani il bastone della zia.

«Appoggiati a questo, attaccati alle spalle robuste del tuo fidanzato e vai!» le ordinò la zia, così perentoria da non ammetter repliche. In un attimo la donna se ne andò, svelta come una gazzella, e li lasciò soli.

«Adoro tua zia, sai?» disse Jared ridendo.

«Saresti il primo» borbottò Vic. «Di solito la detestano tutti».

«Anche a me succede. Per questo forse ci comprendiamo bene».

Jared le porse il proprio braccio. Alla luce del giorno gli occhi di lui le parvero dello stesso grigio tempestoso di quella mattina, mutevoli come le nubi e luminosi come il cielo antimeridiano. Invitanti come chicchi d'uva.

Si appoggiò alla giacca di lui, finissima e morbida lana blu, e si alzò in piedi sperando che egli non si avvedesse del suo respiro già reso rapido da quella momentanea e innocente vicinanza, ma dal sorriso complice che le rivolse, Victoria comprese che lui sapeva. Si sarebbe svincolata, ma quel piede stupido si rifiutava di portare il suo peso e appoggiarsi le era necessario.

Non le piaceva essere così trasparente per lui. Non le piaceva che egli avesse un potere simile, di farle perdere il controllo. Soprattutto perché il terreno su cui la conduceva, per lei inesplorato, per lui era senza segreti.

Lasciarono il salone insieme, in apparenza una coppia composta ed elegante, mentre nella giovane si scatenava di nuovo una tempesta di sensazioni indomabile.

Jared decise per entrambi che l'avrebbe condotta fuori, prima che il temporale minacciato fin dall'alba si scatenasse e impedisse loro di uscire: per vedere l'interno avrebbero avuto tutto il tempo.

A passi lenti, per venir incontro alle difficoltà di Victoria, si avviarono verso le stalle e la fattoria, oltre il prato del parco.

Si era alzato il vento, che subito scosse gli abiti leggeri di lei e le strappò varie ciocche dall'acconciatura.

«Sembro sempre una selvaggia!» si lamentò.

«E se ti dicessi che ti preferisco così?» le chiese, rivolgendole uno di quegli sguardi che la rimescolavano del tutto.

Cos'avrebbe dato per credergli! Ancora una volta, una profonda tristezza l'assalì. Sapeva che Jared era un uomo consumato, che era abituato a donne ben più esperte e provocanti di lei. Non nutriva dubbi sul fatto che i sentimenti che egli le dimostrava fossero solo gratitudine e simpatia. Era certa di piacergli: forse al pari di lei avvertiva quell'affinità di sentire che li accomunava, ma non si faceva illusioni che da parte di lui sarebbe mai venuto nulla di più profondo.

Un'altra sferzata del vento quasi le strappò lo scialle.

«Fa così freddo» osservò, stringendosi meglio che poteva nella striscia di lana che le folate le gettavano addosso sferzandola. Sapeva che quel freddo veniva da dentro, che non sarebbe bastato uno scialle per scaldarla.

Il giorno prima, fra le braccia di lui, aveva sognato di aver finalmente trovato un fuoco accanto a quale ritemprarsi, ma non aveva voluto né potuto assecondare quella speranza: troppe volte, accanto a Jared, si era quasi permessa di sognare, ma la realtà aveva smentito e distrutto quelle fiammelle che si erano accese in lei.

Era certa, ora, che Jared le volesse, a modo suo, bene, che fosse felice di sposarla, ma anche che non avrebbe mai avuto niente di più dell'affetto tiepido che un uomo simile avrebbe potuto riservare a una come lei.

Quanto lontana era dalla realtà! E quanto poco Jared immaginava la natura dei pensieri di lei!

Se sapessimo leggere il cuore delle persone come le pagine di un libro, quanto diversa sarebbe la vita, quanti dolori risparmieremmo a noi e a chi amiamo?

Ma saremmo ancora capaci d'amare? O piuttosto d'odiare, saremmo capaci?

Ora, Victoria si struggeva nel freddo inverno in cui il suo animo si raggelava e non sapeva che proprio accanto a lei c'era un uomo che desiderava solo divenire il suo focolare. E Jared, dal canto suo, era incapace di proferire le uniche parole che avrebbero fatto la felicità di entrambi, timoroso della portata che avrebbero avuto, e ancora di più timoroso di non essere all'altezza del loro potere.

Ma chi può dirsi capace d'amare?

Camminando l'uno accanto all'altra, nell'aria resa elettrica dal temporale imminente, profondamente consci della vicinanza reciproca, i due giovani erano tanto più lontani quanto forte era il loro desiderio di essere vicini, ciascuno divenuto ostacolo insormontabile per la propria felicità.

Lo scialle di lei ora sbatteva come un vessillo, pronto a strapparsi dalle mani della giovane che a fatica lo tratteneva. Jared lo recuperò quasi per miracolo con un gesto repentino, poco prima che le sfuggisse nel vento. Quando finalmente arrivarono alla stalla, li accolsero il tepore buono degli animali e l'aria umida, carica degli odori dell'erba e delle bestie. Fu con sollievo che entrarono, proprio quando le prime grosse gocce cominciavano a intridere il prato. Un attimo dopo, una pioggia fitta e tetra inondava la campagna, mentre la tempesta dilaniava i cieli sopra la tenuta. Nei cuori di entrambi non si agitava un minor uragano.

I cavalli negli stabbi erano agitati a causa dei fulmini e lo␣ stalliere si stava prodigando a rassicurarli. Jared si recò subito dal suo stallone, Black Devil, che sbuffava e scalpitava. Victoria era terrorizzata da quel cavallo, che le pareva enorme e pericoloso, e quando vide Jared accostarsi a lui, con affettuosa sicurezza, ebbe un tuffo al cuore. Rimase incantata a guardarlo, mentre con gesti sapienti accarezzava il muso del destriero, parlandogli dolcemente, finché lo scalpiccio non divenne meno frenetico e il grosso animale non prese a dargli affettuosi colpi con la testa.

Jared sembrava dimentico di tutto, persino di lei, mentre si occupava del corsiero con l'affetto che avrebbe potuto prodigare per un amico.

Solo quando Black Devil si fu calmato del tutto, il giovane sembrò ricordarsi di Victoria.

«Vuoi accarezzarlo?» le chiese con un sorriso fiero.

Lei con vigore accennò di no col capo, provocando nell'uomo un'aperta risata che ai suoi occhi lo rese ancora più affascinante.

«Siamo sicuri che sai cavalcare? Dimmi la verità, non ha senso che ti metta in pericolo per sembrare un'eroina da romanzo».

Il commento la fece irritare. «*So* cavalcare!» esclamò piccata. «Un poco, all'amazzone. Abbastanza da fare qualche passeggiata al parco, accompagnata.» Di nuovo il rossore salì alle gote, più per la coscienza di come lui la guardava che per l'ammissione delle proprie incapacità.

«Fammi capire: se ti issano su una sella sei in grado di restarci seduta, mentre qualcuno porta il cavallo, al passo, per le redini.» Il tono di Jared era così ironico che Vic a stendo non scoppiò a ridere di se stessa e dovette sforzarsi per restare dignitosamente offesa.

«Precisamente».

Le si avvicinò per sussurrarle suadente all'orecchio, conducendola al più totale e definitivo scompiglio. «Una con il tuo spirito dovrebbe sapere dominare un cavallo ben piantata sulla sella. Dovresti sentire l'animale fra le cosce, spingerlo a correre come il vento, lasciandoti trasportare dal suo ritmo e dal tuo...»

C'era riuscito. Victoria, ascoltando la sua voce suadente aveva immaginato ben altro che la scena di una passeggiata in campagna e tutto il suo corpo aveva reagito a quelle provocazioni con il languore dovuto a una seduzione ben riuscita.

Riuscì a recuperare il controllo ricordando a se stessa che l'uomo che aveva accanto era più che avvezzo a conquistare l'attenzione delle signore con strattagemmi di quel tipo, o anche peggio.

«Mi insegnerai tu? Non vedo l'ora di attraversare Hyde Park in sella come un uomo, chissà, magari con i tuoi pantaloni addosso!» replicò con tutta la prontezza che le fu possibile.

Jared le rispose con un'altra delle sue risate, a cui si unì anche lei, immaginando la comica situazione che aveva appena descritto. Che avrebbe detto zia Erinni se li avesse sentiti? Cominciava a sentirsi anche lei una degna erede delle idee balzane dell'eccentrica signora.

«In tal caso, credo che ti farà piacere un mio piccolo regalo» riprese Jared, sospingendola verso uno dei box, nei quali lo stalliere aveva appena terminato di accudire una cavallina dal manto grigio e dal musetto birichino.

Era molto meno spaventosa di Black Devil, anzi Victoria provò un'immediata simpatia per la bestiola, anche per le dimensioni meno imponenti del purosangue di Jared.

«Questa è Farah. È giovane, ma è docile e molto intelligente. Penso che sarà una buona compagna per le tue cavalcate in Hyde Park».

«Tu mi hai comprato un cavallo?» Victoria non se l'era proprio aspettato.

«Per visitare la tenuta volevo che avessi un animale affidabile e adatto a te».

Victoria non era avvezza ai regali e sentì le lacrime pungerle gli occhi.

Se non ci fosse stato lo stalliere che li osservava con aria maliziosa, gli avrebbe buttato le braccia al collo, ma si trattenne e ringraziò educatamente, mentre Jared le spiegava come avvicinarsi per fare amicizia con la cavallina.

«Avrai la tua sella da amazzone e nessun pantalone» puntualizzò Jared.

L'ondata di temporale era passata e lo stalliere uscì, lasciandoli momentaneamente soli. Victoria seguì con lo sguardo il ragazzo lasciare la stalla, e avrebbe giurato di aver notato di sfuggita un cenno di Jared per invitarlo ad andare.

«Restiamo soli un po' troppo spesso» osservò, già in preda a un lieve nervosismo. «Dovemmo uscire e riprendere la passeggiata».

In quel mentre la porta della stalla fu sbattuta da una violenta folata, e all'esterno riprese a piovere con una certa intensità.

«Il tempo viene sempre in soccorso ai libertini, quando vogliono sedurre una donna» scherzò Jared, ma questa volta le sue parole caddero in un imbarazzato silenzio.

Dovette comprendere il disagio di Victoria, perché si accostò all'ingresso. Appena aprì la porta, però, fu investito un violento acquazzone che lo costrinse a rientrare. L'ondata era così impetuosa che in pochi attimi il rimbombo degli scrosci d'acqua divenne fragoroso.

Vic, in piedi appoggiata a una balaustra in legno, cominciava a essere stanca, perché si doveva tenere in equilibrio soprattutto sulla gamba sana e la posizione era scomoda.

Jared si dovette accorgere che era affaticata, perché si procurò una sedia e la invitò a sedersi, attirandosi un'occhiataccia: il fondoschiena non le consentiva di accomodarsi su quella superficie dura.

«Prova sulla paglia» le suggerì lui, allontanando con un calcio la seggiola che le aveva offerto non appena ebbe compreso le sue difficoltà.

«Suvvia, Jared! Ieri sono rientrata da una innocente passeggiata coperta di fango e in braccio a te. Oggi vorrei portare a casa intatti la mia dignità, i miei vestiti e il mio onore. La paglia no!» esclamò lei. «Piuttosto mi azzoppo».

«Come vuoi» rispose lui, buttandosi a sedere su un cumulo di paglia con grande soddisfazione.

Victoria rimase a dondolarsi sul piede sano, invidiosa fino alla punta dei capelli del fidanzato, che sembrava godersela un mondo sul sedile improvvisato.

La signorina ben educata si rifiutava di dargli retta, ma la Victoria amante delle bravate scalpitava per approfittare dell'invito.

«Mi farebbe male... non *solo* la mia caviglia è dolorante» gli ricordò, con sempre minor convinzione.

«È piuttosto soffice, credimi».

Con parecchio impaccio, dovuto al tentativo di non sgualcire, sporcare o danneggiare l'abito, ai vari doloretti che le richiedevano una certa cautela nell'appoggiare il fondoschiena su qualunque superficie, Victoria si accomodò accanto a Jared, aspirando con soddisfazione e voluttà il profumo fresco e pungente della paglia. Una risata felice le sorse dalla gola, si sentiva contenta come una bimba.

«Dovresti cercare di aiutarmi a essere più seriosa, e invece... guardaci! Come farò a diventare un'elegante signora?»

«Ci tieni così tanto? Voglio dire, a diventare come *loro*.» Jared si era coricato su un fianco, poggiando un gomito della raffinata marsina di lana sul profumato giaciglio e uscendo dal suo campo visivo.

Victoria, rimasta invece rigidamente seduta, rifletté un attimo sulla domanda. «È quello che ho fatto per tutta la vita. Avrei tanto voluto essere come Harriet, come mia madre... non so per quale motivo non ci riesco. Mi sarebbe piaciuto...» Che cosa le sarebbe piaciuto?, si domandò improvvisamente. Essere come loro? Delle regole le era sempre importato così poco, eppure quanto aveva sofferto, scoprendo in sé l'incapacità di seguirle, quella sorta di impazienza che la prendeva quando, all'improvviso, ogni confine le diventava stretto.

«Essere meno sbagliata» sussurrò, con una punta d'amarezza.

«Essere meno sbagliata o essere più amata?» quella domanda di Jared, arrivata così a bruciapelo, la costrinse a voltarsi per vederlo in volto. Lui la stava osservando con attenzione e il suo sguardo era privo dell'ironia che sempre lo faceva brillare di una luce maliziosa. Era così strano e così incredibilmente bello sentirsi guardata così. Le sembrava quasi d'essere avvolta dallo stesso abbraccio che le aveva regalato nel bosco, soltanto che, questa volta, era il suo cuore soltanto a esserne scaldato.

Non aveva la più vaga idea di cosa significasse sentirsi amati, ma intuì che ciò che sentiva grazie a quello sguardo era quanto di più vicino a quella sensazione. Gli sorrise, ma non riuscì a cancellare la vaga tristezza che quel discorso le provocava.

«Non è facile rispondere. Forse non fa molta differenza».

«Ne fa eccome» fu la risposta di lui, che, come punto sul vivo, si tirò su a sedere, e d'un tratto le fu vicinissimo. «Ho conosciuto persone indegne oggetto della più incondizionata venerazione. Quale metro di giudizio ritieni valido, Victoria? Io...» abbassò gli occhi, come se una lotta interiore lo stesse sopraffacendo, ma tornò di nuovo a fissarli nei suoi, e Victoria perse il respiro, rubato dal vento impetuoso della tempesta che si agitava dentro di lui. «Forse hai ragione, sai? Anch'io sono profondamente sbagliato. Lo sono sempre stato. Capisco quello che vuoi dire».

La pioggia, che aveva sferzato con prepotenza il tetto di legno della stalla, tacque, provocando un silenzio assordante. La mano di Jared fu sulla sua. «Era questo che intendevi, vero, quando ti sei proposta come mia fidanzata? Tu pensi che, essendo entrambi sbagliati, insieme saremmo perfetti. Sì, lo penserei anch'io, se...» si schiarì la voce. «Se non pensassi che tu *non sei* sbagliata.» Si alzò con un balzo così fluido che Vic avrebbe detto d'aver visto i muscoli guizzare sotto agli abiti. Le porse la mano per aiutarla ad alzarsi a sua volta. «Coraggio, mia cara: non vorrai che il mio␣stalliere, rientrando, pensi che ci siamo rotolati insieme su quel pagliaio?» Era di nuovo lui, era tornata la distaccata ironia.

Vic si sentì un po' delusa, pensando che Jared, probabilmente, con qualunque altra donna non avrebbe esitato ad approfittare di un'occasione simile. Si domandava che cosa avesse voluto dire con quelle frasi sibilline. Nessuno la confondeva quanto lui. Niente la confondeva quanto la loro situazione. Era tanto grande il suo desiderio di essere amata da Jared che finiva col soffocare ogni spiraglio di speranza in quel senso.

Accettò la mano e si sollevò, appena in tempo per il ritorno dello stalliere tutto allegro per quel tempo bislacco. Il temporale era svanito e già qualche raggio di sole caldissimo si faceva strada fra le nubi.

Fuori dalla stalla il panorama era del tutto mutato. Il cielo verso sud era ancora greve di nuvole nere, ma larghi sprazzi d'azzurro intenso si aprivano sopra la casa.

Il prato, madido di pioggia, era d'un verde intenso, reso brillante dai raggi di sole che si libravano fra i nembi.

Anche l'edera che si arrampicava sulla casa mostrava vivide tinte, mentre le foglie pigramente si dondolavano per liberarsi dell'acqua. Nella fattoria, davanti a loro, c'era un gran via vai di gente che riassettava e controllava i danni del temporale improvviso.

«Hidden Brook» le presentò Jared con un cenno ampio della mano. «Che ne dici?»

Victoria era incantata, ammutolita da quello spettacolo. «Mi chiedo come tu possa preferire Londra» gli rispose.

Jared annuì. «Infatti non preferisco Londra.» Le sorrise, passandole un braccio intorno alla vita. Victoria non ebbe la forza né la prontezza di allontanarsi per evitare quell'atteggiamento scandaloso in un luogo dove tutta quella gente avrebbe potuto vederli. «Non temere, non griderà nessuno allo scandalo» le disse lui, intuendo i suoi pensieri. «Siamo a poche settimane dalle nozze e mi conoscono: si stupirebbero, anzi, se non mi comportassi da mascalzone con te».

Detto questo, aumentò la presa attorno alla sua vita e la sollevò quanto bastava a raggiungere le sue labbra per un bacio. Fu rapidissimo, tanto che Vic non poté reagire in nessun modo. E altrettanto rapido, quasi impercettibile, fu ciò che le sussurrò sulle labbra. «Ti amo».

Così rapido da darle il dubbio di aver sognato.

La depose, attento a che non si facesse male alla caviglia e come se niente fosse le porse il braccio, invitandola a rientrare perché ci sarebbe stato troppo fango sul sentiero per proseguire oltre la passeggiata.

Victoria, frastornata e troppo felice per osare di essere felice, si lasciò condurre docile attraverso il prato. Le scarpe sarebbero state da buttare, ma la giovane sentiva a malapena l'effetto dell'erba bagnata sui piedi e sull'orlo della gonna, di cui non si curava più. Appoggiata al braccio di Jared si sarebbe sentita in grado di arrivare in capo al mondo.

19

«Victoria Arden! Per l'amor di Dio: siamo qui da due giorni soli e hai già ridotto come stracci due vestiti! Come finirai di questo passo?»

Lady Weird camminando lesta, accompagnata dal ticchettio immancabile del suo bastone, li aveva raggiunti nell'ingresso, non lasciando loro neppure il tempo di rientrare.

Doveva averli visti dalle finestre del salottino, che la donna aveva già eletto come sua stanza preferita.

Jared, per tutto il tragitto, non era riuscito più a dire una parola a Victoria. Se lei avesse accennato a quanto accaduto, probabilmente egli avrebbe negato.

Come gli fosse venuto in mente di dichiararsi in quel modo stupido non lo sapeva nemmeno lui, ma più ci ripensava più avrebbe voluto sprofondare.

Il grande seduttore! Nelle questioni sentimentali, ora lo sapeva, era peggio d'un bambino, o meglio così si sentiva.

Aveva avuto occasioni d'oro per chiarirsi con lei e le aveva buttate al vento.

«Si è solo bagnato con la pioggia, zia» rispondeva paziente la ragazza, come se non le importasse nulla dei rimproveri o del vestito, che in effetti non aveva un bell'aspetto.

L'anziana dama si rivolse a Jared, dopo aver spedito la nipote a ripulirsi e cambiarsi. «E voi! Ora basta: vi seguirò come un segugio. Voglio che arrivi alle nozze col suo corredo. Di questo passo dovremo rifare tutto!»

Detto questo se ne andò rapida e leggera come una giovincella.

Jared si ritrovò da solo, con Mrs. Cooke che lo guardava in silenzio, dal fondo in penombra del corridoio. All'occhiata di Jared, la donna se ne andò via sghignazzando e senza proferir verbo. Pur essendo ancora presto, il giovanotto sentì il bisogno di qualcosa di forte per sopportare il resto della giornata, ma si limitò a raggiungere la sua difficile ospite nel salotto e a farsi portare il giornale che ancora non aveva letto.

Dopo quel primo impatto con la tenuta e il tempo pazzerello della campagna inglese, Jared non ebbe altre occasioni di rovinare gli abiti di Victoria, come Lady Erinni aveva promesso.

Il giovane comprese che la vecchia signora era stata più che seria nelle sue minacce e dopo quell'iniziale libertà che aveva concesso loro, si incollò da brava chaperon alla nipote e non lasciò respiro a nessuno dei due. La casa fu ispezionata in presenza sua, di Mrs. Cooke in veste di cicerone, di Mr. Cooke come accompagnatore per rispondere alle domande tecniche di carpenteria di cui Jared scoprì la dama essere un'intenditrice.

Per quel giorno e per quello seguente Jared non ebbe una sola occasione di scoprire se Victoria avesse sentito o meno le sue parole, né di indovinare i sentimenti di lei dopo quei brevi interludi che avevano avuto.

Sapeva di avere tutto il tempo, di dover pazientare, ma quella situazione era del tutto nuova anche per lui.

Era sempre stato un esperto nell'arte della seduzione, negli sguardi, negli sfioramenti, nel gioco dei biglietti scambiati sotto allo sguardo di ignari consorti, persino di quei piccoli trucchi che le donne usavano per attirare l'attenzione maschile, da un tocco di ventaglio alla presa di un fazzoletto. Sapeva cogliere i segni lanciati da una signora disponibile con una precisione che talvolta lo aveva quasi spaventato. Victoria invece era difficile da interpretare, forse perché era confusa quanto lui.

Nonostante la tenesse d'occhio con una certa apprensione, la giovane non gli permise di comprendere che cosa pensasse. Gli occhi sempre abbassati o rivolti alla zia, oppure persi in chissà quali riflessioni, fuggivano dai suoi, creando in Jared una frustrazione crescente. Se fosse stato più furbo, avrebbe aspettato d'avere tempo sufficiente per una dichiarazione adeguata, o di averne almeno il coraggio. In quel modo, non gli rimase che tormentarsi nel dubbio.

Il clima nell'arco di quella prima giornata peggiorò di nuovo e, dopo la visita accurata alla casa, non rimase loro altro che trascorrere il tempo nel salotto, dove Jared si dovette adattare a interminabili partite a carte con zia Erinni, mentre Victoria si defilava dietro ricami e letture.

Il secondo giorno portò il bel tempo e una Lady Weird in piena forma, più che mai desiderosa di visitare la tenuta. Jared scoprì così una nuova, sottile, letale forma di tortura: una lunghissima passeggiata a cavallo con quella che ormai egli ormai considerava a pieno titolo sua suocera.

Victoria, grazie al suo *problema,* non poteva neppur pensare di salire a cavallo, per cui la piccola Farah e la sua sella nuova di zecca furono inaugurate dall'anziana signora, che diede prova d'essere stata ai suoi tempi una provetta cavallerizza e di essere ancora capace di montare, anche se gli anni le avevano tolto in parte l'agilità di una volta.

«Sono vecchia, ma non decrepita» aveva commentato acida, ai timidi complimenti di Jared, che non era aspettato certo di fare la sua attesa cavalcata romantica con Lady Weird. «E so benissimo che speravate in ben altra compagnia».

«Signora, avrei comprato questo cavallo alla mia fidanzata se avessi pensato di doverci andare in giro con voi?» borbottò.

«Non dovevate permettere che la signorina cascasse nel torrente, mio caro ragazzo».

E Jared dovette mostrare alla signora la proprietà con dovizia di particolari per tutto il pomeriggio, mentre la povera Victoria se ne restava sola a casa col suo fondoschiena dolorante.

L'arrivo di Maters da Londra, poi, costrinse Jared a occuparsi dei propri affari in anticipo rispetto alle proprie previsioni.

Il giovane segretario, che in quel periodo galoppava per lui in giro per lavoro e per le questioni burocratiche, aveva portato con sé vari incartamenti che Jared doveva esaminare con una certa urgenza.

Tutto sembrava concertare contro di lui, anche perché, quando egli si dovette ritirare nel suo studio per lavorare, Maters fu preso nella rete di Lady Erinni, la quale era decisa a scoprire tutti i risvolti delle attività di Jared per, a detta sua, *la sicurezza di Victoria*. Lo sapevano benissimo tutti che era solo una ficcanaso.

Provando una vaga fitta di gelosia, Jared aveva lasciato il giovanotto seduto accanto a Victoria, per quanto non gli invidiasse il terzo grado a cui la gentildonna aveva già cominciato a sottoporlo.

Gli affari di Jared, ironia della sorte, erano per la prima volta in difficoltà. A quanto pareva, le minacce di Mr. Warren si stavano realizzando: quell'uomo aveva promesso di rovinarlo e sembrava proprio intenzionato a farlo.

Fino a quel momento Jared non aveva dato gran peso ai tentativi dell'uomo di gettare discredito su di lui presso varie persone con cui entrambi trattavano per affari, ma ora si stavano profilando anche questioni giudiziarie che poteva ricondurre senza fatica ai maneggi dell'uomo e che gli avrebbero procurato varie noie.

Nulla che potesse nuocergli in modo effettivo, ma comunque faccende fastidiose che gli avrebbero rubato tempo, denaro e attenzione: già solo comprendere con esattezza i fatti e capire come gli conveniva muoversi gli richiesero ore di isolamento nel piccolo studio.

Così, nei giorni seguenti, fu costretto a trascurare ancora di più le proprie ospiti, con suo sommo rincrescimento e ancor maggiore disappunto.

Jared aveva ricavato lo studio in uno dei sottotetti della casa, non tenendo conto che sarebbe stata, d'estate, una delle camere più calde. Gli era piaciuta l'idea delle librerie che si incuneavano fra le travi di quercia, ma soprattutto aveva voluto per sé quel panorama ampio della campagna ondulata e verdeggiante che la finestrella gli offriva.

In quella casa aveva stravolto ogni buon senso nella disposizione delle camere, decidendo secondo i propri desideri. Il caldo, però, in quelle giornate era tale da costringerlo a eliminare almeno il peso della giacca e del panciotto, per non soffocare.

Dopo aver rispedito Maters a Londra con varie missive e comunicazioni ai propri avvocati, Jared sperava almeno di non dover anticipare il proprio rientro in città. Il giorno dopo avrebbero partecipato tutti alla funzione domenicale, durante la quale sarebbe stata data lettura delle loro pubblicazioni. Tutto il villaggio di Lowhills, annesso alla tenuta di Jared e sede della prebenda, aspettava da giorni l'evento per vedere Victoria, che a breve sarebbe stata la signora di quelle terre.

La curiosità verso la futura sposa del padrone era tale che, quando si era recato con Lady Weird a perlustrare la tenuta, al villaggio si era creato un vero pandemonio, ma alla vista dell'accompagnatrice si erano ritirati tutti, piuttosto delusi. Insomma, a Jared non piaceva affatto l'idea di ripartire prima di aver fatto visitare a Victoria il paesino, ma la caviglia di lei aveva dato più problemi del previsto e la visita era stata rimandata.

Per la verità, ora la giovane stava molto meglio e Jared sperava d'aver modo di accompagnarla a passeggiare molto presto. Certamente, intendeva farlo prima di ripartire per la città per colpa di Warren.

Jared, in maniche di camicia, seduto alla scrivania di pesante noce, per un attimo sollevò la testa dagli incartamenti infausti su cui stava lavorando.

Solo Victoria poteva infortunarsi il fondoschiena il primo giorno a Hidden Brook.

Solo lui poteva impazzire per una donna così maldestra e pazza.

Si accorse di sorridere, ancora una volta perso nel pensiero di lei. Era cascata anche la prima volta che si erano visti, e in quell'occasione gli aveva concesso una vista delle sue gambe che egli non aveva più dimenticato, nonostante la febbre e gli eventi di quella notte incredibile.

A dire il vero, Jared si rimproverava di pensare un po' troppo alla fidanzata e alle sue grazie, e forse era anche per questo che negli ultimi tempi aveva offerto il fianco ai nemici, trascurando i propri interessi. Di tutte le donne che aveva avuto, nessuna aveva calamitato quanto lei i suoi pensieri.

Un lieve ticchettio alla porta chiusa attirò la sua attenzione. Aveva perso la nozione del tempo ed era giunta l'ora di prepararsi per la cena. Pensando che a bussare fossero Maters o Mr. Cooke venuti ad avvisarlo, esclamò un distratto «avanti» e riabbassò la testa sui fogli, come quando da ragazzino si distraeva dai compiti e voleva dar l'impressione all'istitutrice di essere stato, invece, concentratissimo.

Alzò gli occhi quando si accorse che all'ingresso della persona era seguito il silenzio. Victoria era ferma, incerta, sulla soglia.

D'impulso, Jared si alzò e la invitò a entrare, accorgendosi solo un attimo dopo di essere solo in camicia. Avrebbe potuto infilarsi rapidamente la giacca e scusarsi con lei, ma gli parve troppo intrigante studiare la reazione di lei a quella mancanza e decise di far finta di nulla.

La sua camera, si giustificò la giovane, era su quello stesso piano, proprio di fronte allo studio, e lei stava andando a cambiarsi, quando le era venuto in mente che Jared doveva essere ancora lì e aveva pensato di salutarlo.

«Hai fatto bene a chiamarmi, altrimenti avrei rischiato di far tardi per la cena».

Jared, reagendo al tono titubante della ragazza aveva usato dei modi sbrigativi, come quelli, pensò, di un marito con la moglie. Si alzò, trovando la situazione terribilmente intrigante.

«Dovresti metterti la giacca» gli suggerì Victoria imbarazzata in modo palese.

«Mi hai già visto in condizioni peggiori» obiettò lui e, seguendo lo stesso impulso di poco prima, invece di infilarsi l'indumento come richiesto, si spostò dietro di lei per chiudere la porta.

«Non...» balbettò lei.

«Non è prudente. Ma sono tre giorni che vado in giro con tua zia o sono chiuso qui a lavorare. Mi merito qualche minuto da solo con te».

«Halley sarà in camera mia ad aspettarmi».

«Aspetterà».

Jared si scoprì impaziente, eccitato sia dalla circostanza sia da quella ritrosia di lei. Non voleva spaventarla, ma non voleva neanche lasciar passare quel momento magico senza sfruttarlo. Con passo lento e indolente le si pose davanti. Victoria era arretrata di un passo, ma solo di uno. E non abbassò neppure per un istante gli occhi dai suoi. Gli piaceva vedere la sua figuretta stagliarsi nell'arco di luce che entrava nella stanza.

In quello studio, a memoria sua, non era mai entrata alcuna donna, a eccezione di Mrs. Cooke. Non aveva, in effetti, mai portato nessuna delle sue amanti a Hidden Brook: le donne che aveva condotto come ospiti, nelle rare occasioni in cui aveva ammesso estranei nella casa, erano state le mogli dei suoi amici con i quali andava a caccia, signore che non avrebbe mai insidiato, secondo il suo codice d'onore.

Nonostante questo, la sua fama di libertino era diffusa anche lì, per quanto non avesse mai intaccato l'affetto e la stima di sottoposti e fittavoli della tenuta.

Jared notò anche, con una certa soddisfazione, che la ragazza non aveva protestato quando egli aveva chiuso la porta; questa osservazione lo portò ad avvicinarsi ancora, interponendo fra loro poco più dello spazio di un bacio.

«Dimmi come stai» le chiese, con finta noncuranza.

La voce di lei uscì incerta, segno che tutto sommato stava gradendo quell'inattesa vicinanza. «Meglio... domani non sarà un problema andare in chiesa».

«Ne sono lieto».

Ancora un poco più vicino, e la costrinse a sollevare il viso per guardarlo, o meglio per poter vedere da vicino il volto di lei, le gote ombreggiate dalle ciglia, le labbra socchiuse in attesa. Era incredibilmente eccitante sentirla così vicina, senza doverla trattenere fra le braccia, senza quasi sfiorarla.

«Jared...»

Jared non capì se si trattava di una supplica a fermarsi o ad andare oltre.

Lei lo sospinse indietro, gentile ma ferma. Aveva di nuovo un velo di tristezza che le incupiva lo sguardo.

Il giovane si allontanò a malincuore, ma obbedì. «Devi dirmi qualcosa, è per questo che sei qui» comprese. Incrociò le braccia e non gli sfuggì lo sguardo imbarazzato di lei, quando lo scollo della camicia, aperto fino al petto, si aprì un poco a causa del gesto.

«Non so da dove cominciare...»

«Dalla prima cosa che ti viene in mente».

«L'altro giorno. Dopo la tempesta».

«Sì.» Jared si riavvicinò d'un piccolo passo. Quella era una sorta di danza, e cominciava a comprenderne i passi.

Victoria crollò la testa, in seria difficoltà a proseguire il discorso. Il giovane uomo si sentì in colpa, perché non era in grado di venirle incontro con le parole. Si ricordò, però, di essere piuttosto bravo. Nei fatti.

«Victoria, guardami» le intimò.

Vic alzò gli occhi titubante ed egli finalmente poté avvolgerla fra le proprie braccia manifestandole la passione che lo attraversava.

«La tempesta è appena cominciata» le sussurrò prima di impadronirsi delle sue labbra, in un bacio urgente e bruciante di desiderio, a cui lei rispose con altrettanto ardore.

Quando la mano di lei, lieve e titubante, gli sfiorò la pelle del petto lasciata nuda dalla camicia gli sembrò di non poter resistere oltre a farla sua, ma dei passi sul pavimento ligneo del corridoio e il suono inaspettato di qualcuno che bussava li interruppe subitamente.

«Che c'è?» domandò, ansimante, paralizzandosi, incapace tuttavia di lasciar andare Victoria.

«Signore, è tardi...» la voce di Mrs. Cooke tradiva una certa perplessità di fronte a quella porta chiusa e al mancato invito a entrare.

«Sì, grazie. Dite a Jack di aspettarmi. Ho ancora alcune urgenze da sbrigare.» Victoria, fra le sue braccia, aveva il terrore negli occhi e Jared si portò un dito alle labbra, indicandole di non far rumore. Ciò che per lui era oltremodo divertente, per lei era un vero dramma.

«Va bene, signore. Scusatemi.» Mrs. Cooke aveva mangiato la foglia, ma al diavolo tutti: che cosa cambiava se lui e Victoria prendevano confidenza prima che il pastore avesse decretato il loro legame? Non aveva forse voluto portarla lì per questo?

La giovane donna, però, si era ripresa dall'incanto del loro bacio e si dimenò dall'abbraccio, portandosi le mani sul petto affannato e voltandogli le spalle. I passi di Mrs. Cooke si allontanarono.

«Non avrei dovuto cercarti».

Quella frase lo ferì. Irritato, la fece voltare di nuovo, solo per vedere gli occhi smeraldini di lei cupi e agitati come il mare in tempesta.

«Avresti dovuto farlo prima» la contraddisse. «Dannazione, Victoria! Non lo capisci che noi due non siamo fatti per le loro maledette regole?»

«Tu forse no. E forse nemmeno io, ma il punto non è questo...» esalò un respiro frustrato. «Non c'è bisogno che cerchi di sedurmi, Jared. Comportandoti così mi fai solo del male».

«Non sono bravo con le parole» si giustificò lui, in preda al rimorso.

«No, non lo sei» confermò lei con un lieve sorriso che gli sollevò un poco l'animo. Poi si inumidì le labbra, come se vi cercasse ancora il sapore del loro bacio, e Jared dovette costringersi a non guardarla. «E io meno di te. Ha ragione la zia a non lasciarci soli. Sai in che pasticci ci cacceremmo?»

«Victoria, ti ricordo nuovamente che ci siamo già messi nei pasticci, altrimenti non staremmo qui a parlarne. E personalmente, a questo punto non so cosa darei per poterti compromettere davvero come si deve!»

Victoria, invece di redarguirlo, scoppiò a ridere.

In effetti, per essere una frase uscita da un consumato libertino, aveva un che di comico.

«Non ti ci vorrebbe niente» ammise lei arrossendo e distogliendo lo sguardo.

Jared le diede un buffetto sulla guancia. «Lo so. Ma per la prima volta in vita mia, c'è qualcosa che voglio più del corpo di una donna. Ed è il suo cuore. Aspetterò la benedizione di quello stupido pastore, la benedizione di quella strega di tua zia, qualunque altra benedizione mi serva, ma non mi accontenterò di niente di meno. E...» ormai Jared si era compromesso, tanto valeva che le cose fossero chiare una volta per tutte. «Sì, Miss Arden: vi ho dichiarato il mio amore, qualche giorno fa, dopo il temporale. Ora, fatene quel che volete».

Victoria sgranò gli occhi e si illuminò di pura felicità, un attimo prima di buttargli le braccia al collo e baciarlo con un trasporto che rispose per lei su che cosa intendesse farne di quella dichiarazione e che mise a dura prova le rette intenzioni di Jared di non approfittare delle sue grazie prima del matrimonio.

Il giovane si sentiva al settimo cielo. Se avesse avuto indosso la giacca, avrebbe finalmente potuto dare alla ragazza l'anello che portava con sé da tante settimane, ma gli dispiaceva interrompere le effusioni così entusiaste di lei per andare a frugare nelle tasche, e così rimandò ancora la consegna. Ormai quello sarebbe diventato l'anello di nozze, a furia di procrastinare il dono, ma tutto sommato non era così importante che lo portasse prima.

A malincuore, dovette lasciarla andare: Victoria temeva che di lì a poco la sua cameriera sarebbe uscita a cercarla e per evitare problemi lasciò lo studio e Jared, che a sua volta poco dopo raggiunse il suo spogliatoio per prepararsi.

Quella sera la cena fu piuttosto movimentata.

Poco prima che Jared e le sue ospiti si mettessero a tavola, Maters fece ritorno da Londra con le ultime novità da parte degli avvocati incaricati di seguire la questione aperta con Warren.

Per quanto interessato a occuparsene, Mr. Lennox congedò il segretario, perché potesse rinfrescarsi, e lo invitò a raggiungerlo dopo mangiato per avere qualche rapida delucidazione già in serata.

Lady Weird aveva capito che qualcosa non andava: quel continuo andirivieni del giovane segretario non la convinceva, così come non la convincevano le spiegazioni vaghe di Jared. Le due cose, unite insieme, scatenarono la pervicace signora, che cominciò un interrogatorio in piena regola.

Victoria stava per sposare uno spiantato? Si era forse giocato tutto ai cavalli?

«Lo capisco, sai, ragazzo mio: anche il Barone una volta ci andò vicino. Ma si risolve, se sono debiti di gioco. Basta giocare meglio!»

Jared rimaneva sempre più affascinato dal perenne nonsense di Lady Erinni. Gli sembrava di vedere Victoria da vecchia, e la cosa gli piaceva molto.

«Non sono un giocatore» le chiarì una volta per tutte, provocando una cocente delusione nella signora. «Si tratta di questioni legali. Ma confido che non intaccheranno lo stile di vita che potrò offrire a mia moglie».

«Io ho ottimi avvocati. Due veri filibustieri».

E Jared si domandò, senza dar voce al suo dubbio, se non fosse da intendere in senso letterale.

Maters li raggiunse poco prima che le signore si ritirassero in salotto, mentre il gruppo stava discutendo di come il giorno dopo si sarebbero mossi alla volta della parrocchietta di Lowhills.

Jared aveva il suo filo da torcere per convincere zia Erinni ad andare in carrozza con Victoria, invece che a piedi. Non voleva essere costretto a quella camminata con lei, ma la dama era irremovibile; così, quando le due signore se ne andarono, oltre alla preoccupazione per gli avvocati, il poveretto aveva anche quella per la prospettiva di più di un miglio a braccetto della terribile donna. L'unica consolazione erano gli occhi stellanti di Victoria, che ogni volta che si rivolgevano su di lui erano un concentrato di promesse senza pari.

Il porto che bevve con Maters non fu foriero di buone notizie: la notizia delle cause che lo interessavano doveva aver raggiunto i suoi soci in affari, perché secondo alcune indiscrezioni diversi di loro stavano per vendere, col rischio che il valore delle azioni cominciasse a crollare.

Jared cominciò a preoccuparsi seriamente per i guai che Warren gli stava procurando, ma anche di fronte a Maters si mostrò ottimista. Non voleva far trapelare alcuna debolezza, nemmeno davanti al giovane che era stato, per lungo tempo, anche suo confidente. Se era arrivato dov'era, lo doveva anche alla capacità di mostrare sicurezza, di non offrire a nessuno l'occasione di vedere i suoi punti deboli. Le donne e l'arte erano state le sue uniche debolezze conosciute e Warren non sarebbe riuscito a cambiare le cose.

Minimizzando e scherzando, congedò il giovanotto, visibilmente stanco per il viaggio frettoloso, e raggiunse le signore in salotto, nella speranza almeno di convincere Lady Weird a prendere la carrozza con Victoria, la mattina dopo.

20

La mattina dopo sorse sotto ai migliori auspici di bel tempo.

Il sole era così caldo, fin dalle prime ore del mattino, che quando Lady Weird si presentò agghindata di tutto punto per andare in chiesa, Jared le rivolse uno sguardo molto perplesso.

Le piume sul suo copricapo, che non era un cappello, né un turbante né qualcosa che l'Inghilterra avesse mai visto prima, ondeggiavano minacciose a ogni suo passo quasi nascondendole il volto. L'abito di seta azzurra, più adatto a una debuttante che a una donna della sua età, con la polvere della strada e col fango che ancora in alcuni tratti all'ombra riempiva il sentiero, si sarebbe ridotto a uno straccio.

«Io con voi conciata così non vado da nessuna parte» si impuntò Jared. «Mi darete la colpa di aver rovinato il vestito anche a voi e no: non ci penso nemmeno di fare tutta quella strada con le vostre lamentele su quanto è fangoso e stretto e curvo il sentiero!»

La dama si imbronciò. «Non ho chiesto la vostra opinione!»

«No, infatti. Non è un'opinione ma un dato di fatto. Piuttosto vado in carrozza anch'io, o a cavallo, o con l'aratro... tutto pur di non accompagnarvi. E ora diseredate Victoria, se volete. Non cedo».

«D'accordo, avete vinto, ma solo perché avevo già deciso di prendere la carrozza e mandare Victoria a piedi con voi. Non ha più mosso un passo e ha bisogno di muoversi un po'. La carrozza la useremo tutti al ritorno».

Zia Erinni metteva a segno un altro colpo, pensò Jared, recuperando in parte il buon umore per il conveniente cambio che aveva ottenuto. Purtroppo per lui, però, questo stato di grazia era destinato a durare poco: aveva da poco ordinato la carrozza per Lady Weird e stava aspettando Victoria e la sua cameriera per partire a piedi, quando dalla curva del sentiero fra gli alberi spuntò un cavaliere al piccolo trotto, diretto verso la casa.

«Aspettavi amici?» chiese Vic incuriosita. Era deliziosa, quella mattina, in un abitino di lino di un azzurro carico, semplice e senza fronzoli. La sua cameriera aveva rinunciato a costruire torri coi suoi capelli e parecchi riccioli sfuggivano dal cappellino di paglia.

Jared, se non fosse stato tanto desideroso di fare due passi con lei, le avrebbe caldamente sconsigliato di andare a piedi, ma Vic era troppo bella e lui troppo innamorato per usare il buonsenso. Il buon senso se ne andò del tutto quando Jared comprese l'identità dell'uomo che si stava avvicinando.

«Mr. Fraser?!» esclamarono in coro Jared e Victoria quando capirono che si trattava di lui.

Il giovanotto smontò dalla sella e fresco e pimpante si accostò loro, per stringere la mano a Jared e fare un inchino entusiasta alla ragazza.

«Miss Arden, siete uno splendore!» esclamò rapito. «Mr. Lennox, che posto splendido! Una tenuta meravigliosa!»

«Grazie», dissero, ancora in contemporanea, i due sempre più meravigliati.

«Posso chiedervi il motivo della vostra... sorpresa?» domandò Jared, controllando l'orologio da taschino. Non voleva essere inospitale, ma stavano per fare tardi.

«Non potevo resistere oltre al desiderio di rivedere Victoria» disse candidamente, porgendo la mano alla fanciulla. Jared ebbe l'impressione che dai propri occhi stesse per uscire una fiammata per incenerire il giovanotto. «Vi ha parlato, vero, del nostro progetto?» proseguì quello, gioioso.

«Mr. Fraser!» questa volta Vic era impallidita, ma Jared, che aveva inquadrato il tipo, non si lasciò confondere dagli strani modi dell'uomo.

«Le pecore, signore?» domandò con calma. «Miss Arden me ne ha accennato. Ma abbiamo avuto scarse occasioni di approfondire».

«Male! Malissimo!» sbottò Fraser, contrariato. «E nel contempo: ottimo! Ero giusto di passaggio da queste parti e ho pensato: *la cara Victoria avrà spiegato bene a Mr. Lennox?* Non per sfiducia in voi, carissima» disse, con un piccolo inchino rivolto alla ragazza «Ma per l'importanza della questione!»

«Peccato che noi stiamo per andare alla funzione domenicale al villaggio» esclamò Jared con aria così contrita da far ridere di sottecchi, ma non troppo, Victoria. «Ci stiamo muovendo a piedi, perciò dobbiamo andare. In casa però potete trovare ancora Lady Weird» Jared sorrise sardonico, pensando al tiro mancino che stava facendo alla signora in questione. «Se volete, potrete seguirci con lei in carrozza. Andate pure a rinfrescarvi un poco in casa. Parleremo con tutto l'agio al ritorno».

E, presa a braccetto Vic, fece per avviarsi. Fraser spuntò all'altro braccio della ragazza, che si trovò presa in mezzo. «Ma perché aspettare? Posso venire con voi a piedi. Anzi, è proprio da Lowhills che vengo: sono sceso alla locanda. Sarà un piacere camminare con voi e spiegarvi per bene che cosa ho in mente per la vostra tenuta. Non vedo l'ora di visitarla con voi e vedere di persona se il progetto è fattibile.

E così, toccò fare.

Furono pecore e pecore e pecore per tutto il miglio fino alla chiesa.

Quando arrivarono, Victoria, che era rimasta praticamente muta tutto il tempo, rischiava una crisi isterica a causa delle risate che aveva dovuto trattenere, fra le affermazioni di Fraser e le risposte che Jared gli dava a caso.

Questo imprevisto non guastò loro la funzione, quanto il fatto che zia Erinni non si fece vedere.

Jared aveva cominciato ad avvertire la preoccupazione di Victoria dopo che tutti furono entrati, ma cominciò lui stesso a sentirsi a disagio quando la dama non si presentò neppure col ritardo che una come lei poteva desiderare per essere notata meglio.

Irritato, più che in pensiero, acconsentì al desiderio di Victoria di tornare subito indietro, invece che fermarsi a salutare la gente che da giorni aspettava di conoscerla.

Non l'aveva mai vista così agitata e, dopo aver salutato in fretta e furia il pastore, spiegando la situazione, accompagnati dall'imperterrito Mr. Fraser ripercorsero la via verso la tenuta.

«Non può essere che un piccolo contrattempo» diceva Fraser per rassicurare la giovane.

«Tua zia si sarà messa a scrivere lettere e avrà perso la cognizione del tempo...» ipotizzò Jared, frenando Vic che accelerava il passo senza tenere conto della propria caviglia ancora debole.

Arrivarono di buona lena fino al punto in cui il sentiero verso la casa si dipanava da quello principale, dove fra curve e arbusti la visibilità era più scarsa.

«Oh, mio Dio!» gridò Victoria dopo la curva, alla vista della carrozza ferma in mezzo al sentiero, con il cocchiere a terra a pochi passi dai cavalli.

I due uomini le ordinarono di non muoversi e accorsero alla carrozza. Mr. Fraser impugnava una pistola estratta da chissà dove.

Jared accorse dal suo uomo a terra, mentre Fraser si accostò alla vettura, la cui portiera era spalancata. «Non c'è nessuno!» gridò, donando un effimero sollievo al cuore degli altri due.

Il cocchiere era solo svenuto, e riportava un grosso bernoccolo in fronte. Jared lo soccorse, ma l'uomo per un po' non fu in grado di dire nulla.

Victoria, incapace di restare lontana dalla scena, accorse e dalla piccola borsa che portava con sé estrasse una boccetta di sali che aiutò Jared a far riavere il cocchiere.

«Dov'è mia zia?» domandava ripetutamente la giovane, guardandosi intorno smarrita. Lacrime silenziose scendevano sul suo volto. «Che cosa è successo?»

Fraser stava ispezionando nei dintorni, con la pistola in pugno, ma li raggiunse quando il cocchiere cominciò a riprendersi.

«Lady Weird non c'è, ma sul sentiero ci sono tracce di un'altra carrozza».

Intanto il cocchiere aveva cominciato a riaversi.

Riuscì a raccontare che, proprio in quel punto, avevano incrociato una carrozza ferma sul sentiero. Il conducente gli aveva chiesto di scendere per aiutarlo a disincastrare una ruota bloccata e, dopo ciò, l'uomo non ricordava più nulla.

«Non sembra affatto l'azione di briganti» osservò Fraser.

«Era una bella carrozza, anche se priva di insegne.» Il cocchiere, ancora sdraiato a terra, faceva di tutto per ricordare particolari, disperato per non aver potuto proteggere *la signora*. Era così sconvolto da mettersi a piangere, e Jared dovette consolarlo, mentre ragionava febbrilmente per capire che cosa fosse successo a zia Erinni.

Un rapimento. L'unica ipotesi plausibile era quella, ma gli si gelava il sangue al pensiero di quello che stava passando la lunatica dama. Era comunque meglio che pensare a un'aggressione finita male, e quell'ipotesi non era ancora del tutto da scartare.

«Dobbiamo andare subito a Hidden Brook e chiamare rinforzi» decise.

Girare la carrozza sul sentiero stretto era impossibile, per cui con la morte nel cuore lasciò Fraser a custodire Victoria e staccò uno dei cavalli per recarsi più velocemente alla tenuta.

Avrebbe preferito di gran lunga restare a proteggere la fidanzata, terrorizzato all'idea che lì intorno fossero rimasti dei malviventi, ma sapeva quanto fosse poco probabile. In ogni caso, l'allevatore sembrava sapere il fatto suo con le armi e questo gli diede un po' di conforto. In ogni caso, Victoria era giustamente sconvolta ed egli non voleva che rimanesse a lungo su quel sentiero.

Dopo un tempo che gli parve interminabile riuscì a portare i suoi uomini sul luogo dell'aggressione.

Il cocchiere ferito fu riportato a casa, le ricerche cominciarono.

C'erano in effetti tracce di una carrozza che andavano in direzione opposta a Lowhills verso Frensham. Dunque doveva essere passata dal villaggio.

Jared mandò a Lowhills uno dei suoi a raccogliere informazioni, ma il passaggio doveva essere avvenuto durante la funzione, dunque con ben pochi testimoni lungo la strada principale.

Il giovane sentiva la rabbia salire. Avrebbe ucciso con le sue mani il responsabile di quel rapimento. Non voleva nemmeno pensare che a Lady Erinni potesse essere accaduto qualcosa di irreparabile.

Victoria, dopo quel primo cedimento, non aveva più versato una lacrima, ma era stata irremovibile: non voleva andare a casa, doveva rimanere dove si svolgevano le ricerche.

Jared ebbe cattivo gioco per convincerla a rientrare, ma vi riuscì solo, e con un certo disappunto, quando Mr. Fraser gli diede man forte.

La giovane fu scortata a Hidden Brook, mentre gli uomini perlustravano la zona e tentavano di seguire la pista lasciata dalla carrozza dei rapitori. Il veicolo era stato lanciato a folle corsa, almeno fino al paese più vicino, ma non doveva avere un eccessivo vantaggio su uomini a cavallo, per cui c'erano speranze di ritrovarlo prima che arrivasse a far perdere le proprie tracce.

Le autorità più vicine erano a Farnham: dovevano cavarsela da soli.

Jared dovette ammettere che la presenza di Fraser era provvidenziale, perché il giovanotto si dimostrò subito un ottimo organizzatore, anche grazie a una sorta di calma innata che dava una certa sicurezza a tutti. Jared, in quel frangente, a fatica si era trattenuto dal prendere il suo corsiero e gettarsi da solo all'inseguimento dei rapitori.

Quando fu certo che Victoria fosse al sicuro, però nulla gli impedì di seguire il proprio impulso e, armatosi a sua volta, si mise sulla strada.

C'erano molte domande senza risposta e tutte si affacciarono alla sua mente durante la cavalcata al galoppo che lo stava portando alla sequela del veicolo. Poteva essere opera di sconosciuti criminali, magari desiderosi di guadagnare qualche soldo dal rapimento di una nobildonna, ma non poteva escludere che si trattasse di qualcosa di più personale.

Ma in questo caso, chi poteva essere, e perché?

La prima persona a cui pensò fu Warren, abbastanza pazzo da orchestrare una cosa del genere per proseguire nei suoi intenti di rovinarlo.

Un grido lo distolse dai suoi pensieri. Rallentò, accorgendosi d'essere inseguito a sua volta da un altro cavaliere. Fraser lo stava raggiungendo di gran carriera, in un galoppo tanto veloce che Jared dovette ancora una vota meravigliarsi delle risorse dell'uomo.

«Dove pensate d'andare da solo?» ansimò il giovane, quando ebbe raggiunto Jared, nemmeno avesse corso lui al posto del cavallo.

«I miei uomini mi precedono» osservò Lennox.

«Mai da soli, in questi casi. Separare una pecora dal gregge è il primo passo per tosarla, no?»

«Potete evitare di paragonarmi a una pecora?» replicò piccato Jared, ripartendo al trotto.

«Avete pensato che questo rapimento potrebbe essere organizzato contro di voi?» proseguì Fraser, ignorandolo.

«Ci stavo pensando ora. Ho abbastanza nemici da renderlo possibile».

«Allora riflettete e salveremo Lady Weird in un baleno. Marito geloso, debiti di gioco, avversari in affari... tenete conto che però anche Lady Weird ha i suoi nemici. Non è una donna che tiene per sé le proprie opinioni».

«Forse è più probabile» rifletté ad alta voce Jared. «Colpire me è facile, perché prendere di mira un'anziana donna? Sarebbe un'azione da vigliacchi!»

Fraser rise. «Dunque i vostri nemici sono tutti gentiluomini? Nessuno prenderebbe in considerazione di usare i vostri affetti per farvi del male?»

Quella frase fece suonare un campanello d'allarme in Jared. E se fosse stata Victoria la vittima designata, e non Lady Weird?

In quel caso, un rapimento poteva avere un senso, se l'obiettivo era minare la stabilità di Jared.

«Cominciate a sospettare qualcosa, vero?» domandò Fraser. «È sempre così, anche con gli animali: siamo noi a dover comprendere come andare incontro alle loro necessità, per ottenere il massimo. Comprendete e poi agite».

Jared si trovò a dover condividere i suoi sospetti su Warren. Poteva un pazzo simile ordire il rapimento di Victoria? E che cosa ne avrebbe fatto? E ora: che cosa ne avrebbe fatto di Lady Weird?

Fraser rivelò d'essere un tipo piuttosto sveglio, anche se non c'era ragionamento che non contenesse per un verso o per l'altro qualche collegamento ai suoi amati allevamenti.

«Credo possiamo ringraziare la buona sorte se ora Victoria non è nelle mani del vostro avversario. Credo che a Lady Weird non oseranno fare del male. Comunque, certo non quello che temo avrebbe subito Miss Arden!»

Quella era l'unica consolazione per Jared. Che fosse Warren o qualcun altro il responsabile del rapimento, i rischi che avrebbe corso Victoria, rispetto a sua zia, erano ancora peggiori.

Un'imprecazione gli sfuggì dalle labbra, quando si rese conto che in effetti Vic avrebbe dovuto essere sulla carrozza, al posto di zia Erinni: era stato solo all'ultimo momento che i loro piani erano mutati. Dunque chi aveva organizzato quell'aggressione doveva avere informatori nella casa, proprio fra le persone di cui egli si sarebbe fidato ciecamente. Le stesse che ora avevano in custodia la sua fidanzata.

«Non temete, Victoria ora è al sicuro: chiunque sia il complice o la complice di questo misfatto non oserà colpirla adesso che tutta la casa è in allarme. Ricordatevi della gravità della situazione, hanno sequestrato una Baronessa!»

Jared fu lieto d'aver accanto Fraser, altrimenti avrebbe girato il cavallo e avrebbe lasciato zia Erinni al suo destino, per assicurarsi dell'incolumità della ragazza.

Proseguirono fino al primo bivio, dove probabilmente gli uomini di Jared si erano separati.

«Ora tocca a voi fare qualche deduzione» commentò Arthur Fraser. «Se conoscete un po' il vostro sospetto Warren, magari avere idea di dove potrebbe aver portato la signora. Avrà avuto un piano, per un'azione così ardita. Non si fa sparire una carrozza nel nulla, perciò potrebbe avere, che ne so... un posto sicuro dove portarla. Non acquisto mai nuovi capi se non sono certo d'avere posto nelle stalle e negli ovili».

Jared lo fulminò con lo sguardo, ma non gli venne in mente nulla.

In quel mentre, uno degli uomini di Jared, in groppa a un pony non sellato, stava tornando indietro per avvisare che il suo gruppo aveva perso le tracce.

Ogni minuto che passava era cruciale. Jared smontò da cavallo e si guardò intorno. La campagna offriva vari rifugi a un gruppo che volesse nascondersi e la cosa più saggia, arrischiando un'impresa simile in pieno giorno, era quella di trovare un nascondiglio e di attendere le tenebre prima di fare qualunque cosa.

Non sarebbero andati di villaggio in villaggio con una carrozza che, anche se priva di insegne, non sarebbe passata inosservata. Probabilmente, se volevano svanire, dovevano infilarsi fra le vie di una città, lasciando il prima possibile le anguste strade della campagna. Dunque, dovevano andare verso Farnham.

«Non dobbiamo ragionare come se il rapimento fosse stato organizzato per la povera Baronessa» suggerì Fraser, smontando a sua volta e raggiungendolo in vedetta nella campagna. Abbassò la voce. «Se avessero voluto fare del male a Victoria...»

Jared stava pensando la stessa cosa. Se avessero voluto Victoria, si sarebbero fermati molto prima. Dunque doveva esserci un posto nelle vicinanze, dove nascondersi in attesa di poter fuggire o addirittura, dove abbandonare la dama, una volta resisi conto dell'errore.

«La vecchia fattoria dei Turner è bruciata due anni fa ed è abbandonata. Un posto perfetto» disse.

La costruzione si trovava a poche miglia da lì, lungo uno dei sentieri che si dipanavano fra campi e boschi. Poteva essere un posto perfetto, ma bisognava essere esperti del luogo per conoscerlo.

Ancora una volta, Jared si lasciò vincere dal doloroso sospetto d'essere stato tradito, anche se ancora non riusciva a capire chi potesse aver voluto fargli una cosa simile.

«Andiamo!» esclamò rivolto a Fraser, mentre all'altro uomo ordinò di richiamare i rinforzi, nel caso ve ne fosse stato bisogno.

I due, di nuovo al galoppo, partirono alla volta della fattoria, sperando ardentemente che fosse la strada giusta.

La carrozza era partita da Hidden Brook poco dopo il gruppo a piedi. Era intenzione di Lady Weird superarli e arrivare prima di loro, dopo averli riempiti di polvere.

Il progetto l'aveva messa particolarmente di buon umore e si era sbrigata alquanto in fretta nella colazione.

Quello che non si era aspettata era che la carrozza, dopo le prime due curve del sentiero, si arrestasse.

«Che succede?» aveva borbottato, cercando di guardare fuori, e aveva visto fra le cortine del vetro una seconda carrozza, posta di traverso sul sentiero.

«Dicono di essere bloccati» le spiegò il cocchiere. «In ogni caso non passiamo».

«Ma da dove diavolo sbucano, questi?» esclamò contrariata Lady Erinni, subito sospettosa. Non aveva mai incontrato anima viva in nessuna delle passeggiate con Jared, a eccezione di qualche carro: una carrozza come quella, elegante ma senza insegne, era del tutto fuori posto, specie perché oltre a quattro uomini, tutti in abiti piuttosto dozzinali, non vedeva nessuno. Possibile che quei quattro bestioni non fossero riusciti a liberare una ruota?

«Cocchiere!» gridò la dama, «non andate!» ma il servitore era già troppo lontano per sentirla.

La mano di zia Erinni corse alla borsettina di raso nella quale, con suo sommo rincrescimento, non era riuscita a far entrare la pistola del marito che portava spesso con sé in viaggio. Quando mai, aveva pensato, una signora viene aggredita andando in chiesa?

Il suo ringhio frustrato si tramutò in un grido di sorpresa, mentre la portiera veniva spalancata dall'esterno e la luce inondava l'abitacolo, mostrandole uno degli sconosciuti che, al contrario di lei, si presentò con un'arma in pugno, intimandole di scendere.

«Sono solo una povera vecchia! Vi darò tutto ciò che volete!» rispose con voce tremante.

«Scendi!» fu la scortese risposta, mentre l'uomo, con una mano le afferrava in malo modo il braccio per farla uscire.

Zia Erinni gemette, ma obbedì, fingendo però di non riuscire a reggersi in piedi. «Il mio bastone, per favore...»

L'uomo le rise in faccia, e la sospinse con mala creanza nell'altra carrozza pronta a partire, che un attimo dopo si allontanò, lasciando il cocchiere di Jared esanime sul sentiero.

All'interno dell'abitacolo c'erano due dei malviventi, mentre gli altri sedevano a cassetta.

Uno si premurò di legare i polsi all'anziana signora, mentre lei supplicava di sapere che cosa intendevano farle.

Nessuna delle domande di Lady Weird trovò risposta, né le sue suppliche pietà.

Se non voleva essere imbavagliata, la minacciarono, era meglio se taceva, e la signora, arrendevole come mai in vita sua, ubbidì.

Il viaggio fu rapido e più breve del previsto.

Dopo molti scossoni, dovuti alle strade dissestate e all'eccessiva velocità della carrozza, i cavalli furono fermati e la dama lasciata sola nell'abitacolo. Guardando fuori, vide che il luogo era un vecchio edificio diroccato, all'interno quale la carrozza era stata condotta.

I quattro si erano messi a confabulare, segno che di lì a poco il suo destino sarebbe stato segnato. Quattro uomini erano troppi anche per lei, soprattutto con i pochi mezzi che aveva a disposizione e le mani legate.

Che cos'avrebbe fatto il Barone al suo posto?

Se ne sarebbe stato buono in attesa di un momento buono per darsela a gambe, ma il Barone non era arrivato alla sua veneranda età di cinquant'anni, e aveva avuto in vita un sacco di occasioni per mantenersi in esercizio, mentre lei da quando era rimasta vedova aveva avuto ben poche opportunità di mantenersi in forma, a parte qualche cavalcata.

La borsettina era ancora nelle sue mani, ma legata com'era non poteva farci molto. Si rassegnò alla pazienza, e dopo un tempo interminabile i suoi aguzzini si fecero vivi, facendola scendere dalla carrozza.

Lady Weird, prontamente, simulò uno svenimento e li costrinse a farla sedere su una sedia sgangherata che era rimasta nella casa, così, mentre loro armeggiavano per sostenerla, lei poté cercare di carpire particolari su di loro e sul luogo in cui l'avevano condotta. La prima cosa che notò fu che adesso erano rimasti in tre a sorvegliarla.

Nessun pianto o lamentela servì a smuoverli e convincerli a liberarle le mani; i tre uomini, che nascondevano il volto dietro luridi e cenciosi fazzoletti, erano irremovibili e, con suo gran dispetto, molto laconici: non riuscì a strappare loro che poche parole, che non le fornirono nessuna indicazione utile.

Il bracciale di turchesi brillava ancora al suo polso, fra gli stracci che avevano usato per legarla; dunque non si era trattato di una rapina. Il sequestro era stato organizzato con una certa cura, ma non per derubarla. Che cosa volevano, allora?

In poco tempo raggiunse la stessa conclusione di Jared, doveva essere stata rapita al posto di Victoria, e con ogni probabilità il quarto uomo era partito per prendere istruzioni una volta capito l'errore. Chiunque avesse orchestrato il piano non si trovava quindi molto lontano; ma a parte la soddisfazione per le proprie capacità d'investigatrice, tutte queste illazioni non portavano uno spillo in più per aiutarla a fuggire.

Poteva solo augurarsi che Jared fosse già sulle tracce di quei maiali e che fosse abbastanza sveglio da trovare il loro nascondiglio, che a prima vista le sembrava una delle tante case dirocate perse in mezzo al nulla della campagna. Improbabile che quel damerino fosse *così tanto* sveglio da indovinare quella giusta.

Doveva trovare il modo di scappare prima che tornasse il quarto rapitore, ma avrebbe preferito avere dalla sua l'oscurità e non quella bella giornata di sole splendente. Aspettare il tramonto, però, poteva significare arrivarci stecchita.

Lady Weird si impegnò con tutte le sue forze, finché delle vere, autentiche lacrime non scesero sul suo viso.

E la sceneggiata cominciò.

«Vi prego, sono malata... non posso restare così tanto a lungo senza...» e giù uno strillo disperato, accompagnato da singhiozzi così realistici che Sarah Siddons l'avrebbe invidiata.

Uno dei tre si accostò.

«Che avete?»

Altre lacrime. Quanto avevano riso lei e il marito quando Lilian Smith, un'attricetta che frequentava con molta assiduità la casa di un loro intimo amico, aveva insegnato alle signore alcuni trucchi del mestiere. Che anni meravigliosi, quelli!

Lacrime, lacrime, pensando a quel marito perduto troppo presto.

«Devo ritirarmi, vi supplico!»

«Non potete».

Stupidi idioti, a non pensare che per rapire una donna bisogna procurarsi una complice donna. Ma forse il rapimento di Victoria doveva durare molto poco... la nobildonna rabbrividì, al pensiero di quello che avrebbero fatto quei mostri alla giovinetta.

«*Potrei stare* molto male. È già successo» gemette.

«Se starà male ci penseremo» gridò un altro a quello che si era accostato.

«Almeno allentate questa corda. Sono solo una vecchia malata, che cosa volete che faccia? Non vedete che ho le mani viola? Potrei essere vostra madre...» e giù altre lacrime.

Il rapitore che si era avvicinato era l'anello debole. Lo aveva capito subito.

Le suppliche andarono avanti abbastanza da convincerlo a lasciare un po' più morbide le legature dei polsi.

Fu abbastanza da permettere a Lady Weird di arrivare a infilare la mano nella borsettina, nella quale aveva infilato, con rapida mossa l'impugnatura del suo bastone da passeggio: uno dei regali di suo marito, quel bastone conteneva un piccolo e maneggevole stiletto, che si estraeva insieme al manico in osso. Rapida come un fulmine, quando l'avevano tirata fuori dalla carrozza, era riuscita a portare con sé la minuscola arma, contando sul fatto che quei meravigliosi abiti informi, benedetta Emma Hamilton che li aveva importati dalla Francia, non solo mascheravano la sua linea non più perfetta, ma potevano aiutare a nascondere anche altro.

Nonostante l'invidiabile sangue freddo che aveva dimostrato in quel frangente, come in tanti altri della vita, la donna cominciava a tremare, temendo di non essere all'altezza della situazione. Dubitava che dopo un tentativo di fuga, se l'avessero ripresa, sarebbero stati gentili. Ma in ogni caso, aspettare che il loro capo decidesse come farla fuori era ancora meno consigliabile, perciò le restava solo l'azione.

Altre lacrime e gemiti prepararono la strada a uno svenimento da consumata attrice.

I tre si avvicinarono, questa volta preoccupati davvero.

«Che sia morta?»

«Che diciamo?» «Che facciamo?»

Un urlo lacerò l'aria, e uno dei tre si piegò sanguinante.

Era stata così veloce a colpirgli il polpaccio che per un lungo, prezioso istante nessuno dei tre capì cosa fosse accaduto, giusto il tempo che il ferito impiegò a cascare a terra, con la mano sulla gamba che cominciava a sanguinare, mentre gli altri due si distraevano per soccorrere il complice. Una spinta data a quello che le stava davanti e via, una corsa a perdifiato verso l'uscita, gridando a squarciagola.

«Fa' che non mi sparino» pregò fra sé la donna, sollevando quella accidenti di sottana che le impediva i movimenti, correndo come se il demonio in persona la inseguisse, a una velocità che stupì perfino lei.

Vedendo se stessa dall'esterno, come in quegli incubi dove pur correndo non si riesce a scappare, Lady Weird conquistò gli spazi aperti della campagna, impugnando lo stiletto insanguinato e inseguita a un passo dai due rapitori rimasti.

L'avrebbero presa, lo sapeva.

Cadde.

Un colpo di pistola risuonò, un tuono che fece vibrare l'aria profumata della campagna.

Lady Weird, supina nel prato, attese che le manacce degli energumeni l'afferrassero, o ancora più probabilmente pensò che un secondo colpo d'arma da fuoco sarebbe stato il prossimo e ultimo suono che avrebbe sentito.

Nessuna delle due cose accadde.

Per un attimo pensò d'essere già morta e trovò la cosa deludente, poi, visto che non succedeva proprio nulla, la dama sollevò la testa e si vide davanti quattro piedi, calzati in stivali impolverati ma di ottima fattura. Guardò più su ed esultò, trovando le gambe di Jared e di Mr. Fraser, entrambi armati, che tenevano sotto tiro i due aggressori.

Questa volta le lacrime furono vere. Per quanto fosse forte, l'età cominciava a fiaccare il suo animo e Lady Erinni si sentiva profondamente grata per essere stata salvata, per essere ancora viva, per essersi portata a casa l'onore di aver combattuto e di aver messo fuori uso da sola uno dei tre aguzzini. E di essere stata salvata mentre era già in fuga, dimostrando di essere ancora forte come un tempo, o quasi.

Jared la aiutò ad alzarsi, chiedendole se stesse bene, mentre Fraser si occupava dei due rapitori, supportato dall'arrivo di altri uomini di Hidden Brook.

L'anziana donna guardò avvilita il proprio abito rovinato da macchie d'erba e dal sangue dell'uomo che aveva ferito.

«Non è mio» rassicurò il giovane, spaventato dalle macchie purpuree sulla sottana. «Ma davvero qui non passa giorno senza che una signora non distrugga vestiti! Sei per caso d'accordo con la mia sarta, ragazzo? Si lamenta sempre che non compro abbastanza abiti, quella vecchia giacobina!»

Sorrise grata al giovanotto, felice ogni secondo che passava d'aver portato a casa, come avrebbe detto il Barone, la propria robusta pellaccia. Anche Jared sembrava molto felice di vederla sana e salva, perciò gli concesse uno dei suoi rarissimi abbracci. Ah, quanto le mancavano le braccia vigorose di un uomo! Quanto le mancava quel manigoldo di Barone!

Tutto sommato era contenta che Victoria si prendesse quel libertino per marito.

Ci era voluto un po' per riportarlo sulla retta via, ma era convinta di due cose: che fosse molto meno scandaloso di quanto lo avessero dipinto e che fosse innamorato cotto di sua nipote.

Se la prima cosa deponeva un po' a suo sfavore, la seconda compensava ogni mancanza.

Appoggiandosi alle spalle vigorose di lui (e approvandone la muscolatura tornita, tale e quale a quella del Barone quando lo aveva conosciuto) l'anziana signora si lasciò condurre fino alla strada principale, lontano da quel luogo così carico di cattivi ricordi.

Jared, dopo averla consegnata alle fidate mani di uno dei suoi, tornò alla fattoria bruciata, dove Fraser e gli altri due suoi uomini avevano ridotto i tre rapitori all'impotenza.

La donna, allora, si ricordò del quarto uomo e avvisò i suoi soccorritori.

Jared ritornò, mentre dietro a lui venivano gli altri, con i rapitori impacchettati. Sapeva già della presenza di un quarto uomo e aveva fretta di liberare la scena nella speranza di poter catturare anche quello: l'unico di loro a sapere chi fosse il mandante.

«Sono dei poveracci» commentò Jared disgustato e teso. «Per poche monete si sono rovinati».

Lady Weird, che aveva già recuperato tutto il suo spirito, lo prese da parte per avvisarlo di quel poco che era riuscita a comprendere durante la breve prigionia. Entrambi concordarono sull'urgenza di tornare da Victoria, vero bersaglio dei malviventi, e di scoprire chi avesse potuto pensare a una simile nefandezza.

Jared era diviso fra il desiderio di proteggere di persona Victoria e la necessità di occuparsi dell'appostamento per catturare il quarto uomo del manipolo.

Mr. Fraser pose fine a tutti suoi dubbi prendendo in mano la situazione.

«Portate a casa vostra zia, Lennox» gli suggerì con una pacca sulla spalla. «A raccogliere tutte le pecorelle nell'ovile, qui, ci penso io coi vostri uomini. Quel vile tornerà presto con gli ordini del mandante, non deve incontrarvi lungo la strada».

Jared accettò, ormai del tutto fiducioso nelle capacità di Fraser, e prese con sé Lady Erinni, desiderosa come non mai di rivedere Hidden Brook e una buona tazza di tè.

«Milady...» le domandò Jared mentre la faceva salire sul proprio cavallo. «Come siete riuscita a ferire quell'uomo?»

Solo allora Lady Weird si ricordò d'aver perso il prezioso manico del bastone e tornò nel prato per recuperarlo. Lo mostrò a Jared che sgranò gli occhi.

«Portate con voi un bastone armato?» domandò esaminando la testa di cane in osso che in altri momenti aveva conosciuto come una semplice impugnatura, e che ora appariva come una parte del sinistro stiletto lordo di sangue.

«Sempre. Un regalo di mio marito» fu la replica soddisfatta. «Se solo avessi avuto la mia pistola non l'avreste mai saputo».

«Avete anche una pistola...?»

Lady Weird cominciava essere seccata del tempo che stavano perdendo.

«Ma certo che sì!»

Jared pareva più meravigliato di quello che del fatto che si fosse quasi liberata da sola. Sospirò, sentendosi in dovere di una breve spiegazione. «Quando in Francia hanno cominciato a saltare le teste io e il Barone eravamo nei paraggi e, date le attività di mio marito, avevamo già qualche problema per conto nostro» nella mente dell'anziana signora passarono le immagini di fughe rocambolesche fra sottane svolazzanti, guardinfanti scomodissimi sollevati in modo indecente durante cavalcate a rotta di collo per sfuggire a questo o quell'inseguitore. Sorrise. «Diciamo che il mio compianto marito ha sempre insistito perché fossi in grado di difendermi da me».

Jared la issò in sella guardandola con un nuovo, divertito rispetto. «Potevate dirmelo, avremmo aspettato il vostro ritorno in tutta comodità a casa, bevendo un tè».

«Stavo in effetti per raggiungervi» commentò allegra lei, lasciandosi issare sul cavallo.

Ah, bei tempi passati! Pensò fra sé. E per un attimo, tenendosi aggrappata al giovanotto, immaginò di essere ancora accanto al proprio marito, perduto pochi anni prima per una febbre polmonare. Un nuovo sospiro, pensando a quanto la vita le aveva dato, e a quanto le aveva tolto, donandole quell'uomo, a cui nessuno avrebbe affidato neppure la piuma di un cappellino, e che a lei invece aveva regalato il mondo.

«Correte da Victoria» intimò a Jared, con un groppo in gola. «Chiudiamo questa faccenda prima possibile!»

21

Mr. Fraser fece appostare gli uomini di Jared intorno alla casa bruciata, dopo aver immobilizzato i tre prigionieri nella carrozza usata per il rapimento.

I cani da pastore erano pronti a raccogliere il gregge disperso, non appena la pecorella smarrita si fosse fatta viva e, lasciato il sentiero principale, si fosse infilata in trappola nella casa.

C'era il rischio che l'uomo fosse armato e fosse abbastanza privo di scrupoli da sparare nonostante l'inferiorità in cui si sarebbe trovato: gli altri tre avevano assicurato d'essere stati assoldati da lui, che era stato incaricato personalmente dal mandante di *rovinare* la signorina.

Arthur Fraser si era dovuto trattenere dal prendere a pugni quei due, per i termini che usavano nei confronti di Victoria e di Lady Weird. Per non parlare della tranquillità con cui avevano spiattellato i loro intenti nei confronti della giovane donna.

Era stato un disastro, quando si erano resi conto che la persona nella carrozza era quella sbagliata. Non essendo molto svegli, e in preda all'agitazione del momento (erano *gentiluomini*, non avevano mai fatto niente di simile!), avevano sequestrato la signora, salvo poi non sapere che fare di lei.

Senza istruzioni non se l'erano sentita di lasciarla libera e l'avevano comunque condotta nel luogo concordato col capo.

Probabilmente, pensava Fraser, l'avrebbero liberata comunque: uccidere una Baronessa avrebbe peggiorato la loro situazione... a meno che il loro capo non avesse scelto di non lasciare tracce. In ogni caso, il giovane allevatore fremeva di rabbia e di sdegno per quanto era accaduto, tutto sommato felice di essersi reso utile. Provava per Victoria un sincero affetto, era stata l'unica a non mostrare insofferenza ai suoi discorsi sugli allevamenti e si sentiva grato verso di lei, che aveva reso il suo soggiorno in città meno pesante del previsto. Il pensiero che qualcuno volesse far del male a quella creatura adorabile lo imbestialiva.

Mentre pensava a questo, nascosto in un cespuglio accanto alla cascina diroccata, Fraser rimpiangeva tuttavia la sua amata dimora ad Ashford e i quieti ritmi della sua vita di campagna, anche se doveva ammettere che in azione se la cavava piuttosto bene.

D'altra parte, fare l'allevatore non era certo un mestiere facile come poteva sembrare agli occhi dei profani!

Le sue elucubrazioni si fermarono lì, al suono di zoccoli di cavallo che si avvicinavano rapidi.

Con suo stupore, vide che i cavalieri erano due. E uno di loro era una donna.

Victoria fu accompagnata da Mrs. Cooke nel salottino, dove le fu portato un vassoio con il tè e alcuni *scones*. Non aveva voglia di mangiare, troppo in ansia per la sorte della zia. Jared aveva ordinato a Mr. Cooke di non perderla mai di vista e l'uomo si era piantato sulla porta del salotto per tenere d'occhio sia la ragazza che l'ingresso.

«Signorina, andrà tutto bene. Mr. Lennox sa quello che fa e ci saranno almeno dieci uomini sulle tracce di quella dannata carrozza. Voglio dire...»

Victoria annuì, ma continuò a camminare su e giù per la stanza tormentandosi le mani. Avrebbe voluto potersi rosicchiare le unghie come una volta, ma sua zia si sarebbe arrabbiata moltissimo. A quel pensiero scoppiò in pianto. Stava rischiando di non rivederla mai più e ormai considerava zia Erinni, affettivamente parlando, tutta la sua famiglia.

Victoria si sedette, si alzò, si sedette ancora. Aprì le finestre per far entrare l'aria. Le richiuse.

Si sentiva soffocare e aveva l'impressione che il tempo non passasse mai.

Mrs. Cooke le chiese se voleva il suo ricamo, o se doveva mandarle Halley a farle compagnia, ma Victoria rifiutò entrambe le cose. Halley, emotiva com'era, avrebbe pianto e sarebbe toccato a lei consolarla e, in quanto al ricamo, le pareva una follia mettersi seduta con un ago in mano come se niente fosse.

Decise di andare fuori, nel giardino. Forse, camminando, o mettendosi in vista delle stalle, sarebbe riuscita a placarsi un poco.

Mr. Cooke la seguì, nonostante Victoria insistesse affinché anche lui andasse a cercare la zia.

Avrebbe dato chissà cosa per avere notizie, ma nello stesso tempo aveva il terrore di vedere arrivare qualcuno: ricevere soltanto notizie poteva voler dire solo che fossero cattive.

Mentre Victoria si tormentava in questo modo, ecco che dalla strada arrivò di gran carriera uno degli uomini di Jared, il quale, avendoli avvistati a sua volta, li raggiunse invece di fermare il cavallo davanti alla casa.

Victoria lo riconobbe subito: era Maters, il segretario di Jared. Era così agitato che Vic temette le stesse portando la notizia tanto temuta, invece costui smontò di sella e si rivolse trafelato a Cooke.

«Mr. Lennox non è ancora tornato?»

«No...» rispose l'altro, confuso.

«Dovete correre da lui. Mi ha mandato a chiamare gli uomini rimasti. Prendete il mio cavallo e andate. Resto io con la signorina in attesa che arrivi lui».

Cooke scosse il capo. «Di uomini qui ci sono solo io. Che è successo?»

«Sanno dov'è la signora e vogliono riprenderla. Andate, c'è bisogno di tutti».

«Perché mandare voi? C'ero già io con Miss Arden».

«Perché voi non sapete ancora che la signorina è in pericolo: era lei che volevano e potrebbero ancora tentare qualcosa. Inoltre, là servono altre armi».

Cooke guardò Victoria. «Rientrate in casa, allora».

Maters gli passò le redini del destriero. «Andate. Mr. Lennox vi aspetta».

Cooke si fece dare le indicazioni e partì per raggiungere Jared, mentre Maters rimase con Victoria.

Appena l'uomo fu fuori dalla vista, si rivolse a lei con un sorriso. «Venite con me nella stalla, signorina».

Victoria ebbe un brivido. «Cooke ci ha consigliato di rientrare» rispose.

Il sorriso di Maters rimase inalterato, quasi cristallizzato, mentre gli occhi si fecero all'improvviso duri. «Entreremo nella stalla, infatti. Non c'è nessuno, lì».

Victoria ebbe un tuffo al cuore, comprendendo che sì, c'era un quinto uomo, ed era lì con lei.

Non le diede il tempo di gridare, per attirare almeno l'attenzione della signora Cooke o di qualcuno rimasto alla fattoria, perché l'afferrò saldamente per un braccio, mostrandole la lucente lama di un pugnale che aveva con sé.

«Non intendo uccidervi, sarete restituita a Lennox quanto prima» le disse, trascinandola con sé.

«Ma che cosa vi ho fatto?» domandò lei, cercando di non lasciarsi vincere dalla paura. La stalla era il luogo dove lei e Jared, solo pochi giorni prima, si erano finalmente trovati; le pareva un'ironia terribile che adesso quell'uomo la stesse conducendo proprio lì. C'era silenzio, ora: i cavalli erano stati presi tutti, lo stalliere uscito con gli altri uomini. Maters, non appena fu abbastanza sicuro di essere lontano dalla vista della gente in casa, la spinse brusco all'interno delle stalle e si richiuse il grande portone alle spalle.

Victoria arretrò.

«Credete di essere una creaturina innocente, vero? Povera bimba», la canzonò ironico. Era un giovane piacente, notò lei, ma il suo sguardo era così freddo da renderlo sgradevole. Come aveva fatto a non accorgersene prima? Perché non lo aveva mai guardato bene, sempre troppo presa da Jared. Se solo ci avesse fatto caso prima! Ma non avrebbe mai pensato che proprio l'uomo di fiducia di Jared potesse tradirlo in quel modo. Victoria sperò di riuscire a farlo parlare, per prendere tempo.

«Non siete molto più anziano di me».

«Forse sono giovane, ma non certo ingenuo quanto voi. Siete stata la rovina del mio padrone, con il vostro ridicolo candore».

La ragazza trovò un appiglio. «Come potete dire una cosa simile?»

Maters intanto aveva guadagnato terreno e Vic aveva potuto solo valutare con sgomento che le finestrelle erano troppo in alto per poter costituire una via di fuga. Il giovane, però non aveva sprangato la porta della stalla. Forse, se fosse riuscita ad aggirarlo...

«Lennox era un esempio, per me. Avreste dovuto vedere le donne che lo cercavano! Ogni giorno una diversa, ogni giorno emozioni sempre più forti. Non capisco come possa aver buttato via una vita simile per una bambinetta come voi!»

Si avvicinò, facendo baluginare la lama, puntata minacciosamente verso di lei, e la ragazza indietreggiò. «Ce l'avete con me *solo* per questo?»

Un barlume di speranza le arrivò dall'osservazione che il giovane esitava. Se avesse voluto farle del male, avrebbe già potuto fargliene, invece ancora non si decideva né a ferirla, né ad aggredirla. Era poco, ma era qualcosa.

«Siete stata la sua rovina. Ed è colpa vostra se ora si trova in difficoltà. Le cause, i soci che vendono le azioni: *tutto* è per colpa vostra».

«Non capisco come sia possibile».

Maters avanzò e Victoria si trovò bloccata proprio dal cumulo di fieno su cui si era seduta con Jared. Il panico cominciò a salire, perché non ci voleva una donna navigata per capire che se gli avesse permesso di immobilizzarla lì sarebbe stata finita. Scartò di lato, verso i box, ma temeva che sarebbe comunque riuscito a metterla con le spalle al muro.

Parlare.

Doveva farlo parlare e intanto cercare un modo per trarsi d'impiccio, non poteva cedere alla paura e non provare nemmeno a salvarsi.

Sapeva solo che non gli avrebbe dato mai, in nessun caso, la soddisfazione di farsi vedere vinta.

«Quello stupido di Mr. Warren. Ve lo ricordate?» la sbeffeggiò. «Sta spostando monti e spianando valli per distruggere il mio padrone. Non può perdonargli d'averlo messo in ridicolo».

«Jared non ha avuto nulla a che fare con Mrs. Warren.» Victoria sentì la voce tremare. L'incertezza sui rapporti fra Jared e quella donna, la sospetta gravidanza di cui le era stato fatto intendere Jared fosse il responsabile, ancora erano domande irrisolte nella sua mente. Quante volte, in quei giorni, avrebbe voluto chiedere a lui che cosa ci fosse dietro, e non ne aveva mai trovato il coraggio.

Maters si fermò, con un sorriso sarcastico sulle labbra. «No, Mr. Lennox non ha mai avuto a che fare con lei, ma io sì. Chi credete che mi abbia mandato qui?»

Arthur Fraser non poteva credere ai propri occhi: accanto all'ultimo dei rapitori stava cavalcando una signora vestita in modo elegante, che non poteva certo essere una nuova complice, una donna assoldata al pari degli altri per il rapimento.

Insieme scesero dalle selle e si avviarono all'apertura fra le pareti bruciate della cascina.

Fraser, ripresosi dallo sbalordimento, diede il segnale e in pochi minuti si scatenò il pandemonio. Furono esplosi alcuni colpi di pistola, da parte dei rapitori e da parte degli uomini di Jared, ma alla fine Arthur e gli altri ebbero la meglio, senza ulteriori feriti a parte l'accoltellato da zia Erinni.

La curiosità di Arthur a quel punto ebbe il sopravvento. Chi era quella donna, e perché si trovava lì? Possibile che fosse la vera responsabile di tutto?

Tentò in tutti i modi di ottenere una risposta, ma né lei né il suo compare aprirono bocca, e muti com'erano, gli uomini di Hidden Brook li presero con loro per condurli a alla tenuta, dove li avrebbero imprigionati fino all'arrivo della polizia da Fahrnam.

Jared, che stava rientrando a Hidden Brook a sua volta, incrociò Cooke che stava andando a cercarlo.

«Non ho affatto mandato Maters a chiamarti» replicò il giovane, ormai in preda ad angosciosi sospetti, quando Cooke gli spiegò dell'arrivo del suo segretario e delle istruzioni che aveva dato. «Avrebbe dovuto essere a Londra».

Non si dissero altro. Il giovane passò Lady Weird alle cure di Cooke e partì a un galoppo disperato verso casa. Da quel momento in poi per lui fu solo il rumore degli zoccoli del cavallo e il martellare impazzito del cuore, mentre spronava Black Devil, quasi facendolo volare sul sentiero.

Victoria si sentì mancare. Com'era possibile? «Mrs. Warren ha organizzato tutto questo? E voi? Come avete potuto tradire Jared in questo modo?»

«Susan è stata umiliata e crudelmente delusa da Lennox. Dovreste ormai saperlo anche voi, che tipo di condotta teneva con le signore. Sono stato mandato più di una volta da suo marito per tentare di calmarlo e di fargli rinfoderare le armi, finché non ho capito tutto: era lei a fomentare la sua rabbia. Era una delle sue magnifiche, sottili vendette».

«Jared non l'ha mai toccata!»

«Jared non ha capito con chi aveva a che fare!» replicò quasi urlando lui.

Victoria alfine comprese l'ultima verità che mancava all'appello. «Ha sedotto anche voi. Non ha potuto avere lui... e si è presa voi!»

Il giovane vacillò nella durezza che ostentava. Forse non aveva mai visto la questione sotto quella prospettiva. Per una frazione di secondo le fece quasi pena, perché a far la figura del bamboccio era, alla fine proprio lui.

«Ci amiamo. Quando tutto questo sarà finito ce ne andremo da qui. In Europa, o forse nelle Americhe».

«Non andrete da nessuna parte, invece. Vi ha usato come sta usando suo marito».

«Parlate di cose che non potete capire!» sbraitò lui, brandendo la lama. Victoria si ammutolì, temendo d'aver esagerato.

«Come può la donna che vi ama chiedervi di... far del male a me?» domandò più pacata. «Io non potrei mai volere da Jared una cosa simile, nemmeno per la vendetta contro la mia peggior nemica. Non lascerei che il mio uomo prendesse un'altra col mio consenso!»

«Susan è una persona che sa quello che vuole, i mezzi per arrivarci non sono importanti. In questo siamo molto simili.» Fece un passo avanti e Victoria avvertì il pericolo, quando notò nello sguardo di lui scintillare una luce che non gli aveva mai visto. Lascivia, crudeltà. Lo vide come non lo aveva mai visto, un uomo giovane, corrotto e corruttore, trascinato da quella donna nell'abisso delle peggiori passioni. Comprese, terrorizzata, che nulla lo avrebbe fermato, che su di lui si era solo ingannata.

Adocchiò un forcone alle spalle di lui, ma arrivare a raggiungerlo era un'utopia, perché se si fosse avvicinata sarebbe stata la fine.

Victoria improvvisamente recuperò la lucidità. Aveva davanti solo due possibilità, visto che Maters era armato e determinato, più forte di lei sotto ogni punto di vista: o accettare il proprio destino, sperando di salvarsi almeno la vita, oppure lottare, rischiando il tutto per tutto per salvare l'onore e se stessa. Comprese che di scelta ne aveva solo una e chiuse gli occhi, sperando di trovare tutto il coraggio che le serviva per superare quel momento.

Quando li riaprì, solo un istante dopo, Maters si era fatto più vicino, ormai abbastanza da passarle un braccio attorno alla vita. Vic fece per ribellarsi, ma il giovane sollevò lesto il coltello, puntandolo contro la sua gola senza incertezze.

«Mettiti giù» le ordinò.

La ragazza non riuscì a focalizzare che cosa provava sentendo quel freddo metallo contro la pelle. Le pareva di essere quasi insensibile, come se si trattasse di uno strano sogno e nulla fosse davvero reale. Non era vero Maters, non era vero che poteva essere a un passo dalla morte.

«Toglietemi questa arma da dosso» gli ordinò perentoria, fissandolo negli occhi con una fermezza che nemmeno sapeva d'avere. Jared avrebbe fatto così, si disse, sperando che il pensiero di lui le desse tutta la forza che stava venendo meno. «Farò quello che volete, ma non fatemi del male».

Se in Maters c'era un po' di umanità, quella profferta avrebbe potuto significare la salvezza per Victoria.

Il giovane soppesò le sue parole e premette l'arma ancora di più «Ho già in mano la vostra vita. Posso prendermi quello che voglio, *come* voglio».

Victoria deglutì e sperò di essere convincente. Non aveva letto anche lei qualche buon romanzo? «Potete fare quello che volete, signore» esalò, cercando di apparire seducente e non terrorizzata. Le ci volle un atto di volontà sovrumano, ma allungò una mano fino a quella di lui che reggeva il pugnale, sospingendolo piano ma con decisione lontano da sé. Fissò gli occhi in quelli di lui, sperando di sembrare altrettanto decisa. Si era lasciato abbindolare facilmente da una donna pazza e pericolosa, sarebbe riuscita a ingannarlo anche lei: non era stata definita nello stesso modo, e più di una volta, in collegio?

«Su una cosa vi siete sbagliato: sulla mia innocenza. Credete davvero che un uomo come Jared non abbia preso quello che reputava già suo?»

Maters rise. «Senza vantarsene con me? Non vi credo».

Victoria, a sua volta, fingendosi molto divertita, ribatté con vivacità. «State parlando della sua futura moglie, non di una qualsiasi.» Passò una mano sulla manica di lui, cercando di apparire seducente. Temeva solo di somigliare più a madame de Tourvel che alla marchesa di Merteuil. «E sapete che non stiamo parlando di un uomo qualsiasi. Non credete che abbia voluto *istruirmi*, per non annoiarsi troppo con me?»

Maters era sorpreso e divertito, ma non abbastanza da mollare la presa. «Questo non cambia nulla».

Victoria deglutì e pregò di riuscire in quella farsa. «Vi sto solo dicendo che potrei essere più collaborativa di quanto immaginiate. E che potrei riservarvi qualche piacevole sorpresa».

La lama tornò a pungerle la gola. «Non vi credo».

«Ho tanta paura» sussurrò, e questo era vero, verissimo. *Pensa a Valmont*, si ordinò Victoria. Pensa alla seduzione. «Ho così paura *di voi* che farei di tutto per salvarmi. Questo potete crederlo?»

La pressione del pugnale diminuì e sul viso stravolto di Maters comparve un sorriso cattivo, ma interessato. «Siete una dannata strega dai capelli rossi. Sapete quali donne si tingono i capelli per averli come i vostri?»

Victoria sentì il cuore martellare così forte da ottunderle quasi l'udito. «Io non devo tingere nulla».

Si spostò, sperando che Maters, incuriosito ed eccitato da quella sua manovra, la lasciasse fare. Fuori dalla stalla le era parso di udire dei rumori, pregava con tutta se stessa che qualcuno si fosse accorto della sua assenza e la stesse cercando.

Il tempo scorreva alterato, in quella stalla che non profumava più di paglia e di pioggia, ma le feriva le narici col solo odore dei cavalli e del sudore di Maters.

Andò lentamente verso il cumulo di fieno accanto al quale si fermò, cercando di sembrare ammiccante. Si portò le mani allo scollo del vestito, per liberarlo dal fazzoletto che lo chiudeva.

Maters aveva abbassato la guardia incuriosito dalle intenzioni di lei.

Un attimo dopo aveva un forcone puntato contro la pancia.

«Lasciami passare!» gridò Victoria, sperando che qualcuno fuori la sentisse.

Maters sembrava più divertito che spaventato: lei aveva un forcone, ma lui ancora un coltello; e Victoria era incastrata in un angolo senza uscita.

«Le bimbe come te non devono giocare con oggetti pericolosi» le disse, ma si tenne comunque a distanza, con somma soddisfazione di lei, che allungò un colpo per vedere la sua reazione. Maters, come prevedibile, balzò indietro.

«Le signore come me non vanno provocate!» ringhiò lei, sperando con tutto il cuore di apparire incattivita e determinata. Il giovane non ci cascò, e dopo una rapida finta si avvicinò repentino, per tentare di disarmarla, ma Victoria con la forza della disperazione si mosse svelta quanto lui e brandì l'improvvisata arma, pur non osando cercare di colpirgli l'addome.

Un colpo secco, verso il basso, e il forcone rimase infilzato in verticale nella pavimentazione della stalla. E sui piedi del giovane.

Un grido acuto, Maters che si piegava in due.

La porta della stalla che si spalancava, giusto in tempo perché Victoria finisse fra le braccia di Jared, che stava facendo irruzione lì con la pistola in pugno.

«Se ti ha toccata lo ammazzo!» esclamò Jared fuori di sé.

«No, no» balbettò lei, lasciandosi andare finalmente a un pianto liberatorio. Jared dovette abbandonarla per un attimo. Vic lo seguì con lo sguardo mentre raggiungeva il giovane ferito, lo disarmava e con poca grazia liberava il piede di lui dal forcone, per poi atterrarlo con un pugno in pieno volto.

Victoria lo guardò sollevare il ragazzo stordito e dolorante quasi fosse un giocattolo, legarlo con gesto rabbiosi e buttarlo in uno dei box dei cavalli, come fosse un sacco.

Poi voltò le spalle a tutto, tornò da Victoria e con enorme sollievo la giovane poté gettarsi fra le sue braccia, al sicuro. Rimasero così a lungo, finché lei non si fu calmata e Jared non fu certo della sua incolumità.

Victoria cercò di avviarsi, ma si sentì sollevare da terra. Si sentiva spossata e non le dispiacque farsi cullare da lui, che la portò in braccio fino all'ingresso della casa, dove Mrs. Cooke, che li aveva visti arrivare, accorse per sapere cosa fosse accaduto. In quel momento arrivò anche suo marito, portando con sé sul cavallo Lady Weird.

Jared la depose a terra, immaginando che Victoria volesse abbracciare sua zia, e le due donne poterono finalmente ritrovarsi dopo quella terribile giornata, dando libero sfogo a tutte le emozioni di quelle ore tragiche, che per fortuna avevano avuto termine nel migliore dei modi.

Sotto la tutela dei Cooke, il gruppo poté trovare ristoro nel salotto, dove Vic e Lady Weird ebbero modo di raccontarsi le terribili esperienze, sorbendo una corroborante tazza di tè. Victoria, dopo aver ascoltato il resoconto delle avventure della zia, che aggiunse parecchi particolari per esaltare il proprio eroismo, diede una rapida relazione di quanto era invece accaduto a lei.

Lo stupore di entrambe, e tutto il disprezzo della gentildonna, andava al fatto che la responsabile di tante sofferenze fosse una donna. In tutta la sua lunga vita, Lady Erinni non aveva mai incontrato una donna capace di pensare a una vendetta così crudele per una questione amorosa.

Vic, dopo i primi concitati chiarimenti, piano piano si fece pensierosa. Pensava a come, per salvarsi, avesse fatto ricorso a quelle letture proibite che era riuscita a fare in collegio, a come in fondo proprio la sua nemica, l'irriducibile Mrs. Warren, non fosse molto diversa dalla protagonista del libro che aveva contribuito alla sua salvezza, *Les liaisons dangereuse*.

Anche nelle donne poteva celarsi la più pura crudeltà, pensò, e rispetto a quella degli uomini le parve tanto più grave, non perché fosse convinta che una donna dovesse per forza essere un angelo di purezza, ma perché nella natura femminile c'era già così tanto spazio per la sofferenza che le sembrava assurdo potesse aggiungerne o infliggerne altra.

Victoria si lasciò andare sul divanetto, forse scivolando nel sonno dopo tutte quelle emozioni, persa in ragionamenti sempre più confusi, tanto che non si accorse di nulla quando Jared, al ritorno dei primi uomini della fattoria, lasciò la casa per raggiungere Fraser e occuparsi insieme a lui di quanto c'era da fare per consegnare i responsabili alle autorità.

Solo dopo un po' che se ne fu andato, Vic si risvegliò dal torpore che l'aveva colta e si rese conto che Jared non aveva quasi più aperto bocca da quando erano rientrati in casa e che si era defilato, in disparte, lasciando che lei e la zia parlassero in libertà e si dimenticassero quasi di lui.

Victoria non si era dimenticata di lui per un solo istante. Aveva avvertito la sua presenza, cupa e rabbiosa, alle proprie spalle. Aveva avvertito ogni suo movimento e ogni volta aveva sperato che si sedesse accanto a lei, l'abbracciasse e la consolasse.

Invece, se era rimasto su una seggiolina in un angolo della stanza, senza fiatare, come se stesse aspettando solo il momento di potersene andare da lì, attendendo che la stanchezza la sopraffacesse per andarsene.

Una parte di lei si risentì di quel comportamento strano e scostante, finché non comprese la verità. Jared si sentiva responsabile di quelle aggressioni.

22

Jared rientrò piuttosto tardi, quando già le signore si erano ritirate.

Arthur era ritornato alla sua locanda dopo averlo aiutato a sistemare tutte le questioni in sospeso. Era stato mandato un uomo a Farnham, e l'indomani quella maledetta questione si sarebbe chiusa.

Mrs. Warren aveva richiesto l'intervento del medico del paese, in preda a una crisi isterica che l'aveva ridotta in condizioni penose. L'avevano lasciata a Lowhills, in attesa di capire che cosa fare anche di lei. Non aveva dato spiegazioni. Non erano riusciti a domandarne. Sembrava che la pazzia l'avesse vinta.

Jared era distrutto, nonostante i tentativi di Fraser di tirargli su il morale, spiegandogli qualcosa di molto confuso sui greggi e sulle mandrie per fargli capire che non doveva sentirsi responsabile di ciò che era accaduto. Non lo aveva ascoltato, per quanto si sentisse profondamente grato a quel giovanotto che si era reso prezioso per loro in quel frangente così delicato.

Rifiutò il cibo che Mrs. Cooke gli aveva tenuto da parte e andò a rifugiarsi nel proprio studio, congedando anche il cameriere. Voleva stare solo, riflettere e star male a dovere senza testimoni.

Una volta nel suo studio si accostò alla parete adibita a libreria e, mossa una leva posta sotto a uno scaffale, fece scattare la porta segreta costituita dalla libreria stessa.

Di segreto c'era ben poco, in realtà: la stanzetta adiacente era un salottino che Jared aveva voluto per il proprio uso personale, a sua volta ben fornito di libri, nel quale si ritirava quando non voleva essere disturbato da nessuno.

Folti tappeti ricoprivano il pavimento di legno e tutto l'arredamento era costituito da una poltrona col suo poggiapiedi e da un tavolino, su cui faceva mostra di sé una pila di libri selezionati da Jared per le proprie letture.

Su una parete si trovava una credenza dalle linee austere, sulla quale la Cooke si premurava di lasciare una selezione di bottiglie di liquore, una brocca d'acqua sempre fresca e un paio di bicchieri, nel caso Jared desiderasse servirsi senza chiamare nessuno.

Quella sera Jared contava proprio sul buon Brandy che sapeva attenderlo in una delle bottiglie, sperando di poter anestetizzare un po' delle sue inquietudini nell'alcol.

Gettò in un angolo gli stivali e si liberò con sollievo della giacca, dopo aver spalancato l'unica finestrella del piccolo ambiente, reso soffocante dal caldo della giornata estiva.

La fresca brezza notturna che entrò era profumata di fiori, di erba e dell'umidità del bosco.

«Jared...»

Si voltò e la vide. Nell'ombra, la figurina avvolta nella camicia da notte bianca era inconfondibile.

Il giovane sorrise. Per quanto avesse deciso di abbandonarsi alla propria disperazione, vedere lei gli procurava gioia. Sempre.

«Victoria? Credevo stessi dormendo».

Lei entrò guardandosi intorno incuriosita. Portava una treccia approssimata, dalla quale i capelli rossi sfuggivano a ciocche. Aveva i piedi scalzi, che spuntavano da sotto la lunga sottana di candido lino. Si era buttata sulle spalle il suo scialle preferito, quello turchese, che teneva stretto al petto.

Il sorriso di Jared si allargò, al pensiero che quella ragazza non finiva davvero mai di stupirlo. «Credevo che avrei rivisto le tue camicie da notte solo dopo le nozze. È un vizio, il tuo».

«Non riuscivo a dormire, con tutto quello che è successo oggi. Il tuo studio è davanti alla mia camera, ricordi?»

Non che fosse una spiegazione, ma nella logica di Victoria doveva esserlo, perché non aggiunse altro.

Per un po' nessuno dei due parlò. Jared, davanti alla finestra, la osservò muoversi per il suo antro personale e segreto, come un cucciolo che esplora un nuovo ambiente. Sollevò le bottiglie e annusò dal collo l'odore del contenuto, passò in rassegna i libri sul tavolino. Infine si accostò a lui, per fissarlo a braccia conserte alla tremula luce della candela.

Jared sentì salire di nuovo nell'animo il tumulto che lo aveva portato a ritirarsi in quel salotto e distolse lo sguardo da lei e se ne allontanò, per piombare sulla vecchia poltrona.

«Siamo entrambi stanchi, Vic. Torna a dormire».

Voleva restare solo e magari perché no, abbandonarsi per una volta anche lui a un pianto.

Non sopportava più il peso del suo passato.

Non sopportava il pensiero che Victoria e persino sua zia avessero dovuto pagare il fio per le sue colpe, per la sua condotta, per la sua leggerezza.

Soprattutto, dubitava, dopo quanto era accaduto, che per lui fosse possibile cambiare vita, che farlo potesse servire a qualcosa.

Maters nel suo delirio non aveva fatto altro che ripeterglielo: la colpa di Jared non era quella di essere stato un libertino, ma quella di aver tradito, con quel suo patetico cambiamento, la sua vera natura.

Dimentico quasi della presenza di Victoria, poggiò la testa fra le mani. Che futuro avrebbe dato alla sua sposa? Sarebbero sempre stati quelli dello scandalo, Victoria sarebbe finita sulla bocca di tutti, come la fidanzata fatta rapire dall'amante gelosa, e poco importava che la verità fosse diversa, che egli in questo caso fosse innocente: la notizia questa volta si sarebbe diffusa, non appena le autorità di Farnham avessero reso noti i fatti ai giornalisti.

Non ci sarebbe stato scampo per loro. Mai.

Alla fine, era riuscito davvero a trascinarla nel fango con sé.

Il tocco gentile di Victoria lo riportò al presente. Si era seduta sul poggiapiedi di fronte a lui e aveva posato le mani sulle sue ginocchia. Da quanto tempo era seduta lì?

«Jared, parlami...» lo supplicò.

«Sarebbe stato meglio non ci fossimo incontrati mai» commentò amaro.

«Sarebbe stato meglio che ci fossimo incontrati prima. Prima che tu cercassi te stesso in mille donne. Prima che io cercassi te in ogni avventura e in ogni pagina dei libri».

Jared rimase ammutolito, lasciò le dita fresche di lei salissero fino ad accarezzargli il volto reso rovente dall'agitazione. Quel tocco benefico era lo stesso di alcuni mesi prima, un tocco che non poteva scordare.

«Noi non siamo due solitudini che cercano ristoro l'una nell'altra. Siamo due anime che si sono trovate».

Le prese il polso, sentendosi febbricitante come quando l'aveva conosciuta, ma non era la febbre del corpo che lo consumava questa volta. «E se ti sbagliassi, invece? Se fossimo solo due disperati, non amati, non apprezzati, incompresi, che hanno solo bisogno di un'illusione per non affondare? E se *io* fossi solo questo?»

Victoria si alzò e si chinò su di lui, prendendogli il volto fra le mani. «Io ti amo» gli disse, «ma questo non cambia ciò che provi. Tu e io abbiamo sempre sbagliato tutto, abbiamo cercato le risposte fuori di noi, ma non erano lì. La solitudine è dentro di te e tutto l'amore del mondo non potrà liberartene, se tu non lo vuoi».

Jared si lasciò naufragare negli occhi di lei, verdi profondità che sembravano invitarlo al riposo. Si sentiva così stanco, così amareggiato da desiderare con tutta l'anima una tregua da quell'aspra battaglia con se stesso, ma non riusciva a non pensare a quanto Victoria aveva rischiato per causa sua. Come poteva non odiarlo, e come poteva avere ancora desiderio di stagli accanto, addirittura di essere lei a consolarlo?

Poi il suo cuore ebbe un fremito, realizzando quanto lei gli aveva detto.

«Tu mi ami?» La domanda gli uscì così stupita che Victoria si mise a ridere, ma dopo un attimo la risata le morì in gola, mentre i suoi occhi cercarono rifugio fra le pieghe della camicia da notte.

«Come se non lo sapessi...» mormorò.

Jared le sfiorò una gota col dorso della mano. «Sono l'uomo più stupido e più fortunato su questo mondo».

Sentiva di non meritarsi lei, né tanto meno il suo amore, ma ne aveva bisogno come dell'aria che respirava. Sapeva che avrebbe imparato ad amare se stesso attraverso gli occhi limpidi di Victoria; che, com'era stato da quando l'aveva conosciuta, ella sarebbe stata per sempre la cura contro il male che gli avvelenava l'anima e il cuore. Il balsamo per le ferite che la vita gli aveva inferto.

La vide sorridere, illuminandosi tutta. «Sì, lo sei».

L'attirò a sé, facendola sedere sulle proprie ginocchia e liberò la chioma dal nastro che la imprigionava in quella ridicola treccia.

Un attimo dopo era avvolto nella cortina di ricci rossi, com'era stato quella prima notte. Gli pareva incredibile d'aver rubato il cuore di quel folletto ribelle, d'aver trovato e conquistato l'unica donna capace di farlo divenire un vero uomo.

«Devo stare attento o i miei propositi di aspettare le nozze vacilleranno» le sussurrò, sfiorandole le labbra con le proprie. E in effetti gli pareva che mai più di allora gli fosse stato difficile controllare i propri ardori.

Victoria, apparendogli sensuale come non mai, lo sospinse via.

«Potremmo essere marito e moglie fra un paio di settimane» gli ricordò Victoria e con un bacio posato sulle labbra, leggero e sfuggente, scivolò fuori dalla stanza, lasciandolo insoddisfatto, felice e combattuto come mai in vita sua.

«E io vi dico che vi sposerete a Londra, nella chiesa di San Giorgio ai primi di ottobre!»

Lady Weird accompagnò l'ordine imperativo con un colpo del suo bastone, che alla luce degli ultimi avvenimenti parve a Jared ancor più sinistro.

Erano riuniti intorno al tavolo per la colazione, due giorni dopo gli infausti accadimenti.

Il giorno prima Jared lo aveva trascorso in viaggio per e da Farnham, occupato in tutt'altro che piacevoli attività.

Mr. Warren era stato chiamato ed era accorso, rimanendo senza parole alla scoperta delle trame e dei tradimenti della moglie. Un uomo distrutto, che si era profuso in scuse, pieno di vergogna per sé e per ciò che la sua famiglia aveva causato.

La donna non aveva più parlato in seguito alla crisi isterica e il medico non aveva nascosto di dubitare seriamente della sanità mentale di lei, sia per le terribili trame di cui era stata capace, sia per i suoi comportamenti del tutto insani.

Quando il peggio di tutta la vicenda si poté dire concluso, Jared aveva fatto ritorno con Fraser a Hidden Brook, dove avrebbero dovuto attendere nei giorni successivi gli investigatori per raccogliere le testimonianze.

Fraser aveva accettato di restare come ospite alla tenuta, con un certo terrore di Victoria che era la sua interlocutrice preferita in argomento allevamento, convinto com'era che ella nutrisse un vero interesse per le pecore.

Il peggio era passato: ora a Hidden Brook regnava una stanca, attonita pace. O almeno aveva regnato finché Jared non aveva sparato il colpo di cannone riguardo alle nozze.

«Ci sposeremo qui a Lowhills, fra due settimane. Ho già pronta una missiva per gli Arden e una per mio fratello: saranno inviate oggi stesso».

«Non avete un testimone, Bedford non si muoverà mai con un anticipo così breve!»

«Mr. Fraser ha accettato questo incarico. Il matrimonio sarà altrettanto valido, anche in assenza del Duca».

Lady Erinni si giocò la carta delle lacrime, ma poiché si era appena vantata della propria capacità di piangere a comando non commosse nessuno. Il bastone colpì più volte il pavimento, i fazzoletti furono sventolati, gli svenimenti simulati; appurato che ogni tentativo cadeva nell'ampio grembo della determinazione di Jared senza sortir risultato, passò a minacce e intimidazioni.

Quando fu invitata a scegliere in piena autonomia il menù del rinfresco che avrebbero dato oppure a lasciare seduta stante la casa, zia Erinni capitolò, pur borbottando irritata che sua nipote non aveva un abito adatto alle nozze e che una cerimonia così raffazzonata era scandalosa.

A Victoria non importava, a Jared nemmeno: i due desideravano solo convolare prima possibile a giuste nozze e chiudere con quell'evento il loro balzano e movimentato fidanzamento.

Lady Erinni si considerava offesissima per un preavviso così breve e li accusò di aver organizzato di nascosto solo per farle dispetto, quando lei aveva pensato per loro il miglior matrimonio che il *ton* potesse esigere; Jared capì che la dama aveva compreso benissimo le loro motivazioni, ma che per partito preso non poteva che fare come sempre il *bastian contrario*.

Era meglio, in ogni caso, ribattere e replicare a lei che monopolizzava la loro attenzione che stare a rimuginare sul rapimento e su quella drammatica giornata, soprattutto perché l'arrivo degli investigatori che interrogarono le due signore portò nuovo scompiglio e nuove ombre sul viso di Victoria.

C'era una cosa che non aveva ancora avuto il coraggio di dire a Jared. O meglio, due, e parlare con il poliziotto di Farnham le aveva restituito appieno il ricordo dell'aggressione nella stalla.

Tornare con la mente a quei fatti le tolse molto dell'entusiasmo per le nozze imminenti, delle quali comunque aveva preso il controllo totale zia Erinni, coadiuvata da Mrs. Cooke che si era rivelata andare d'amore e d'accordo con la signora: entrambe covavano il desiderio non troppo segreto di festeggiare in grande quel matrimonio, e quest'ultima era determinata a non far sfigurare l'ospitalità di Hidden Brook. La grande sala da pranzo non veniva usata mai e le due donne non vedevano l'ora di aprirla e di metterci dentro le mani.

Victoria si era chiusa in se stessa, ma l'unico ad accorgersene era stato Jared, che ogni sera si era ritirato nel suo studio, sperando di essere raggiunto da lei nel segreto dell'oscurità, ma che non era mai stato esaudito. La giovane, pur essendo perfettamente cosciente che egli fosse lì in attesa, non aveva mai trovato il coraggio di fare quel passo verso di lui.

Zia Erinni era stata irremovibile. Più o meno come un generale quando impartisce ordini all'esercito, o come la natura quando si tratta di applicare le leggi della fisica.

Anche se Mrs. Cooke aveva assicurato che in casa ci sarebbe stato posto per tutti, la nobildonna aveva deciso che nessuno dei parenti si meritava di soggiornare a Hidden Brook e li deviò tutti alla piccola locanda di Lowhill, nella quale si sarebbe ritirata lei stessa, per lasciare ai giovani sposi il pieno possesso della camera padronale. La mattina dopo le nozze, poi, avrebbe fatto rotta insieme agli Arden e a Mr. Fraser per Ashford, dove avrebbe potuto dedicarsi, con lo stesso successo ottenuto con Victoria, alla sistemazione delle altre due nipoti. Ormai la Stagione volgeva agli sgoccioli e per lei non valeva la pena di tornare a Londra, perciò si sarebbe dedicata alle nipoti, in campagna, anima e corpo.

Poiché tutti ritennero per gli Arden *quella* una punizione sufficiente, nessuno fece notare loro le mancanze compiute nei confronti della secondogenita durante quei lunghi mesi.

Da Killmore Court poté presenziare solo Roger: Harriet aveva qualche problema di salute e non aveva potuto affrontare il viaggio, ma attendeva nella dimora avita i due giovani sposi appena avessero deciso di trascorrere lì qualche settimana.

Victoria ricevette perciò dalla sorella una breve lettera di calorose congratulazioni e un buffetto dal cognato. Uniti a poche, doverose effusioni della madre e delle sorelle, questo fu il massimo affetto che la sua famiglia dimostrò.

Il matrimonio, nonostante i parenti così deplorevoli, fu una deliziosa, commovente cerimonia. La chiesa di Lowhills era una parrocchietta di campagna e, come aveva previsto Jared, a onorare gli sposi era giunta tutta la piccola comunità, anche per la curiosità di vedere gli elegantissimi invitati londinesi.

Zia Erinni, per l'occasione, sfoggiò il turbante e l'abito più eccentrici della sua collezione, un arcobaleno di sete indiane che indignò in modo palese la moderata Mrs. Arden, per l'occasione di grigio vestita.

Come ci si può attendere, però, l'attenzione di tutti, e in special modo dello sposo, fu per Victoria. Zia Erinni, meravigliando non poco la giovinetta, dai suoi bauli estrasse a sorpresa un abito di pizzo e seta avorio, che aveva fatto confezionare a sua insaputa, e il velo che era stato il suo per le nozze col Barone. Come mai la dama si fosse premurata di portare con sé un simile equipaggiamento Victoria cercò di non immaginarlo, anche se ritenne quanto mai opportuno lo zelo della zia. Di fronte a una tale tempestività aveva preferito non chiedere e la signora aveva preferito non dire, ma il risultato era stato quello di una sposa così raffinata che non avrebbe sfigurato nemmeno in Saint George.

Halley aveva intrecciato i suoi capelli con nastri e fiori, illuminando la fiammante chioma.

Tutti, compresa la difficile Mrs. Arden, furono incantati da lei e, al termine della cerimonia, anche dall'anello di brillanti che splendeva al suo dito.

Nessuno quanto Jared, però, che a detta di tutti non era capace di staccare gli occhi dalla novella sposa.

Anche Victoria si sentiva fiera di se stessa e, cosa mai successa, bella.

Quella sera, per la prima volta da quando erano arrivati a Hidden Brook, si trovò ad aver la casa tutta per sé e per quello che ora era diventato, incredibilmente, suo marito.

Era strano non sentire riecheggiare il bastone di zia Erinni battuto a terra per chissà quale capriccio, o le risate di Mr. Fraser così scroscianti da attraversare tutta la casa, in qualunque stanza egli fosse.

Halley, come tutta la servitù, era di buon umore più del solito, e più del solito ammiccante.

Jared, invece, sembrava svanito.

La cameriera impiegò quasi più tempo ad agghindarla per la notte che per il matrimonio, non finendo mai di spazzolare e intrecciare i ricci della padrona.

Victoria cominciava a sentirsi nervosa, o meglio aggiunse nervosismo a nervosismo, soprattutto perché più tempo restava da sola, più tempo aveva per pensare, più i pensieri si facevano confusi, agitati, spaventosi.

Camminò per un po' avanti e indietro, lesse qualche pagina: Jared non si faceva vivo.

Alla fine, incapace di aspettare ancora, si risolse di andare lei stessa a cercarlo e, dopo essersi gettata sulle spalle il solito scialle, la giovane, a piedi scalzi come il suo solito, seguì il proprio istinto e sgattaiolò fino allo studio, dove trovò la porta socchiusa e una lieve luminosità le indicò che non si era ingannata.

Jared era nella stanzetta segreta, seduto sulla sua poltrona, immerso nella lettura, almeno apparentemente, perché non appena lei arrivò in punta di piedi sulla porta, lo vide chiudere il libro e voltarsi con un sorriso.

«Credevo non arrivassi più» le disse.

«Credevo di dover aspettare mio marito» replicò lei, guardandolo con ammirazione, mentre egli si alzava per andarle incontro, con la bianca camicia aperta sul petto e gli aderenti pantaloni scuri.

«Hai davvero pensato che venissi a cercarti io? No, Victoria, fra noi le cose vanno diversamente: la cacciatrice sei tu» le disse prendendole una mano e conducendola nella stanza. Le offrì da bere, ma le pareva di aver già ecceduto col vino durante il lungo rinfresco e rifiutò.

«Ora che cosa succede?» domandò, con una risatina nervosa. «Non era così che immaginavo...»

Jared sollevò le braccia. «Credo che dovresti sedurmi. Io di solito faccio così».

Victoria fu percorsa da un brivido: per un attimo rivide Maters, riudì la propria voce echeggiare nella stalla, nel suo goffo, disperato tentativo di sedurre per non diventare vittima. Senza volerlo arretrò, rifugiò lo sguardo nella notte fuori dalla finestra, dove un cielo trapuntato di stelle sovrastava le morbide curve della campagna immersa nell'ombra. Lo scialle sembrava troppo leggero per impedirle di tremare.

«Che cosa succede, Victoria?» la voce di Jared era gentile, preoccupata. Gli fu grata perché non cercò di toccarla. Era da giorni che sapeva di dover arrivare a quel punto, prima o poi: il momento era arrivato, ma la voce non usciva.

Lo sentì sospirare e con la coda dell'occhio lo vide spostarsi accanto a lei, per guardare fuori. «Vuoi che ti lasci sola, questa notte?»

«Avrò ancora più freddo. Non voglio più avere freddo. E non voglio più avere paura».

Sentì su di sé lo sguardo di lui, intenso, per un breve istante. «Vic, puoi dirmi qualunque cosa, lo sai. Ma devi dirmi la verità. Io capirò. Ti ha fatto del male, Maters?»

Victoria capì che Jared sospettava del suo silenzio e immaginò quale tormento stesse vivendo da quel dannato giorno. Si appoggiò a lui, bisognosa di rassicurare e di essere rassicurata.

«No, non ha fatto in tempo, ma c'è una cosa che devo dirti. Io... gli ho mentito».

Avvertì la confusione di lui. «Mentito a Maters?»

Non osava guardarlo in volto, in preda alla vergogna. «Ecco, a scuola ho fatto un po' di esperienza».

«Che cosa mi stai dicendo, Vic?» Ora il tono di lui era sinceramente confuso e lei si sentì avvampare per l'equivoco.

«Libri! Jared, libri... romanzi. Illustrazioni. E racconti delle ragazze più grandi che avevano letto certe cose...»

«Ah. Libri» ripeté più sollevato lui. «Racconti e illustrazioni.» Il tono divertito la fece irritare un po', ma la sua incapacità di arrivare al punto meritava anche lo scherno di cui si stava rendendo oggetto. In effetti, la spiegazione le stava uscendo più comica che drammatica e a sua volta sorrise di se stessa.

«Ho fatto credere a Maters che ero disposta ad assecondarlo e di saperlo fare grazie ai tuoi insegnamenti. Lui ci è cascato e ho potuto difendermi quando si è distratto».

A quella spiegazione, data tutto d'un fiato, seguì una pausa di silenzio.

«Non posso che essere grato alla tua istruzione, allora. Alle tue compagne, ai loro libri e alle tue...» gli sfuggì un sorrisetto divertito, «esperienze».

Lei si volse a guardarlo, non aspettandosi una risposta simile. «Credevo ti saresti arrabbiato».

«E perché? Sono solo felice e grato perché sei salva: forse, se non fossi stata così pronta, io non sarei arrivato in tempo. Amor mio, sono l'ultimo uomo a scandalizzarsi sapendo che la sua sposa ha certe curiosità. Anzi, devo dire che trovo piuttosto intrigante l'idea».

Victoria si passò una mano sulla fronte, infastidita persino dal solletico dei propri capelli sul viso.

«C'è dell'altro, vero?» comprese lui, e la giovane abbassò lo sguardo.

Quella era forse la parte più difficile, ma doveva sapere.

«Che ne sarà di Mrs. Warren e del suo bambino?»

«Quale bambino?» Jared era più che sorpreso da quella domanda.

Victoria avvampò. «È venuta da me per seminare zizzania e ha cercato di farmi credere che il figlio che aspetta fosse tuo».

«Vic, quella pazza non aspetta nessun figlio, come ti è venuta in mente un'idea così bizzarra? Non credo ne abbia ancora l'età. In ogni caso, sarebbe impossibile una mia responsabilità al riguardo: non ho mai avuto a che fare con lei in nessun modo».

Victoria, allora, raccontò a sommi capi del sospetto della gravidanza fin dal giorno in cui Susan Warren si era presentata a Killmore Court, alle parole del maggiordomo, convinto che la *signora* fosse in stato interessante: così convinto da convincere lei. E poi, del tentativo della donna di attribuire la gravidanza a Jared.

Al termine della sua spiegazione, Jared proruppe in una sonora risata.

«Non ti è balenato il dubbio che il maggiordomo *non parlasse* di Mrs. Warren?»

«E di chi, scusa?» Finalmente Victoria ebbe un'illuminazione e, piena di vergogna, si portò le mani alle labbra. «Mia sorella?!»

«Le tue amiche non ti hanno edotta in modo completo, a quanto vedo: nessun dubbio sulla causa di tanti malesseri della povera Harriet?»

Victoria ripensò a tutti quei noiosi discorsi di sua sorella a proposito del proprio stato di salute. Con non poco rimorso, si rese conto che, se l'avesse ascoltata con più attenzione, forse avrebbe colto quel messaggio che il pudore le aveva impedito di rivelare esplicitamente.

«Andremo presto a trovarli e ti farai perdonare» le promise.

Le prese una mano, e Victoria avvertì il tepore piacevole di quella di lui, al contatto con la sua pelle fredda. Le baciò la punta delle dita, con una lentezza e una voluttà che subito le tolsero il respiro.

«Sono curioso» proseguì lui, senza smettere di baciarla, anzi risalendo lungo le dita al palmo e poi al polso, sfiorando con le labbra e la punta della lingua le zone calde e sensibili in cui scorreva il sangue «Devo chiedere o scoprire da solo altri particolari della tua preparazione?» Victoria si sentì avvampare, incerta se a sconvolgerla di più fossero quei baci o i sottintesi delle sue parole.

«Posso dirti» cominciò, con un filo di voce, mentre sentiva il proprio respiro farsi sempre più rapido, «che devi a quelle letture la mia visita alla tua stanza a Killmore Court. Ero così curiosa di vedere come fosse fatto davvero un libertino. Chissà che cosa immaginavo!» Aveva parlato a raffica, in preda a un nervosismo incontenibile. Lo vide sorridere, sornione.

«Che cosa immaginavi?» le sussurrò, accostandosi al suo orecchio. Il brivido, questa volta, fu di pura eccitazione, e Victoria quasi vacillò. Stargli vicino, quella notte, era un affare tremendamente serio. Lei lo sapeva, il suo corpo lo sapeva, i suoi sensi, all'erta e pronti, lo sapevano.

Ogni suono, ogni profumo, ogni contatto erano amplificati e accrescevano il suo senso di attesa. La sua pelle era sensibile perfino alla stoffa della camicia da notte.

Imbarazzata, sentì il bisogno di aria, di allontanarsi da lui e dall'attrazione che esercitava.

Si era attesa che quella notte, dopo averla raggiunta nella loro camera, l'avrebbe baciata, accarezzata sul loro talamo. Certo non si era attesa da lui quello che Mrs. Arden si era premurata di spiegarle in fretta e furia poco prima di andare in Chiesa (e c'era mancato poco che Victoria ridesse in faccia a sua madre), ma nemmeno quella strana forma di seduzione, fatta di parole e sottili contatti, in una stanza in cui non c'era nemmeno posto a sedere.

Jared la lasciò andare, seguendola con lo sguardo. Aveva così tanto potere su di lei da turbarla solo guardandola.

«Oh, Jared!» sbottò, «non ti aspetterai davvero che sia io a sedurre te! Non saprei da dove cominciare!»

Jared era estremamente divertito.

«Lo sai eccome».

Si mosse verso di lei, fissandola negli occhi in un modo quasi ipnotico. «Lo hai già fatto decine di volte. Lo stai già facendo.» Era così vicino da avvertire il calore della sua pelle. Lasciò che le sciogliesse il nastro che legava i capelli e li liberasse da ogni costrizione. «Sai bene quanto me che quando porrai fine a questo gioco, arderemo. E questo gioco ti piace, quanto piace a me».

«Forse» ammise lei in un sussurro. «O forse la verità è che... io sto già bruciando» e su quelle parole gli offrì le labbra, ponendo fine a tutte le schermaglie e scoprendo quanto la realtà superasse ogni sua aspettativa.

Jared non smise di baciarla quando la prese fra le braccia, né quando la sollevò per condurla in camera da letto. Non smise quando l'adagiò sul letto e, naturalmente, per loro questo fu solo l'inizio.

Ciò che nessuno dei due si aspettava e che travalicò ogni loro aspettativa, fu l'improvvisa, totalizzante sensazione che insieme ai loro corpi, anche le anime si intrecciassero e si unissero indissolubilmente.

Fra loro non vi furono solo baci e carezze, né soltanto l'esaltazione di una reciproca, eccitante scoperta. Non fu solo la pelle contro la pelle, la dirompente necessità di essere l'uno nell'altra, l'impressione che tutto attorno a loro si fermasse per lasciare posto solo alla percezione della reciproca presenza.

Furono i loro spiriti, liberi e selvaggi, a trovare la perfetta unione, a danzare concordi, sincroni, e a innalzarsi alle più pure vette del piacere, fondendosi in un amplesso ancor più profondo e vero.

Quella notte, d'altronde, Victoria comprese, con ciò che si potrebbe definire un esultante stupore, che cosa significava aver sposato un libertino; il quale, da parte sua, fu bel lieto di colmare le lacune riscontrate nella preparazione scolastica della moglie.

In tutta la sua carriera di studentessa Vic aveva annoverato forse più bravate che conoscenze, ma di una cosa non dubitò mai: conquistare Jared fu la bravata migliore di sempre.

Postilla

Victoria si svegliò, la mattina dopo, piuttosto tardi e piuttosto indolenzita. Bisogna dire, a onore del vero, che il suo umore tuttavia era ottimo, anche se al pensiero della notte appena passata vaghi rossori accendevano il suo volto.

Accanto a lei aveva sperato di trovare Jared e fu un poco delusa di vedere che il posto vicino al suo, nel letto, era vuoto, ma nell'allungare la mano sul cuscino avvertì l'inattesa consistenza di foglie. Si sollevò a sedere e trovò, adagiata sul guanciale, al posto della testa di suo marito, una rosa. Al gambo era legato un nastro che tratteneva un anello con un magnifico smeraldo.

Victoria si avvide anche di un biglietto, su cui Jared aveva posato il dono. «Alla signora di Hidden Brook e del mio cuore».

In quel mentre, dal cortile le giunsero strani rumori e voci. Riconobbe la risata tonante di Mr. Fraser e quella, per lei così seducente, di Jared. Incuriosita si alzò e si affacciò.

Nel giardino i due uomini stavano chiacchierando fra loro e, al suo apparire, sollevarono lo sguardo e si tolsero i cappelli.

«Sono arrivati dei regali di nozze!» esclamò tutto contento Jared.

Fu allora che Vic le vide.

Nel cortile, poco più in là, brucavano tranquille l'erba verde di Hidden Brook.

Quattro candide, opulente pecore.

Fine

Ringraziamenti

Questa è una storia leggera, senza pretese. Ma, come dice Wilde, *la vita è una cosa troppo importante per parlarne con serietà*: faccio mio questo pensiero e lo porto fra le mie pagine, forse fin troppo cosciente di quanto profonda sia la drammaticità della vita.

Quando ho cominciato questo libro, un anno fa, avevo intenzione di scrivere un racconto breve, un *divertissement*, prima di riprendere le fila della saga che avevo in mente. Non credevo che le pagine si sarebbero moltiplicate così, che questi personaggi avrebbero preso il sopravvento crescendo e imponendosi alla mia immaginazione. Zia Erinni, per esempio, non era prevista: è arrivata da sola, picchettando il suo bastone a terra ogni volta che cercavo di ignorarla.

Arthur Fraser doveva essere solo una figura di passaggio, ma grazie a Lisa Molaro si è aggiudicato perfino le battute finali. Il primo ringraziamento va dunque (da parte mia e di Arthur, che ci tiene molto) a Lisa, per aver visto nel giovane di Ashford le potenzialità nascoste che ancora non vedevo.

Grazie, Lisa, per la tua amicizia preziosa.

Grazie ad Altea Gardini per la pazienza che ha nel sopportarmi quando divento assurda. Cioè sempre.

Grazie a Francesca Resta per il supporto grafico nell'elaborazione della copertina.

Questa volta, mio caro lettore, non ti tedio con note storiche, ma chiudo dedicando a te le ultime righe e il ringraziamento più sentito, per aver fatto vivere i miei personaggi attraverso la lettura, accogliendoli pagina dopo pagina nel tuo immaginario. Come sai, essi vivono di questo, e insieme a loro un po' anch'io. Grazie per averci permesso di condividere per un tratto il tuo percorso, per aver deciso di incrociare la tua strada con la nostra.

Antonia

BIOGRAFIA

Antonia Romagnoli è nata a Piacenza nel 1973. Ha frequentato il Liceo Classico ed è laureata in Scienze e Tecnologie Alimentari. Ha collaborato per alcuni anni con il quotidiano "la Cronaca di Piacenza" e ora si dedica alla famiglia e alla scrittura, occupandosi in modo amatoriale di grafica web.

Finalista al Premio Galassia 2006, ha esordito con alcuni racconti fantastici in riviste e antologie. Nel 2008 ha pubblicato presso le Edizioni l'Età dell'Acquario "Il segreto dell'Alchimista", primo volume della Saga delle Terre, finalista al Premio Italia 2009. Il secondo episodio della saga, "I Signori delle Colline", è uscito nel febbraio 2009. "Triagrion", il terzo e ultimo episodio della saga, è uscito nel 2010 con Edizioni Domino. Ha partecipato a numerose antologie con racconti di vario genere.

Per Edizioni Domino ha curato, insieme all'editrice Solange Mela, la collana Pergamene per la Scuola, nella quale ha pubblicato "La Stella Incantata" e "Il mago pasticcione e le lettere dell'alfabeto", fiabe dedicate ai bambini delle prime classi elementari.

Ad agosto 2015 è uscita per Rapsodia Edizioni la nuova edizione di "Il mago pasticcione e le lettere dell'alfabeto". A partire da settembre 2015 sono uscite le seconde edizioni, in formato digitale, de "Il segreto dell'alchimista" e degli altri episodi della saga delle Terre. I libri sono editi da Delos nella collana Odissea Digital Fantasy.

Nello stesso periodo, in esclusiva su Amazon, sono usciti il romanzo fantasy umoristico "La magica terra di Slupp" e la raccolta di racconti umoristici "Le fiabe sfatate".

A dicembre 2015 ha pubblicato il romance storico "La dama in grigio", ambientato in epoca Regency.

Cura il blog "Il salotto di Miss Darcy", nel quale raccoglie articoli di carattere storico e letterario.

Il suo sito: www.antoniaromagnoli.it

La dama in grigio

Inghilterra, 1807

Dopo aver rifiutato uno sgradito pretendente, Joanne viene spedita dal padre a casa di una zia, nella speranza che l'esilio la convinca ad accettare la proposta.

A Trerice, però, Joanne trova alleati imprevisti: per prima la zia, e in seguito il padrone della tenuta in cui la donna vive. Sir Russel, infatti, è legato al fratello di lei da un antico debito d'amicizia e, in combutta con quest'ultimo, raccoglie nell'antica dimora di famiglia un gruppo di importanti ospiti: la scusa è quella di un'esperienza sensazionale in una villa infestata da noti fantasmi, l'obiettivo è quello di permettere a Joanne di trovare in fretta un miglior fidanzato e sfuggire alle trame del padre e del suo anziano socio.

Quello che inizia come un tranquillo soggiorno, però, diventa piuttosto movimentato: Trerice Manor, infatti, sembra aver scelto la giovane donna come fulcro delle proprie manifestazioni soprannaturali.

Joanne dovrà destreggiarsi, nella sua caccia al marito, tra i fenomeni misteriosi della casa, i propri scabrosi segreti e la crescente attrazione che prova per sir Russel, scostante e attraente gentiluomo, determinato a restare celibe per tutta la vita.

In ebook e cartaceo su Amazon

Sommario

1..................................7
2..................................11
3..................................17
4..................................27
5..................................37
6..................................49
7..................................63
8..................................77
9..................................101
10................................113
11................................129
12................................145
13................................159
14................................179
15................................191
16................................205
17................................221
18................................237
19................................251
20................................265
21................................285
22................................299
Ringraziamenti...............317
Biografia.........................319

Made in the USA
Middletown, DE
01 December 2017